元構造解析研究者の異世界冒険譚 2

ALPHA LIGHT

犬社護

Inuya Mamoru

アルファライト文庫

ザンギフ
ダークエルフの男。シャーロットとともに王都へ赴《おもむ》く。
クロイス
ジストニス王国の王女。ちょっとお馬鹿さん。
シャーロット
本編の主人公。家族だけでなく、精霊からも愛されている少女。前世では構造解析研究者「持水薫《もちみずかおる》」だった。イザベルの策略《さくりゃく》により、別大陸に飛ばされてしまう。
CHARACTER

》》レドルカ《《
ザウルス族の男。愛嬌《あいきょう》のある見た目だが、意外と知的。
》》ネーベリック《《
ケルビウム大森林で暴《あば》れまわる怪物。
》》マリル《《
エルバラン家のメイド。シャーロットを溺愛《できあい》中。
》》イザベル《《
偽《にせ》聖女。悪事がばれて、現在逃亡中。

1話　上空一万二千メートルからのスカイダイビング

製薬会社で構造解析研究者だった私――持水薫《もちみずかおる》は、あるとき不慮《ふりょ》の事故で命を落としてしまう。でも女神《めがみ》様のはからいで、異世界ガーランドに公爵令嬢《こうしゃくれいじょう》『シャーロット・エルバラン』として転生した。『構造解析』と『構造編集』というチートなスキルまでもらって。

そんな私は今、パラシュートなしのスカイダイビング中だった。

もちろん、空なんて飛べない。なす術《すべ》なく落ちている……

それもこれも、私から『聖女』の称号を奪《うば》い、多くの人々に大迷惑《だいめいわく》をかけたイザベルのせいだ。

逃亡していた彼女を追いつめたとき、彼女が隠《かく》し持っていた転移石によって、こうしてハーモニック大陸ジストニス王国のケルビウム山の上空一万二千メートルに飛ばされてしまったのだ。

この世界の神ガーランド様のおかげで、体力と魔力が完全回復し、頭も冴《さ》えているけど、現状をどう乗り越《こ》えようか？

ここはアストレカ大陸の正反対に位置しており、時差の関係で周囲が明るい。ただ、下に雲があるせいで、地上が見えない。あの雲を突き抜けた先にあるはずの地上に衝突《しょうとつ》すれば、私は間違いなく死ぬだろう。

とにかく、まずは空気を確保しないとまずい。息を止められる時間も限られている。

「シャーロット頑張《がんば》れ〜〜」

「シャーロットなら生き残れる。頑張《がんば》るんだ〜」

風精霊の方々が目の前で応援してくれている。あの……そんなことしてないで助けてよ！！！

精霊様は、地上にいる生物たちを無闇《むやみ》に助けてはいけないことになっているから、応援してくれるだけありがたいのかな。

ここで魔法を使うなら、まだ持っていない『無詠唱《むえいしょう》』のスキルが必要となる。ぶっつけ本番で習得するしかない。

ただ、詠唱は魔法を構築するための補助的な役割にすぎない。だから、強くイメージするだけで魔法は発動するし、流れで『無詠唱』も習得できるはずだ。これまで教わった魔法の中で、比較的イメージしやすく、この状況に最適な魔法を使おう。

——イメージイメージ……心の中で強く念じ……ウィンドシールド‼

よし、詠唱なしで声にも出さず、念じるだけでウィンドシールドの発動に成功した‼

ウィンドシールドは、自分の周囲を風で覆《おお》うことで身を守る防御魔法だ。

次にすることは、『構造解析』を使用して現在の大気圧と酸素濃度《さんそのうど》をチェックし、風を利用して地上と同じ設定に調整すれば良い。やり方は簡単。風でシールドの外側から『構造解析』で酸素だけを選択して送り込むだけ。

……やった‼　ウィンドシールドのおかげで、少しだけ落下速度が低下した。酸素濃度も、地上とほぼ同じだ。

次は、まだ余裕があるはずだけど、現在の高さも確認しておこう。

《現在の高さは標高《ひょうこう》八千六百十メートル、ケルビウム山山頂が八千メートルのため、衝突まで残り六百十メートルとなります》

なにいいいいいーーーーー‼

集中していて下を見ていなかった。周囲は雲に覆われているけど、下降気流が発生したのか、私の真下だけ、地上が見えてる‼　やばい、地面がすぐそこまで迫《せま》っている。そうか、ケルビウム山上空一万二千メートル、下に見えている地面は山頂か‼

……焦《あせ》るな。考えろ、考えろ‼

消費MPが低くて、衝撃《しょうげき》を和《やわ》らげる魔法は……あれしかない。ウィンドシールドの外側に出せるようにイメージして……お願い、間に合えー‼

「エアクッション‼」

私は、地上に向けて全力でエアクッション——軽い風の衝撃波——を連続で放った。私の身体《からだ》が、連続するエアクッションの衝撃で悲鳴をあげている。そして大きな音とともに地上に衝突し、派手《はで》にバウンドした瞬間、仰向《あおむ》けとなった。

痛い……痛いよ……タイミングが少し遅《おそ》かった。あちこち骨が砕《くだ》けた。嫌だ、死にたくない、死んでたまるか。

「リ、ジェ、ネ、レー、ション」

激痛《げきつう》の中、なんとか回復魔法のリジェネレーションを唱《とな》えたところで、私の意識は途絶《とだ》えた。


「……う、うう」

身体は、なんとか動く。でも、まだ骨が少しおかしい。あれからどのくらい時間が経《た》ったのかな？　リジェネレーションの効果は消えていない。身体のどこがおかしいのか調《しら》べずに発動したから、回復速度が遅いのかもしれない。今は余裕がないから、効果が消えるまでじっとしていよう。

真っ暗で何も見えないや。……それにしても寒い。少し動いただけでも、体力を使ってしまう。ここは身体を動かせるまで我慢《がまん》しよう。考えるのが、億劫《おっくう》になる。何も考えずに横になっていよう。

……一体、どれほどの時間が経過したのかな？　頭がはっきりしてきた。今は深夜二時か、どうりで周囲が真っ暗なわけだ。生き残れたよ。あと少し魔法を放つのが遅れていたら、完全に死んでいたと思う。周囲には誰もいない。今後、私一人で行動し、判断しなくてはいけないのか。

ここはハーモニック大陸の中でも、魔人族が支配するジストニス王国。魔人族は私たち人間とは全く異なる種族、横暴《おうぼう》で傲慢《ごうまん》……と本に記載《きさい》されていた。

二百年前まで、人間・獣人・エルフ対魔人族で、戦争したらしい。本では、魔人族が一方的に悪いとされていたし、そう教育されてきた。でも、それは怪《あや》しいと思っている。その手の教育には、必ず裏がある。三種族が共闘してまで、魔人族と戦う必要があったのだろうか？

とにかく、魔人族は戦争に負け、大気中の魔素《まそ》濃度がアストレカ大陸より三倍ほど高く、普通の人間の身体では住みにくい環境《かんきょう》となっているハーモニック大陸に追いやられたのだ。

……って、あれ？

ここは、そんな環境の上に標高八千メートル。普通なら高山病にかかったり、寒さで凍《とう》死《し》するはずだよね？　いくらリジェネレーションでも、MPポーションもない状態で長時間使用したら、MPが枯渇《こかつ》するはずだ。どうして私は普通に生きているの？　ステータスを確認してみよう。

名前　シャーロット・エルバラン
性別　女／年齢　7歳／出身地　エルディア王国
レベル3／HP3／MP18／攻撃10／防御9／敏捷《びんしょう》9／器用660／知力792
魔法適性　全属性／魔法攻撃76／魔法防御67／魔力量102
回復魔法：イムノブースト・ヒール・ハイヒール・リジェネレーション
火魔法：ファイヤーボール
水魔法：アイスボール
風魔法：ウィンドシールド・エアクッション
ノーマルスキル：鑑定《かんてい》　Lv10／気配遮断《しゃだん》　Lv10／魔力感知　Lv9／魔力操作《そうさ》　Lv9／魔力循環《じゅんかん》　Lv8／自己犠牲《ぎせい》　Lv8／隠蔽《いんぺい》　Lv5／状態異常耐性　Lv3／HP自動回復　Lv2／MP自動回復　Lv2
ユニークスキル：全言語理解・精霊視・構造解析・構造編集・環境適応・無詠唱
称号：癒《いや》しっ子

HP3！　リジェネレーションを使って、かなりの時間が経過しているはずだけど、ほとんど回復していない。それに、MPの残量が18もある。エアクッションの連発と、リジェネレーションの使用を考えると、0になってもおかしくないはずなのに。どういうこと？

魔力量も少し上がってるし、ノーマルスキルに『自己犠牲《ぎせい》』と『気配遮断』と『状態異常耐性』と『HP自動回復』と『MP自動回復』が追加されてる。HPとMPが0にならないのは、これらの自動回復スキルとリジェネレーションのおかげか。それに、『環境適応』って何？　そういえば、ガーランド様がユニークスキルを一つ与えたって言ってたよね。えーと詳細《しょうさい》は……

環境適応
どんな環境下でも、身体が適応し生存可能となる

うん、嬉《うれ》しいんだけど、身体が進化するってことだよね？　嫌な予感がするな～。まあ、せっかくもらったんだし、ありがたく使わせてもらおう。残りのスキル……う、また気分が悪くなってきた。HP3しかないのに、考えすぎたかな？　仕方ない、完全回復してから残りのスキルをチェックしよう。また、眠《ねむ》く……なって……きた。

……時刻は朝九時、視界は『真っ暗闇』から『薄暗い闇』に変化し、数メートルほどだけど周囲が見えるようになった。でも、太陽光が山頂に届いている感じがほとんどしない。おそらく、この山頂は、魔素濃度が高すぎるせいで、光をほとんど遮断してしまうんだ。身体もまだ動かせないけど、時折降る雨が唯一の救いかな。

リジェネレーションの光が消えない。それに、精霊様の姿が見えない。ここは魔素濃度が凄《すご》く高いから、入ってこられないのかもしれない。周りからは、魔物の気配や魔力も感じられない。おかしい、静かすぎる。これも魔素濃度が原因なの？　今なら、『構造解析』を使えるかもしれない。

「大気……構……造……解……析」

はあはあ、少し声を出しただけでこれだ。どれだけ酷《ひど》い環境なんだ。

ケルビウム山山頂の大気

魔素濃度：約60％　酸素濃度：約20％　窒素《ちっそ》濃度：約20％　気圧：地上の約1／3　気温：マイナス60度

千年前に勃発《ぼっぱつ》した魔人族・獣人と人間・エルフ・ドワーフとの大戦争において、魔素爆弾が現在のジストニス王国内で使用され、周囲一帯は誰も住めない環境となった。現在は魔人族の尽力《じんりょく》により、周囲の魔素を山頂に集約させることで、人が住める環境となっている。この山頂に踏《ふ》み込んだ者は、精神錯乱《さくらん》などのあらゆる状態異常にかかる。一呼吸した

だけで、大量の魔素が体内に侵入《しんにゅう》し身体を脅《おびや》かす。三呼吸しただけで、魔素が細胞を食い破《やぶ》り、全ての生物が息絶《いきた》える。

なんて極悪《ごくあく》な環境なんだ。リジェネレーションが消えないはずだ。今、私の身体は、『環境適応』とリジェネレーションで生き延《の》びているんだ。だから、HPもほとんど回復していないんだ。

時間をかければ、スキルによって身体が完全にこの環境に適応できるように変わるはず。絶対、適応してやる。死んでたまるか‼　必ずエルディア王国に帰るんだ‼

2話　サバイバル生活の始まり

墜落《ついらく》してからどのくらいの時間が経過したのだろうか？　薄暗い視界だけど、不思議と周囲に何があるのか認識できるようになった。例えるなら、暗視《あんし》カメラで見ているようだ。多分スキルの『暗視』を取得したのだろう。

《身体が完全にこの環境に適応しました。ステータスを更新します》

やった‼　ついに、私の身体が、この極悪環境に適応したんだ‼

《人間族のステータス限界250を超《こ》えました》
《魔人族のステータス限界500を超えました》
《ステータスシステム999の限界を超えました。ステータスが999以上となったため、正確な数値を算出できません。自分で検討してください》

うん？　今、何かとんでもない内容を聞いたような気が？　あ、リジェネレーションの光が消えた！　全ての感覚が急速に蘇《よみがえ》ってきた。

よし！　起き上がって手足を動かしてみる。うんうん、きちんと思う通りに動く、問題ないね。身体が環境適応したということは、姿も変化しているのかな？　ポシェットの中に、鏡があったはず……うん、当然割れてるよね。割れてる破片《はへん》の中でも、大きいやつなら辛《かろ》うじてわかるかな？

ほっ……薄暗いけど、きちんと姿がわかる。瞳、髪、皮膚《ひふ》の色も、環境適応前と同じだ。

そうなると、変化したのはステータスの数値だけになるのかな？

名前　シャーロット・エルバラン
種族　人間？／性別　女／年齢　7歳／出身地　エルディア王国
レベル3／HP40／MP999／攻撃0／防御999／敏捷999／器用660／知力850

魔法適性　全属性／魔法攻撃0／魔法防御999／魔力量999
回復魔法：イムノブースト・ヒール・ハイヒール・リジェネレーション
火魔法：ファイヤーボール
水魔法：アイスボール
風魔法：ウィンドシールド・エアクッション
ノーマルスキル：魔力感知　Lv10／魔力操作　Lv10／魔力循環《じゅんかん》　Lv10／鑑定　Lv10／気配遮断Lv10／隠蔽　Lv10／暗視　Lv10／HP自動回復　Lv10／MP自動回復　Lv10／自己犠牲《ぎせい》　Lv10／気配察知　Lv6／聴力《ちょうりょく》拡大　Lv4
ユニークスキル：全言語理解・精霊視・構造解析・構造編集・環境適応・無詠唱・状態異常無効
称号：癒《いや》しマスター

『人間？』って何？　ガーランド様、ふざけてるの？

人間？
通常ではありえない環境で生き残り進化した新型の人間。寿命《じゅみょう》は、普通の人間と同じ80～100年ほど。ただし、中身は人間や魔人族よりも大きく変化していて、二十代前半で

身体的成長がストップし、寿命が尽きるまで、その姿を維持《いじ》する

あ～なるほど、だから『人間？』なのか。確かに、こんな特殊《とくしゅ》環境下で生き残れる人間はいないよね。極悪環境に適応しちゃったから、種族もこうなったわけか。寿命は普通の人間と同じで、身体的成長が二十代前半でストップか。まあ、病気の一種と思えばいいか。地球の女性から見ると羨《うらや》ましがられるかもだけど、いざ自分がなってみると複雑《ふくざつ》な気分だ。

新しく覚えたスキルのほとんどが、全部レベル10になってる。一体どれだけの日数をかけて、ここまでに至《いた》ったのだろうか？　ほとんど何も考えず、魔物に襲《おそ》われないよう気配を殺していたからわからない。多分、寝てるときも無意識のうちに、スキルを行使していたのかな。ところで、この『自己犠牲《ぎせい》』って何かな？　少し前に解析したときにもあったけど、詳細を見てなかった。

自己犠牲《ぎせい》
所持者の生命が危機に陥《おちい》ったときにのみ、自動で発動するスキル。ステータスの数値を犠牲《ぎせい》に、生命維持に足《た》りない箇所《かしょ》を補《おぎな》ってくれる

なるほど、私の生命維持には、このスキルも関与していたんだ。そう言えば、はじめに確認したとき、知力が少し減《へ》っていた気がする。今後は、MPを犠牲《ぎせい》に発動させれば、強さが減少《げんしょう》することはないよね。

それと、『聴力拡大』は今後も役立つから、どんどんレベルを上げていこう。

あと、ステータスの攻撃と魔法攻撃以外の数値がとんでもないことになっている。ステータスシステムの限界値を突破《とっぱ》したせいで正確な数字はわからないけど、攻撃力が皆無《かいむ》になった代わりに防御、敏捷、魔法防御、魔力量が世界最強になってしまった。自分に『構造解析』をかけてみよう。こうなった原因を正確に知っておかないとね。

シャーロット・エルバラン
偽《いつわ》りの聖女に逆恨《さかうら》みされ、ケルビウム山山頂に転移させられた。山頂の環境は世界最悪なため死ぬ寸前となる。だが、ノーマルスキル『自己犠牲《ぎせい》』、ユニークスキル『環境適応』と魔法『リジェネレーション』のおかげで、攻撃力と魔法攻撃力が皆無《かいむ》になった代わりに、強力な物理・魔法攻撃に耐えうる強靭《きょうじん》な身体へと変化した

強力な物理・魔法攻撃……か。全てとは記載されていない。そうなると、今の私に対してもダメージを与えられる生物がいるんだ。999を超えたからといって、油断しない方がいい。

うっ……完全に目覚《めざ》めたおかげか、お腹《なか》が異常に減ってきた。何日ご飯を食べていないんだろう。とりあえず、食べ物を探《さが》そう。しばらく歩いてわかったんだけど、ここは標高八千メートル、気圧も気温も低い厳《きび》しい環境にもかかわらず、息が苦しくないし、寒くもない。自分の身体が、この環境に適応したのが嫌でもわかる。凍傷《とうしょう》とかもないから、『状態異常無効』も効いているのかな。

それにしても、薄暗い山頂には見事に何もない。『暗視』のおかげで、周りがだだっ広い平地であることがわかる。

何もないのは山頂だけで、少し下ると森になり、下れば下るほど、明るくなっている。どうやら、薄暗いのは山頂部分だけのようだ。ちょうど、ここからでも見える森との境目《さかいめ》、あそこから光は遮断されることなく、地上に届いている。ただ、あそこから環境が変化しているせいか、魔物の気配も感じる。それに、かなり遠いけど人の気配も感じる。『魔力感知』や『気配察知』のおかげで、魔物と人の気配も明確に区別できるね。

人の気配がした周辺を見渡すと、かなり遠いのでわかりにくいが、村らしきものが見えた。とりあえず、目標はあそこに到達することかな。ただ、このまま行動に移しても、すぐ死ぬよね。いくら防御が世界最強になっても、餓死《がし》することだってありえる。現に、今は物凄《ものすご》く空腹《くうふく》だ。まずは、食糧を確保しないと。森だから木の実とかあるはずだ。

いったん山頂に戻り、山全体の気配を探《さぐ》ると、北の方向に凄《すご》く大きな魔力を感じた。この魔力量、私と比較すると、半分くらいだけど、おそらく戦うことになったらダメージを受けると思う。その周辺にいる魔物たちが怯《おび》えているのもわかる。いきなりそんな超強力な魔物と戦いたくないので、北以外で食べ物を探そう。

——そして、森への入口に到着した。現状、魔物とあまり戦いたくないけど、空腹には勝てない。とりあえずこの辺を探してみよう。

……うーん、結構探したのに、実っている果実が二種類しかなかった。

一つは、マンゴーくらいの大きさと形で、色はホワイト。実の表面に厳《いか》ついブルドッグのような顔があって、『あん、俺を食う気か？　はっ、食えるもんなら食ってみろや』と挑発されている気分になる。

なんか嫌な予感がしたので、構造解析してみた。

ガウガウの実

ケルビウム大森林に生息する厳《いか》ついフォレストウルフの顔が表面にある。この顔には、見た者を怒らせ引きつける特殊な魅了《みりょう》の効果がある。実自体は適度の甘さと柔《やわ》らかさで、非常に美味《おい》しい。ただし、一度でも魅了に囚《とら》われた状態で食べてしまうと、病《や》みつきになり、ガウガウの実だけを欲するようになる。そして、食べれば食べるほど、無気力となっていく。やがて、自分自身もガウガウの実を生《は》やす木になってしまう

こんな危険なもの、食えるか‼　ガウガウの実じゃなくて、魅了の実の間違いだろ‼
もう一つの実は、どうかな？　形も色もガウガウと同じなんだけど、表面の顔が子犬で『お願いだよ、僕を食べないで』と切実《せつじつ》に訴《うった》えてくる。この顔を見たら、非常に食べづらい。

ウルウルの実
一個で、一日は何も食さなくても良いとされる栄養豊富な実。ＨＰとＭＰを２００回復させる効果を持つ。表面には、子供のフォレストウルフが描《えが》かれており、視線を合わせると、僕を食べないでという感情が切実に伝わってくる。この魅了効果に惑《まど》わされずに食べることをお勧《すす》めする
※現在のシャーロットは十日間何も食していないので、この実を三個食べることを推奨《すいしょう》する

なるほど、ガウガウもウルウルにも、天然の魅了魔法が施《ほどこ》されているのか。一方が猛毒《もうどく》で、もう一方が食用。ケルビウム大森林に住む人や魔物たちは、これを見極《みきわ》めて食しているんだね。食べづらいけど、ウルウルの実を実食しよう。

モグモグと実を食べると、徐々に味が口の中に広がってきた。美味《うま》い‼　味もマンゴーに近いよ‼　それじゃあ解析通り、三個食べよう。今後はこれが主食となるのか。太りたくないから、毎日『構造解析』でチェックした方が良いね。

——よし、三個食べて、お腹もいっぱいとなったところで、今後のことを考えよう。

・力を百パーセント制御《せいぎょ》できるようにする。

・防御力の強化。物理と魔法攻撃を無力化させる方法を考える。

・自分の攻撃力に頼《たよ》らないなんらかの攻撃手段を考える。

こんなところか。急激《きゅうげき》に強くなってしまった自分の力を制御することが、第一だね。そして、なんらかの攻撃手段を見つけて完全にマスターしてから、この森を突破しよう。

○○○

山頂で訓練を開始してから二日、体内の魔力を循環《じゅんかん》させたり、目に魔力を集中させせたり、周りの気配を窺《うかが》ったりしたことで、自分の感覚がどんどん研《と》ぎ澄《す》まされていった。『視力拡大』を習得したし、他のスキルもレベルが上がった。でも急激に強くなったためか、身体がステータスの数値に追いついている気がしない。あと攻撃魔法に関しては、やっぱりだめだった。

訓練当初、試《ため》しにファイヤーボールやアイスボールを放ったけど、火はライター程度の大きさ、氷はコップに入れるサイズだった。色々と工夫してはみたものの全く成果なしということで、自分の攻撃魔法は完全に役に立たないことがわかった。

攻撃魔法が使えないとなると、相手の体内にある魔力を利用するしかない。確か地球には外気功というものがあった。あれを応用する。私は考えに考え抜いて、相手の体内にある魔素自体を破壊《はかい》する技を編《あ》み出した。この世界のあらゆるものに魔素が宿《やど》っているので、なんにでも効くはず。

それが、スキル『内部破壊』だ。このスキルを編み出すのに、本当に苦労したよ。

――『構造解析』で敵の最も弱いところを解析し、そこに自分の魔力をそっと流し、相手の魔力を狂わせ破壊する。

このイメージ通りにいくか、近くにあった大岩で試してみたが……全くの無傷だった。何度も何度も検証《けんしょう》した結果、この魔力による破壊も攻撃認定されるとわかった。だったら、『魔法操作』で相手の魔力をかき乱し破壊する案を思いつき、試しにやったら爆散《ばくさん》し、成功。『内部破壊』を取得したのだ。まだまだ弱いから、これをどんどん強化していかないとね。

○○○

訓練を開始してから、五日が経過した。

ノーマルスキル：魔力感知　Lv10／魔力操作　Lv10／魔力循環《じゅんかん》　Lv10／鑑定　Lv10／気配遮断Lv10／隠蔽　Lv10／暗視　Lv10／HP自動回復　Lv10／MP自動回復　Lv10／自己犠牲《ぎせい》Lv10／気配察知　Lv8／聴力拡大　Lv7／視力拡大　Lv5／内部破壊　Lv5／威圧　Lv5

『気配察知』がレベル8、『聴力拡大』がレベル7、『視力拡大』と『内部破壊』がレベル5にまで到達した。『環境適応』があるせいか、レベルの上がり方も早い気がする。

そして『内部破壊』という攻撃手段、必ず相手に触《ふ》れなければならないという大きな欠点もあるけど、かなり有効な手段だ。

また、新しくスキル『威圧』も覚えた。ただ、このスキルの扱《あつか》いには注意が必要だ。威圧量＝《使用する魔力量》×《『威圧』のスキルレベル》という計算式で成《な》り立っており、相手の威圧量を上回《うわまわ》っていれば、威圧が成立し、相手を恐慌《きょうこう》状態にすることができる。しかし、あまりに差があり過ぎると、恐慌を通り越してショック死する危険性もあるのだ。人

実際、魔力量の制御を間違えて、遠くにいたコボルトナイト一体を討伐《とうばつ》してしまった。人

に向けるときは要注意だね。

でも、ずっと訓練したおかげで、かなり制御できるようになった。森の探索《たんさく》でも役立ちそうだ。それに、強力な魔物と遭遇《そうぐう》したときの必勝パターンも考えた。

『威圧→構造解析→構造編集→ステータスの数値を改ざん→弱点部分を内部破壊』

この流れだ。たとえ相手のＨＰやＭＰが９９９あっても、『構造編集』で１００にまで落とせる。これはステータス全てにおいて可能だ。『威圧』や『内部破壊』が通用しなくても、『構造解析』と『構造編集』の連続で相手の弱体化が可能となるから、まず生き抜けるだろう。

訓練と並行して着手したのが、物理・魔法攻撃無力化の魔法作成だ。一口に物理攻撃といっても様々な種類がある。それらの攻撃で生じる運動エネルギーを無力化するには、どうすればいいのか。ここで思いついたのが闇属性だ。

とあるＲＰＧの魔王や邪神は闇の衣を身にまとうことで、物理攻撃や魔法を緩和《かんわ》していた。そこで私も、物理攻撃の運動エネルギーや魔法そのものを闇属性の衣に吸収させるというイメージを強く強く思い、闇属性の魔力を全力で圧縮《あっしゅく》させ、一つの不可視《ふかし》の衣を作製した。

そうしてでき上がったのが、ユニークスキル『ダークコーティング』だ。なぜか闇魔法ではなく、ユニークスキルになってしまった。

ダークコーティング
闇属性の魔力を極限《きょくげん》まで圧縮し身にまとうことで、物理・魔法攻撃が闇に吸収される。ただし、自分の魔力値を超える攻撃が放たれるとダメージを受けてしまう

これじゃあ、完全に魔王だ。いや、攻撃力0なら魔王とは言えないかな？

それはそうと、この五日間の食事は、全てウルウルの実だ。慣れって怖《こわ》いよね。今じゃ、普通に食べてるよ。これで全ての準備が整《ととの》った。

そうそう、あれからステータスを再度確認すると、称号の『癒《いや》しっ子』が『癒《いや》しマスター』になってることに気づいた。なぜ進化したのだろうと思って詳細を見れば……

称号　癒《いや》しマスター
癒《いや》しっ子の上位版。周囲の者のストレスを大幅《おおはば》に減少させる効果を持ち、スキル所持者に触れた者は、どんな状態であろうとも、状態異常の一つ『精神錯乱』が解消《かいしょう》される

『癒《いや》しっ子』が『状態異常無効』の影響を受け、『癒《いや》しマスター』になったのか。これは、ありがたい効果だ。

五日間山頂で訓練したおかげで、身体の制御方法もわかった。あとは森に入って、スキルを鍛《きた》えていこう。特に『内部破壊』は、生きている凶悪《きょうあく》な魔物たちで試していかないと、これ以上レベルも上がらないと思う。

さあ、明日からは、いよいよ森の攻略だ。

3話　初めての友達

全ての準備が整ったのは良いけど、服装だけは変えようがない。学会のために新調《しんちょう》したお気に入りの服が、衝突時の衝撃や訓練もあって、ところどころ破れている。できれば、魔人族の村で冒険者用の服を貰《もら》おう。さて下山して、あの森を突き抜けよう。それじゃあ出発!!

……この森、魔素濃度が山頂よりも大幅に低い。それでもエルディア王国に比べると、三倍くらいかな。普通の人間なら絶対に死んでるはずだけど、私には全く影響がない。

それに、一時間以上歩いているのに息切れ一つしないし、魔物と遭遇《そうぐう》しても、戦おうと少し魔力を出しただけで相手が逃げるし、私の身体がどんどん魔王化している気がする。

戦闘になっても、魔力を一切外に出さないように戦わなきゃ。

はあ……この憂鬱《ゆううつ》な気分から脱却《だっきゃく》するため、走ってストレスを解消しよう。

おー速い速い。敏捷999だけあって、すごく速い。まだまだ速く走れそうだ。どんどん山を下っていくと、不意に何かが飛び出してきた。

車は、急に止まれなーーーーい‼

――ドーーーーーン‼

盛大《せいだい》に衝突してしまった。私は問題ないけど、相手は瀕死《ひんし》だった。

ナマズのような顔、両サイドにある二本の口髭《くちひげ》、全身青色の硬《かた》そうな皮膚《ひふ》に覆われた、全長二メートルほどの恐竜《きょうりゅう》に見える。この子、凄《すご》くユニークな顔をしているね。

可哀想《かわいそう》だから回復してあげよう。

「ハイヒール」

「……⁉」

あ、気づいたようだ。こっちを見て威嚇《いかく》している。まずは構造解析してみよう。

名前　レドルカ
種族　ザウルス族／性別　男／年齢　58歳／出身地　ケルビウム大森林
レベル38／HP367／MP221／攻撃385／防御208／敏捷221／器用

１７１／知力２０４
魔法適性　雷・光・空間／魔法攻撃１９８／魔法防御１７８／魔力量２２１
回復魔法：ヒール
雷魔法：ライトニング・ライトニングボルト・ライトニングストーム
空間魔法：テレパス
ノーマルスキル：ライトニングファング　Lv９／気配遮断　Lv９／魔力感知　Lv８／魔力操作　Lv８／魔力循環　Lv８／聴力拡大　Lv８／気配察知　Lv７／身体強化　Lv７／危機察知　Lv７／威圧　Lv５／短縮《たんしゅく》詠唱　Lv５／洗濯《せんたく》　Lv３
**　ケルビウム大森林において、強さ（強Ｓ・Ａ・Ｂ・Ｃ・Ｄ・Ｅ・Ｆ弱）はＢランクに位置している。ザウルス族の指揮を担当しており、仲間たちからも認められている。ただ、気弱な性格のせいで、やや挙動不審《きょどうふしん》なところがある。定期巡回《じゅんかい》のため、ザウルス族の縄張《なわば》り周辺をパトロールしていたところ、山頂から一陣の風が吹いてきたので確認しようとしたら、シャーロットと衝突した**

　このステータスでＢランクか。Ｓランクは各ステータスが５００以上だと聞いたことがある。この子は攻撃力特化のＢランクってところか。威嚇《いかく》しているということは、格上だと気づいてないのかな？　『気配遮断』を使っているから無理もないけど。

種族のザウルス族って魔人族とどう違うのだろうか？　『ザウルス族』の箇所をタップと。

ザウルス族
ハーモニック大陸にいる固有種。遥《はる》か遠くに存在する地球という惑星に、かつて住んでいた恐竜たちの子孫《しそん》。神ガーランドが地球の管理者たちと協力して、この惑星に移動させた。当初は魔物扱いされていたが、現在は魔素のおかげもあって、知能がかなり進化しており、魔人語も話せることから魔物ではなく、ザウルス族と認知されるようになった

ここで地球という言葉が出てくるとは思わなかった。絶滅《ぜつめつ》する前に、こっちに移動してたんだ。魔物じゃないのなら話し合いはできるよね？　『威圧』はまだ制御が不完全だから、代わりに魔力をほんの少しだけ解放してみよう。『全言語理解』があるので、言葉は問題なく伝わると思う。

「あなた、私の声が聞こえる？」

あれ？　話しかけた瞬間、後退《あとずさ》りした。

「やめて、食べないでください。お願いします。どうか食べないでください」

よし、伝わった!!　でも、この怯《おび》えようは本気で怖がっている。

「一瞬感じた魔力で、勝てないことがわかりました。なんでもしますから食べないでください」

正体《しょうたい》不明で、魔力も異常に高いから怖がるのはわかるけど、私を見たら人間ってわかるよね？

「あの落ち着いて。あなたを食べる気ないからね」

「本当ですか⁉」

「食べる気なら、こんな風に話しかけたりしないよ」

私の言葉に納得したのか、この子はジロジロと見てきた。悪者なのか、観察しているのかな？

「……よかった、匂《にお》いや気配を探ったけど、悪い人間じゃなさそうだ。その……さっきはごめんね。気が動転しちゃって、ネーベリックのように僕たちを食べるんじゃないかと思ったんだ」

ネーベリック？

「君、どうしてこんなところにいるの？　もしかして、主人から捨てられたの？」

ネーベリックという言葉が気になるけど、先に質問に答えよう。

「違うよ。簡単に話すと、アストレカ大陸にあるエルディア王国にいたんだけど、そこの偽《にせ》聖女に逆恨《さかうら》みされて、転移石でここに飛ばされたの。あと、魔人語を完全に理解できるのは、スキルのおかげね」

「略《りゃく》しすぎだよ！　一応、大まかには理解できたけどさ。……まあ、こんな場所で嘘《うそ》を言うとは思えないし、君もなんか複雑な人生を送っているね」

恐竜にツッコまれるとは思わなかった。あれだけの説明でも理解してくれたんだ。何気《なにげ》に賢《かしこ》い。

「私は、シャーロット・エルバラン」

「僕はレドルカ。ねえ……もしかして山頂から来たの？」

そうか、山頂で訓練していたから、その魔力で周辺にいる人の方も気づいているんだ。

「そうだけど、それがどうかしたの？」

「じゃあ、あの強大な魔力の正体は君なのかい？」

やっぱり尋《たず》ねてくるよね。ここは正直《しょうじき》に答えよう。

「うん、何かまずかった？」

「あのさ、この一週間で時折感じた巨大魔力がなんなのか、僕たちの救世主となりえるのか、森に住む種族たち全員が調査しているんだ」

救世主？　この森に何か危機が迫っているの？

「あなたたちが私に危害を加えないのなら、味方になる……かな？」

「ホント⁉　絶対に危害を加えない、約束する‼　だから、僕たちの天敵ネーベリックを倒して欲しい‼」

下山途中で、いきなりイベントが発生したよ。私としても、まず仲間が欲しい。そのネーベリックというやつを倒せば、森に住む種族は、私の味方になってくれるかな?

「ちょっと待って。まずは落ち着こう。順に話してもらわないと意味がわからないよ」

とはいえ、ネーベリックが何者なのか全くわからない。まずは、情報収集だ。

「あ、ごめん。救世主が現れたと思ったから、テンションが上がっちゃった。ネーベリックはタイラントレックス型のザウルス族なんだけど、他の仲間よりも大きくて凶暴《きょうぼう》なんだ」

タイラントレックスって、ティラノサウルスのことだよね?

「その凶暴なネーベリックが、この森のボスなの?」

「いや、ボスじゃないよ。あいつは、僕たちの敵さ。今、ネーベリックのせいで、ケルビウム大森林の全種族が絶滅の危機に瀕《ひん》しているんだ。二十日前、ザウルス族、ダークエルフ族、獣猿族《じゅうえんぞく》の三種族だけで、協同でネーベリックに戦いを挑《いど》んだけど、敗北して十人くらいが食べられた」

ネーベリックは、大昔の肉食恐竜みたいだね。

「レドルカ、タイラントレックス型って言ってたけど、その名前、誰が決めたの?」

「名前?　確か……ヴェロキのお母さんが言ってたよ。あいつはタイラントレックス、別名ティラノサウルスだって。あいつは凶暴だから、連携《れんけい》して戦わないといけないって、僕たちに連携方法を教えてくれたんだ」

……ヴェロキって、まさかヴェロキラプトル？　きっとヴェロキのお母さんは、自分たちがヴェロキラプトルだから、子供にヴェロキって名づけたんだ。ティラノサウルスの件と言い、ヴェロキのお母さんは地球の知識を持っている。きっと転生者なんだろう。

「ヴェロキのお母さんは、今も健在《けんざい》なの？」

「……ううん、もう一人の子供、プードルの身代わりになって食べられた」

プードル⁉

「差し障《さわ》りがなければ、そのお母さんの子供の名前を教えて」

「別に良いけど。三人いて、ヴェロキとラプトルとプードルだよ」

ぐはっ‼　やばい、噴《ふ》き出して笑いそうになってしまった。不謹慎《ふきんしん》すぎる。いや、転生者ということは、きっとガーランド様のフォローが入るはずだから、そんなに深刻《しんこく》な気持ちになれないっていうのもあるんだけど……

「どうしたの？　震《ふる》えてるけど大丈夫？」

レドルカがうつむいている私を心配して、顔を覗《のぞ》き込んできた。まずい、我慢《がまん》しないと。

「……くく……いや……大丈夫……可哀想だと思って…ね」

ヴェロキのお母さん、そのネーミングは安直すぎる。ヴェロキラプトルだから、ヴェロキとラプトル、あと思いつかないからプードルにしたんだ。

「シャーロット、泣いてくれて、ありがとう。種族が違うのに、そこまで思ってくれるなんて」

笑いを我慢《がまん》したから、涙が出たとは言えない。誤解《ごかい》されたままにしておこう。

あと、ヴェロキのお母さんのことは、機会があればガーランド様に聞いてみなきゃね。

「それで、現在はどうなってるの？」

「二十日前の戦いで、みんな大怪我《おおけが》を負《お》ったから、それぞれ次の戦いに向けて回復中だよ。ネーベリックは強い魔物と戦うために、ケルビウム大森林の北側に移動した」

ケルビウム大森林の北側？　山頂での訓練中、時折感じていた強大な魔力、あれがネーベリックだったのか。ネーベリックの強さは、ステータスの数値だと600～800ぐらいだ。他の人たちも、レドルカと同等の強さだとしたら、普通のやり方では絶対に勝てない。

「大体、事情がわかった。村で傷を癒《いや》し、力を溜《た》めているときに、山頂から巨大な魔力を感じて、その正体を探ろうとしていたんだね？」

「そうだよ。多分、ネーベリックも勘《かん》づいて、近日中にこっちに戻ってくると思う。シャーロット、改めてお願いするね。どうか、ケルビウム大森林の救世主になってくれませんか？」

レドルカのお願いを無視して森を抜けることも可能だけど、ここまで事情を知ったからには、ヴェロキのお母さんのためにも、協力するしかない。

「私で良ければ協力するよ」

「ホント‼　やったーーーーー」

「喜んでいるところ悪いけど、私は実戦経験ゼロだから、みんなの協力がいるけど大丈夫？」

初の実戦が、いきなり世界最強クラスの化け物とはね。

「もちろん‼　いくら魔力量がネーベリックを超えていても、子供一人に戦わせないよ。みんなに紹介したいから、僕たちザウルス族の村に来てくれない？」

よかった、協力してくれる。一人では、ティラノサウルスと戦いたくないよ。ただ、どうしてかな？　それほど、怖さを感じないんだよね。

「いいよ。まずは、私の力を認識してもらわないとね」

ザウルス族はどんな家に住んでいるのかな？　ていうか、恐竜が家を建設できるのだろうか？

〇〇〇

ザウルス族の村は、ここから少し離《はな》れているという。歩いていくと、少し時間がかかるらしいから、今のうちにネーベリックや魔人族について聞いておこう。

「ケルビウム大森林にいる全種族が一致団結して、ネーベリックと戦ったことはあるの？」

「一年前に対戦したよ。結果はこちらが壊滅《かいめつ》だった。あいつはみんなを食べることで、どんどん強くなっていった。二十日前の戦いでも大敗して、もう誰が挑んでも太刀打《たちう》ちできないんだ。でも、シャーロットが参加してくれれば、ネーベリックに勝てる可能性が出てくる」

食べると強くなるか。特殊なスキルを持っているのかもしれない。レドルカの味方となる以上、私の攻撃手段を教えておこう。

「私の攻撃方法は、かなり特殊でね、相手に触れないといけないの。当然、ネーベリックも、得体の知れない女の子を自分の間合《まあ》いには入れないと思う」

「相手に触れないといけないの？　武器とかは？」

「必要ない。私の魔力は、ネーベリックよりも上だから、やつに接触《せっしょく》できれば、『内部破壊』という特殊なスキルで倒せると思う」

「『内部破壊』？　聞いたことないスキルだ。倒せる可能性があるのなら、それに賭《か》けるよ」

会って間もない私の話をすぐに信用するとは……相当追い詰《つ》められている。ネーベリックを倒す手段はあるけど、ザウルス族たちと連携して近づく方法を考えないといけない。

「レドルカ、ネーベリックとは別に気になることがあるんだけど、私たち人間はハーモニック大陸にいる種族を総称《そうしょう》して、『魔人族』と呼んでいるんだけど、どのくらいの種族がいるの？」

「ハーモニック大陸には、魔鬼族《まきぞく》、ダークエルフ族、鳥人族、獣猿族《じゅうえんぞく》、ザウルス族がいる。魔人族と総称しているのも、きちんとした理由があるんだ。僕たちザウルス族が語り継《つ》いでいる歴史なんだけど、遥《はる》か昔の大戦争で、この大陸一帯の環境が激変《げきへん》して、魔素濃度が人間族のいるアストレカ大陸やランダルキア大陸よりも高くなってしまった。そのため一時期、この大陸に住む全種族が絶滅の危機に陥《おちい》ったんだけど、少しずつみんながこの魔素の環境に適応しはじめた。そして、数十年の歳月《さいげつ》が過ぎる頃には、普通に生活できるようになった。そこで『魔素に打ち勝った偉大《いだい》な人々』ということで、全員を『魔人族』と呼ぶようになったのさ」

えー、初耳なんだけど⁉　こっちでは、魔の心に囚《とら》われた悪鬼《あっき》と語り継がれてきたよ‼

「魔人族って、そんな偉大な意味があったんだ。全然、知らなかった」

「シャーロットは、どう聞いていたの？」

言ったら怒るんじゃないかな？

「詳《くわ》しいことは知らないけど……魔人族は、魔の心に支配された種族のことで、性格は残《ざん》忍《にん》、傲慢《ごうまん》、野蛮《やばん》、と最悪だから、仮に出会ったとしても近づいてはいけないと教わったよ。二百年前の戦争も、魔人族がアストレカ大陸を支配しようとして引き起こしたものの、戦争に負けて、ハーモニック大陸に逃げていって……」

「うっわ、なにそれ、どこの種族の話？　こっちの歴史と全然違うよ。僕たちザウルス族は、森を出ないから詳しく知らないけど、さっきも言った通り、魔人族は遥《はる》か昔からこの大陸に住んでいるよ。それに、魔人族がアストレカ大陸に攻《せ》めていったんじゃなくて、人間やエルフたちがハーモニック大陸に攻めてきて、大敗して逃げ帰ったの」

完全に逆じゃん。こういうときは、相手のことを悪く言う方が嘘をついているもの。大《おお》方《かた》、『種族としてのプライドが許さない』というしょうもない理由で、人間側が歴史を改《かい》竄《ざん》したんだ。大陸間が離れているから、真実を知ることもできない。それと、ランダルキア大陸の国々はその戦争を傍観《ぼうかん》するだけで、何もしなかったと教わった。おそらく、両大陸からの有益な資源を失いたくないから、完全中立を維持したんだ。

「そういうことか……教えてくれてありがとうね。この森には、全種族がいるの？」

「昔はみんながケルビウム大森林に住んでいたんだけど、人口が増加したことで、各種族の多くが出ていって、あちこちに国を作ったよ。といっても、森には少ないけど今も全種族がいて、ネーベリックと戦っているんだ」

当初、環境に適応した人たちは、この森に住んでいたんだ。ここが魔人族発祥《はっしょう》の地なんだね。

「あ、村が見えてきた。シャーロットをみんなに紹介するね。さあ、行こう」

ザウルス族の村か。ネーベリックを倒すためにも、まずは恐竜たちとお友達になろう。

4話　ザウルス族の村

ザウルス族の村に着いた。けれど、ここは拓《ひら》けた場所というわけではなく、他のところよりも木々の間隔《かんかく》が広いくらい。家は一軒《いっけん》もない。あるのは、直径四メートルくらいの鳥の巣のようなベッドだけ。それが、あちこちに点在している。

そして、肝心《かんじん》のザウルス族は……ここから見える範囲だと、全長二メートルくらいのヴェロキラプトル、全長二メートル五十センチくらいのデイノニクス、全長一メートルくらいのコンプソグナトゥス、全長五十センチくらいのミクロラプトル、全長一メートル～一メートル五十センチくらいの様々な恐竜の特徴《とくちょう》が混じった雑種など――二足歩行の小型恐竜ばかりだった。

「ねえレドルカ、もっと大きなザウルス族はいないの？」

「そんなのは、ネーベリックだけ。遥《はる》か昔には、大小様々なザウルスたちがいたらしいけど、まず敏捷性の低い四足歩行のザウルスたちが、魔物の獲物《えもの》となって大小問わず死んでいった。次に、二足歩行の巨大なザウルス……だったかな？」

レドルカって、千年以上前の歴史も知ってるんだ。

「二足歩行の大型ザウルスは、なんで死んだの？　敏捷性もあるし強いでしょ？」

「ドラゴンに食べられたんだ。巨大なドラゴンからすれば、僕らも人間と大差ないからね。大きい分目立つし」

納得。ドラゴンは小型でも全長八メートルと本にあった。中型以上に空から襲われれば、ひとたまりもない。自然淘汰《とうた》の末に、敏捷性があって小型なザウルス族たちだけが生き残ってきたわけか。

「それなら、ネーベリックだけどうして大きいの？」

「そこがわからないんだ。ネーベリックの全長は十メートル。そもそもやつは、この森には住んでいなかった。五年前、ジストニス王国の王都方面からやって来たのさ。多分、王都に行けば、何かわかると思うけど、今は戦力を減らしたくないから、偵察《ていさつ》にも行けないんだよ」

これは、何か事情があるね。あ、一頭のヴェロキラプトルが近づいてきた。

「レドルカ、偵察ご苦労さん。そんで、そこの人間はなに？」

結構迫力《はくりょく》あるな。深緑に覆われた硬い皮膚《ひふ》、前足の先にある鋭利《えいり》でカーブした鉤爪《かぎづめ》、筋《きん》骨隆々《こつりゅうりゅう》の後足、ある一点を除《のぞ》いて、映画で観《み》たCGのヴェロキラプトルだ。そのある一点とは目だ。映画では鋭《するど》い目で、獲物を睨《にら》みつけるけど、このザウルスからは鋭さを感じられない。どこか、温和そうな雰囲気《ふんいき》を感じる。他のザウルスも同じ感じだ。

「ヴェロキ、この子が山頂の巨大魔力の正体だよ」

ああ、この人がヴェロキさんなんだね。

「……冗談《じょうだん》でも笑えないぞ」

「見た目だけは、普通の子供だからね。シャーロット、『威圧』使える？」

「スキルはあるけど、まだ加減できないよ？」

「あ、それはダメだ。下手《へた》すると僕もヴェロキも死んじゃう。僕と会ったときみたいに、魔力を十秒ほど外に出してくれない？　『威圧』とは違うけど、魔力の大きさや質は伝わるんだ」

レドルカと出会ったときの対処は、あれで合っていたのか。

「でも、いいの？　あのときのレドルカのようになるよ？」

「『威圧』よりマシさ」

仕方ない、ヴェロキさんには悪いけど、信用してもらうためにも少し魔力を解放しよう──

「…………」

あ、ヴェロキさんが目を大きく見開いたまま固まった。後方にいる他のザウルス族たちも固まってしまった。これで私の魔力量が、ネーベリックよりも大きいということが証明されたかな。

「ヴェロキさん、私はシャーロットと言います。レドルカから、ネーベリックの話を聞きました。私は、あなたたちの味方です。敵意を見せない限り、私からは何もしません」

「本当に、俺たちの味方？　ネーベリックと戦ってくれるのか？」

「はい。ただ、実戦経験がないので、あなたたちの協力が必要となります。私がネーベリックの頭部に触れることができれば、倒すことは可能です。そうですね……そこの古びた鎧《よろい》や剣で、私の攻撃方法をお見せしましょう」

すぐ近くにあった大岩に、古びた鎧や剣が置かれている。サイズが違うから、他の種族の戦死者が使っていたものだろう。まずは、鎧を構造解析する。材質は鋼鉄《こうてつ》、金属にも微《び》量《りょう》の魔素が含まれているため、全ての魔素を瞬時に暴《あば》れさせ……一気に外に押し出す‼

パアアァァァーーーーーン！

大きな音とともに、鋼鉄製の鎧が粉々《こなごな》になった。

「凄《すご》い。『内部破壊』って、本当に内部から破壊されるんだ。これ、僕たちにもできるかな？」

「そこは、よくわからない。対象に含まれる魔力や魔素の位置を正確に把握《はあく》して、それを自分の『魔力操作』で暴走《ぼうそう》させるの。少なくとも『魔力操作』を極《きわ》めていないとできないと思う」

ああ、全員から吐息《といき》が漏《も》れた。

「でもよ、なんらかの方法でネーベリックの動きを止めることができれば、シャーロットのそのスキルで勝てるんだよな？」

「ヴェロキさんの言う通りです。この攻撃は相手の防御やスキルを無視するから、誰にでも通用します」

その瞬間、周囲がざわめき、歓声《かんせい》へと変わった。他のザウルス族も、レドルカ同様、私の気配と匂《にお》いから人柄《ひとがら》を判断して、信用できると思ったのだろう。みんなが涙を流し、戦意が漲《みなぎ》ってきているのがわかる。

「レドルカ、ザウルス族は何人いるの？」

「全部で二百人くらいかな？　ただ……その中でもやっと戦えるのは三十人くらいしかいない。というか、今この場にいる連中のことだね。他のみんなは……あまり言いたくないけど、手や足を失ったせいで戦力にならないんだ」

二百人‼　一つの種族が二百人しかいないって絶滅寸前じゃないか‼　そうなると、まずは全員を回復させる必要がある。今の私なら、リジェネレーションの範囲もかなり広いはずだ。周囲五百メートル以内に設定して、みんなを回復させよう。

「レドルカ、私は回復魔法のリジェネレーションを使えるの。今から全員を完治《かんち》させるね」

「え、あの上級魔法を使えるの⁉」

「うん。しばらくの間、動かないようにと、怪我《けが》してる人たちに伝えて欲しい」

「わかった。みんな、シャーロットの話を聞いたよね？　急いで、全員に通達して‼」

　ザウルス族たちが一斉に動き出した。北の方向から感じるネーベリックの気配は、まだ動きを見せていない。やつがこっちに来る前に、全ての準備を整えておこう。

〇〇〇

　現在、リジェネレーション使用中のため、私は動くことができない。魔物が接近した場合は、私の『威圧』で排除《はいじょ》すればいい。怪我《けが》の酷い者たちだけ、構造解析を行《おこな》って治療《ちりょう》速度を速めている。

　私は隣《となり》にいるレドルカやヴェロキさんから、現在のザウルス族の最大戦力となる者が誰なのか、特殊攻撃をできる者はいないかなど、色々と聞いてみた。

　しかし、ネーベリックは『状態異常耐性』を持っている上に、最大攻撃力４２３を持つデイノニクスのデイドラさんでも、全く歯が立たないらしい。彼も私のすぐそばにいるので、色々と聞いてみよう。

　デイノニクスのデイドラさん、薄い茶色の毛と濃《こ》い茶色の毛が縞模様《しまもよう》となって、身体全体を覆っている。頭の上にトサカのような棘《とげ》が数多くあるのが特徴的だ。彼は、レドルカやヴェロキさんと違って、雰囲気《ふんいき》がどこか大人《おとな》っぽい。

「デイドラさん、あなたの最大攻撃でも、ネーベリックは無傷だったんですか？」

「悔《くや》しいが、全くの無傷だ。あの硬さは異常だ。しかも、ヴェロキたち三兄妹の連携攻撃さえ軽々と回避《かいひ》する敏捷性もある。やつの力はSランク、数値で言うなら６００以上はある。おまけに、『身体強化』のレベルも高いから手に負えない」

『身体強化』？　私は、まだ持ってない。

「私は『身体強化』を持っていません。習得方法を教えてくれませんか？」

「なに、それはまずい。このスキルは、基本ステータスの数値を底上げしてくれる便利なものだ。リジェネレーション中だが、『魔力循環《じゅんかん》』と『魔力操作』を使用できるか？」

「もう慣れてきましたから、そのくらいなら大丈夫です」

「よし、血液に流れている魔力を、身体全体にある筋肉の中に染《し》み込ませるんだ」

　ふむふむ、身体の中にある魔力を効率的に活用するんだね。そうなると、筋肉ではなく、細胞に染み込ませるようにしよう。ただ、細胞が潰《つぶ》れないように、少しずつだ。

《身体強化Lv５を取得しました》

……呆気《あっけ》なく取得してしまった。しかもレベル5だ。

「ありがとうございます。『身体強化』レベル5を習得できました」

「「「な⁉」」」

あれ？　なんかまずかった？

「シャーロット、習得するのが早すぎるよ‼　デイドラが喋《しゃべ》って、数分しか経過してないよ‼　普通は、最低でも一日くらいかかるんだよ」

ええ、そうなの⁉

「筋肉に染み込ませても不完全だと思って、細胞に染み込ませたんだけど？」

「「「細胞？」」」

「簡単に言うと、身体の臓器《ぞうき》とかを構成しているものだね。細胞が集まって組織になり、組織が集まって臓器になるの。三人も筋肉ではなく、もっと深いところをイメージして魔力を染み込ませたら、スキルレベルが上がると思うよ」

「身体を構成するものか。レドルカ、ヴェロキ、やってみよう」

三人が瞑想《めいそう》した。三人のスキルレベルは、どこまで上がるかな？

「僕の『身体強化』が7から8に上がった‼」

「レドルカ、俺も同じだ。あとで、ラプトルとプードルにも教えないと」

「私は、7から9に上がった。こんな簡単に上がっていいのか？」

多分、デイドラさんのイメージが上手《うま》いんだ。あと、これまでの経験もあると思う。早速、『身体強化』を構造解析だ。

身体強化
体内にある魔力を身体の組織に染み込ませることで、身体全体が強化される。また、染み込ませた魔力に属性を付与《ふよ》させれば、強化率もさらに上昇し、扱い次第では弱者でも強者を打ち破ることができる

おお、凄《すご》いぞ『身体強化』‼　私は身につけたばかりだから、属性付与は危険だよね。ここは、経験豊富な人にやってもらおう。

「レドルカ、染み込ませた魔力に雷属性を付与して、私に見せて」

「「は⁉」」

あれ？　何か、おかしいこと言ったかな？

「え……そんなことができるの？」

これは……ひょっとしてみんな知らない？　うーん、ここは『構造解析』のことを話した方がいいかな。でもな～って……よく考えたらこの時点ですでに化け物扱いされてるよね。今更《いまさら》、ユニークスキルのことがバレても、あまり変わらない気がする。『構造解析』

だけなら、『鑑定』の最上位に位置するスキルって言い方で納得してくれるかもしれない。

「できるよ。私には、『鑑定』の最上位版である『構造解析』を持っていて、あらゆるものを嘘偽《うそいつわ》りなく解析できるの。『身体強化』を調べたら、強化中の魔力に属性を付与すれば、強化率も上昇するんだって」

「「「『構造解析』⁉　身体強化中の魔力に属性付与⁉」」」

三人とも、大口を開けている。本当に知らなかったんだ。

「と、とにかく、やってみるよ」

レドルカが目を閉じ、集中した。数分ほどすると、身体から薄《うっす》ら黄色く光り出し、バチバチと音が鳴りはじめた。

「……できたよ。力が溢《あふ》れてくる」

「お、俺もやるぞ！　風属性を付与だ」

「私は、火属性を試してみる」

三人とも凄《すご》い。すぐに、強化中の身体に属性付与を行《おこな》った。はじめは、身体から属性の光が漏れていたけど、十分ほどで感覚が掴《つか》めたのか、光が収まってきた。

「この感覚……もしかしたら……やった‼　シャーロット、デイドラ、ヴェロキ、見てみて！　僕の牙《きば》に『身体強化』を集中させたんだ。牙から凄《すご》い魔力を感じる‼」

レドルカ、本当に凄《すご》いよ。牙から感じる魔力は、ネーベリックを超えている。

「すげえ〜、それなら俺の鉤爪《かぎづめ》にもできるか？　……やったぜ、成功だ‼」

「私もできた。だが、この属性付与は、身体の消耗《しょうもう》も激《はげ》しい。常時の使用は無理そうだが、切り札《ふだ》としてなら使用できる。シャーロット、感謝する‼　ネーベリックはこのことを知らない。我々にも勝ち目が出てきた。みんなに……」

「待って待って‼　今はリジェネレーション中だからだめ。まずは回復に専念《せんねん》しよう」

『身体強化』と属性付与を完璧《かんぺき》に使いこなせれば、ネーベリックとの戦いで、有利に事が運《はこ》べる。あとは、どうやって戦うかだ。みんなのステータスを解析して、戦法を考えよう。

5話　対決前の下準備

リジェネレーション完了後、私は多くの恐竜たちから、感謝の抱擁《ほうよう》や握手《あくしゅ》を求められ、ちょっとした騒《さわ》ぎとなった。落ち着いたところで、私からも、ここに来た経緯《けいい》をみんなに説明し、目的はアストレカ大陸エルディア王国にある実家に戻ることだと、しっかり伝えておいた。ザウルス族全員が私の話を信じてくれたことで、私は村内へ温かく迎《むか》え入れられ、彼らの仲間として認められた。ハーモニック大陸に転移されて初めてできた友達が恐竜とは、想像もしてなかったね。

そして、今は夕食中だ。

ザウルス族は家を持たない。村と言われているけど、そこを縄張りにしているだけだった。本来なら家族ごと別々に食べるそうだけど、今回は私という強力な味方を手に入れ、全員の怪我《けが》が完治したということで、士気を高めるためにも、全員が集まって食事することになった。

こういうときって、通常族長からの挨拶《あいさつ》があるらしいけど、前の戦いで死んでしまったらしい。そこで、私を見つけたレドルカが族長代理となって、挨拶《あいさつ》を行《おこな》い、夕食会が開催《かいさい》された。

メニューは、ウルウルの実や魔物肉、森に自生している野菜などだ。私も食べようと思ったけど……問題が発生した。魔物肉が生なのだ。ザウルス族は魔物肉を生のまま食べるのだろう。せっかく私のために用意してくれたのに、「生の肉は食べられません」とは言えない。

「シャーロット、どうしたの？　今日の肉はフロストビーだから、甘くて美味《おい》しいわよ。フロストビーは、森に咲く花から蜜《みつ》を吸って、体内の器官に溜《た》め込む習性があってね。肉にも、蜜《みつ》の匂《にお》いや味が染み込むのよ。私たちにとっては、ご馳走《ちそう》なの」

今、話してくれたのは、ヴェロキラプトル三兄妹の長女――プードルさんだ。夕食ができるまで、三兄妹と色々話した。長男のヴェロキさんは、明るくて良いザウルスだけど、お調子者なのがたまに瑕《きず》かな。次男のラプトルさんは、やや気弱なところがありつつも、ヴェロキさんと同じくお調子者だった。そんな二人を制御しているのが、しっかり者の長女プードルさんだった。

「えーと、人間は肉を焼いて食べるのが主流なの。その方が、肉の旨味《うまみ》が増して数段美味《おい》しくなるんだ。ほら、こんな感じだよ」

試しに、私とプードルさんのフロストビーの肉をファイヤーボールで焼いた。私の肉はミディアム、プードルさんの肉はレアだ。いきなり、きちんと焼いたものだと食べづらいだろうからね。

「そういえば、他の種族たちも焼いていたわね。私たちは、基本生で食べるから気にしてなかったけど、試しに食べてみるのもありかな」

肉の色が少し変化したせいか、プードルさんがおそるおそる匂《にお》いを嗅《か》いでいる。

「へえ～、確かに香ばしい匂《にお》いがするわ。試しに……なに……これ……見た目は生に見えるけど、味が全然違う。香ばしくて、甘くて……肉が溶《と》ける……物凄《ものすご》く美味《おい》しい‼　ただ焼くだけで、ここまで変化するものなの⁉」

「変化しちゃうんだな。生だと、少し臭《くさ》みがあるでしょ？　人間はそれを打ち消すために、肉を焼いてタレに漬《つ》けてから食べるの。他の種族から聞いてなかったの？」

「聞いてはいたけど、ザウルス族の古くからのしきたりで、『肉は生で食すのが良し』と言われていたのよ。だから、生の方が美味《おい》しいと思い込んでいたわ。シャーロット、焼いた肉は、私たちに合わないのかしら？　もう食べちゃったけど、毒ってことはないわよね？」

うーん、一応『構造解析』で調べて見よう。

「――『構造解析』で調べたけど、全然問題なしだって。むしろ、なんで焼かないのか不思議だと記載されてた」

「う……そ」

そこからが、ちょっとした騒ぎになった。プードルさんが、レドルカたちに知らせたのだ。全員が揃《そろ》って、火魔法でフロストビーの肉を焼いていった。焼き方に関しては、私がレア、ミディアム、ウェルダンと教えたけど、やっぱりザウルスによって好みが別れた。ただ、総合的に見ると、レアが好まれるようだ。あまり焼き過ぎると、蜜《みつ》の匂《にお》いが消えてしまうのだ。みんな、笑顔でフロストビーの肉をほおばり、楽しいひと時を過ごせた。

翌日、私はレドルカとデイドラさんとヴェロキラプトル三兄妹を呼び出し、ネーベリックについて話し合った。まずはレドルカにネーベリックの全体像を地面に描いてもらったら、やっぱりティラノサウルスだった。そうなると、急所は頭部で間違いない。でも、高さ十メートルもあるから、簡単に触《さわ》らせてくれるはずがない。それなら、アキレス腱《けん》を攻撃し、歩行不可能にすれば良い。ネーベリックもその部分だけは、他の皮膚《ひふ》よりも薄いはずだ。そこに一撃必殺の攻撃を浴《あ》びせれば、地面に倒せるだろう。

ここで重要になるのが、誰が私と一緒にネーベリックと戦うかだ。とりあえず全員に『身体強化』からの属性付与を追加させる方法をレドルカたちと協力して教えたけど、多人数よりも少数精鋭《せいえい》で挑んだ方が、成功率も高いと思う。

現在のネーベリックは、北に潜《ひそ》む強力な魔物たちを食べて、さらに強力になっているはずだから、ステータスの防御の数値を８００と仮定し、アキレス腱《けん》を確実に破壊できるザウルス族を厳選《げんせん》しないといけない。それができるのは、雑種のレドルカ、デイノニクスのデイドラさん、ヴェロキラプトル三兄妹の五人しかいなかった。

ただ、私の策を確実に成功させるには、このままではダメだ。そこで、彼らが共通して持っている『跳躍《ちょうやく》』に注目し、ネーベリック討伐方法を五人に話した。

「――僕たちにそんなことできるのかな？　今までに試したザウルスはいないよ？」

「レドルカ、自信を持って‼　『跳躍』があって、周囲の木々を利用すれば、絶対にできる‼　成功すると、『跳躍』の進化型スキルも習得できる。五人には、これから『身体強化』と属性付与、『跳躍』の練習をしてもらうね。他のみんなは、『身体強化』と属性付与を完璧に使いこなして、防御に専念してもらう予定だよ」

もちろん、私も『身体強化』と属性付与の練習を行わないといけない。

「私は、シャーロットの戦略に賛成だ。ネーベリックに少しでもダメージを与えられるのは私たちしかいない。やつは強くなっていることもあって、我々が少数精鋭で挑んだら油断するはずだ。そのときのやつは、『身体強化』も疎《おろそ》かにしていて、防御が最も薄いだろう。だがこの油断は、戦いの序盤《じょばん》でしか起こらない。その間に、アキレス腱《けん》を食い破らないといけない」

デイドラさんの言う通りだ。私たちは戦いの序盤で、致命的《ちめいてき》な一撃を与えないといけない。

「……そうだね、やるしかない。ここで負ければ、ザウルス族は絶滅するかもしれないんだ。みんな、頑張《がんば》ろう‼」

おそらく、やつは山頂の異変と、南から感じる私の気配で、数日中に戻ってくるだろう。戦いに備《そな》えるべく、この日から特訓が始まった――

〇〇〇

特訓を開始してから二日後、狂気を孕《はら》んだ禍々《まがまが》しい気配が、ザウルス族の村に近づきつつあった。

「レドルカ、やつは今日中にこの村に到着するぞ」

「シャーロットの気配が、村に留《た》まっていることを察知したのかな?」

「おそらくな」

デイドラさんとレドルカは、比較的落ち着いている。でも、ヴェロキラプトル三兄妹はかなり緊張《きんちょう》していた。

「三人とも、身体が固いよ。大丈夫?」

「特訓で『立体舞踏《りったいぶとう》』を習得して、身体への属性付与も可能になったけど、正直怖いな。ラプトルはどうだ?」

「兄貴と同じ気分だ。シャーロット、成功率はどのくらいだ?」

「正直に言うと、今の時点で五十パーセントくらいかな」

五人は連日の訓練で、『立体舞踏』のレベルを6にまで引き上げていた。他のみんなも、私たちとネーベリックの戦いが森林を破壊する危険性もあるため、防御魔法の訓練に専念してもらったことで、新《あら》たな魔法を覚えられた。やるべきことは、しっかりやった。

「ヴェロキもラプトルも、もっと自信を持ちなさい‼　みんなも褒《ほ》めてたでしょう?　ここから先は、ぶっつけ本番で試すしかない。お父さんとお母さんの仇《かたき》を討《う》つためにも、しゃんとして‼」

「……そうだったな。父さんと母さんの仇《かたき》を討つんだ。シャーロットのおかげで、不思議と今までにないくらい、力は溢《あふ》れてる。やろうぜ、ラプトル、プードル」

三人は、互いを見つめ頷《うなず》きあった。ヴェロキさんは、自分の両手を見つめ、自分の中の魔力を確認したのかな？　たった二日の訓練ではあるけど、私が構造解析しながら、五人の長所と短所を見極め、重点的に教えたからね。

「ネーベリックの気配が止まりましたね。む、やつの近くに知らない気配が三つほどあります」

「位置的に、獣猿族《じゅうえんぞく》のパトロール隊とぶつかったか⁉　レドルカ、どうする？」

「デイドラ、助けに行こう。獣猿族《じゅうえんぞく》も、たった三人でネーベリックと戦うことはしないはずだ。ここから距離《きょり》も近い。みんな、ネーベリックとの戦いを始めるよ‼　僕たち六人が戦うから、みんなは周囲を取り囲んで、防御に専念するんだ。出発だ‼」

目的地は、ここから北西二キロほどの地点。私が一人で走っていけば、確実に助けられるけど、今は団体行動中、勝手な行動は余計危険だ。獣猿族《じゅうえんぞく》を信じるしかない。戦いに挑むメンバーは、私たち六人。周囲の森を防御魔法で強化させるメンバーが二十人、残りのメンバーは村で待機だ。

獣猿族《じゅうえんぞく》の三人の気配はかなり弱々しいけど、私たちの気配に気づいたようだ。こちらに向かってきている。そして、ある地点から地響《じひび》きがした。ズウウゥウゥーーーン、ズウウゥウゥーーーンと、その地響きが、少しずつ大きくなってきている。

「みんな、僕たちから離れて‼　戦いが始まったら、周囲を大きく囲んで防御魔法を展開するんだ」

全員が頷《うなず》き、散開した。やつの目的は私だから、まず目移りすることはない。

前方から獣猿族《じゅうえんぞく》三人が私たちのところに飛び込んできた。レドルカから聞いてはいたけど、その姿は地球でいうとゴリラに近いかな？

ザウルス族同様、服とかは着用せず、その拳《こぶし》だけで魔物たちと戦う部族。でも、毛の色がゴリラと全然違う。身体全体が薄い茶色の剛毛《ごうもう》に覆われていて、特徴的なのが顔だ。眉《まゆ》毛《げ》だけが長く、緩《ゆる》い曲線を描きながら頭の方へ伸《の》びている者、口髭《くちひげ》が地面の方へ伸びている者、あご髭《ひげ》が胸付近まで伸びている者、三者三様《さんしゃさんよう》だった。

「早く後ろに行って‼　そのまま行けば、僕たちの仲間がいるから回復してもらって。ここは僕たちに任《まか》せるんだ‼」

「しかし、お前たちが……」

「やつがここに戻ってきた時点で一緒だよ。大丈夫、今回こっちには切り札があるから安心して」

「すまん、頼む」

ネーベリックという脅威《きょうい》が後方から迫ってきている以上、彼らに悩《なや》む時間などなかった。

獣猿族《じゅうえんぞく》の三人は、すぐ私たちから離れていく。そして地響きが大きくなっていき、やつが現れた。

6話　VSネーベリック

　恐竜が地球の地上を席巻《せっけん》していたとき、ティラノサウルスは白亜《はくあ》紀後期の大量絶滅まで生態系の頂点に君臨《くんりん》していたといわれている。現在、残されているのは化石のみ。どんな顔をしていたのか、どんな皮膚《ひふ》の色をしていたのかはわからない。

　ここに現れたネーベリックは、全長約十メートル、皮膚《ひふ》の色が濃い茶色、ボコボコした硬そうな皮膚《ひふ》、筋骨隆々の二本足、鋭い目つき、そして——凶悪な禍々《まがまが》しい闇の魔力を纏《まと》っていた。

「獣猿族《じゅうえんぞく》の次は、ザウルス族か。そこに人間の子供が一人。山頂の魔力の主は、貴様か」

　レドルカが、声を聞くだけで震え上がると言っていたけど、その理由がわかった。低く威厳《いげん》のある、生物の頂点に君臨するに相応《ふさわ》しい声をしている。

「私はシャーロット、あなたがネーベリックだね？」

「そうだ。一つ良いことを教えてやる。私は……自分より強い存在を許さない。貴様が、なぜ山頂に突然現れたのかはわからん。だが、生かしておけん。いずれは魔力だけでなく、全てにおいて私を超越《ちょうえつ》した存在となる。貴様を食えば、私はさらなる高みに登り詰めることができる。今、ここで私の餌《えさ》となれ」

なんか、ゲームの中ボスのようなセリフを吐《は》くやつだ。これがゲームなら、ここから戦闘画面に切り替わって、中ボスの音楽が聴《き》こえてくるだろう。

「ここに転移して、十七日目で死ぬわけにはいかない。私はみんなと、あなたを倒す」

「雑魚《ざこ》どもが、束《たば》でかかってきたとしても、私に傷一つつけられん」

「そうかな？　戦い方次第で、あなたを追い詰めることができるよ」

まずは、ネーベリックを構造解析だ。

名前　ネーベリック
種族　ザウルス族／性別　男／年齢　100歳／出身地　ジストニス王国・国立研究所
全長　10m56㎝
レベル49／HP918／MP823／攻撃901／防御782／敏捷576／器用191／知力534
魔法適性　火・風・闇／魔法攻撃725／魔法防御701／魔力量823
火魔法：ファイヤーボール・ファイヤートルネード・フレア・フレアレイン
風魔法：ウィンドカッター・ウィンドインパクト
闇魔法：ダークフレア

ノーマルスキル：魔力感知　Lv10／魔力操作　Lv10／魔力循環《じゅんかん》　Lv10／気配察知　Lv10／身体強化・状態異常耐性　Lv9／雄叫《おたけ》び　Lv9／噛《か》み砕き　Lv9／威圧　Lv8／殺気　Lv8／聴力拡大　Lv8／フレイムクロウ　Lv8／危機察知　Lv7／テイルウィップ　Lv7／視線誘導　Lv5／気配遮断　Lv5／跳躍　Lv3

ユニークスキル：無詠唱・暴食《ぼうしょく》・サイズ調整

性格：超凶暴

生まれてから九十五年間、実験用モルモットとして扱われてきたため、様々な毒の耐性を持っている。五年前、種族進化実験の際に打たれた試薬がたまたま身体に適合し、これまでの怒りと恨《うら》みが合わさって大幅にパワーアップし巨大化したが、薬で無理矢理進化した影響もあって、性格も超凶暴に変化した

力が大幅に上がったことから施設を脱走し、これまでの恨《うら》みを晴らすべく殺戮《さつりく》を始める。回復魔法を使用可能な者たちを重点的に殺《あや》めた後、全ての元凶《げんきょう》である王族たちに牙を向けた。冒険者たちを薙《な》ぎ倒しながら、王城に突き進み、ユニークスキル『サイズ調整』を使ってサイズを縮小《しゅくしょう》後、王城に侵入

王城にいる全ての者を食い尽くす予定であったが、なぜか特定の魔鬼族だけは食べてはいけないという感覚に襲われる。ただ、それでもほとんどの王族や貴族を食べる。国王、王妃、第一王子を食べた後、最後の一人というところで逃げられてしまい、その者を追い

かけているとき、急速に視野が広くなり、しばらく考え込んだ後、王城を出ていった
その後、王都にて大勢の騎士や魔法使いたちを食い殺したものの、一人の冒険者に深手《ふかで》を負わされ、ケルビウム大森林へ後退せざるをえなくなった
現在、未開の地である森林北部で魔物を食い荒《あ》らし、ステータス999の限界を超えようとしている。シャーロットを食べれば、ユニークスキル『暴食』の影響で、まず間違いなく999を超える強さを手に入れるだろう。最終的には、ケルビウム大森林にいる全種族を食い尽くした後、ジストニス王国王都に攻め込む予定
なお、身体にはこれまで打たれた試薬が蓄積《ちくせき》している。その肉を食べると普通の魔物は即死亡する。倒したら即焼却《しょうきゃく》を行うべきであるが、骨や皮は竜に匹敵《ひってき》するほど強靭《きょうじん》であるので、武器防具に利用可能

種族進化実験の実験体にされていたのか……境遇《きょうぐう》に同情はする。でも、やって来たことを許すわけにはいかない。

「ならば、その戦い方とやらを見せてもらおうか。前回の戦いで、この周辺のやつらを食っても、ステータスが上がらなくなった。少しでも強くなったのなら、食ってやろう」

「みんな、作戦開始だよ‼」

「「「「了解」」」」

五人全員が、ネーベリックを囲んだ。

「レドルカ、デイドラ、ヴェロキたちか」

「ネーベリック、今日こそ、僕の両親や仲間たちの仇《かたき》を討つ‼」

五人が一斉に、周囲にある木々へ跳躍した。そして……跳躍した反動を利用して、別の木々へ跳躍、この動作を素早く正確に行うことで、レドルカたちが空中で舞い踊《おど》っているように見えた。これこそが、『跳躍』の進化形スキル『立体舞踏』だ。周囲にいるザウルス族たちが、防御魔法を展開しているため、どんなに強く踏んでもまず木が折れることはない。

私の戦略は、跳躍を利用した空中攻撃だ。森林という木々が密集《みっしゅう》している場所では、敏捷性を百パーセント発揮《はっき》できない。『立体舞踏』を使用すれば、木々の反動を利用して、自分のステータス以上の敏捷性を発揮できる。ちなみに、私も『跳躍』レベル8と『立体舞踏』レベル5を習得済みだ。今のうちに、『構造編集』でやつのステータスを大幅に低下させよう。いきなり全てをやってしまうと、レドルカたちにも気づかれるから、まずは敏捷だ。

《編集数値を設定してください》【576↓100】

これで決定だ。

《ネーベリックの敏捷が100に編集され、固定されました》

ネーベリックの巨体なら、敏捷が大幅に低下しても、すぐには気づかれないだろう。

「ぐ……これは……考えたな」

デイドラさんとヴェロキ三兄妹の空中からの魔法攻撃が、ネーベリックに多少なりともダメージを与えている。時折、やつの背中に接近し、鉤爪《かぎづめ》で攻撃してから、反動を利用して木に戻っている。このとき、属性付与をしていない。『身体強化』も身体全体に行《おこな》っているだけだ。

よし、次の構造編集箇所は、『身体強化』だ。今のうちに、数値を低下させる。

《編集数値を設定してください》【レベル9→レベル1】

少しでも勝率を上げるため、私はどんな卑怯《ひきょう》な手段でも使っていくよ。これで決定だ。

《ネーベリックの『身体強化』のレベルが1に編集され、固定されました》

「ち、雑魚《ざこ》が鬱陶《うっとう》しい‼」

む、やつがファイヤーボールで牽制《けんせい》してきた。なんの躊躇《ちゅうちょ》もなく、森で火魔法を使用するんだ。真上に上がったから、木々に火はついてないけど、後で水魔法で周囲を消火した方がいいね。

「甘い‼　その程度で、我らの動きは止まらんぞ」

デイドラさんたちも、ネーベリックの牽制《けんせい》方法を理解している。ネーベリックがザウルス族を理解しているように、デイドラさんたちも相手のことを理解している。

レドルカがヴェロキさんたちを隠れ蓑《みの》にして、ネーベリックの死角となる森林に移動した。テレパスで、レドルカに弱点箇所を教えよう。

『レドルカ、ネーベリックの弱点となるアキレス腱《けん》は、二本足の関節部位のすぐ上にあるよ』

『なるほど、あそこか。位置的に僕やデイドラと一緒だね。うん、あの部分の防御力は薄そうだ。僕の全力で二本のアキレス腱《けん》を食い破るよ』

これでよし。あとは、タイミングだ。

「新《あら》たなスキルを習得し、そこまで鍛えあげたか。だがな、その程度の攻撃力では大したダメージにならん。まずは、私の後方で何かを企《たくら》んでいるレドルカを殺すか……死ね……テイルウィップ」

まずい、レドルカに気づいてる!!　ネーベリックの尾が鞭《むち》のように伸び、上から振りおろすことで、レドルカを押し潰《つぶ》す気だ!!

「デイドラさんたちは動きを止めたらダメ!!　私が助ける!!」

瞬時にレドルカの頭の上に移動して、私はネーベリックの尻尾《しっぽ》を両腕で受け止めた。

うわっ、凄《すご》い衝撃がきた。ダークコーティングでも、衝撃を完全に吸収しきれていない。ダメージは0だけど、ギリギリのところだ。攻撃力とテイルウィップのスキルレベルが合わさることで、私の防御力を超えてくる可能性があるんだ。

「……手加減したとはいえ、生身《なまみ》の身体で受け止めるか」

「シャーロット、助けてくれたことは感謝するけど、なんで『身体強化』を使わないの!!」

「あ、咄嗟《とっさ》のことで忘れてた」

『魔力感知』のレベルが高い人は、他人の魔力の流れ具合で、『身体強化』を使っているかわかるらしい。

「ダメだよ!! たとえどんな相手であろうとも、『身体強化』は必ず使用するんだ。無謀《むぼう》な行為は絶対しちゃダメだ!!」

無謀な行為、確かにそうだ。私はなんの躊躇《ちゅうちょ》もなく、レドルカを庇《かば》い、ネーベリックの攻撃を『身体強化』を使わずに防御した。急激に強くなったことで、私の感覚がずれているのだろうか？　レドルカの言う通り、気をつけないといけない。私の実戦経験はゼロ。ここは、経験者の言うことをきちんと聞いて動かないと、あとで大変なことになりそうだ。

「レドルカ、心配かけてごめんね。次からは使用するよ」

「見た目通り、実戦経験はほとんどないようだな。やはり、今のうちに食っておく必要があるな」

「ネーベリック、私を気にするのも良いけど、私の仲間はレドルカ一人だけじゃないよ。あと、この尻尾《しっぽ》を離すつもりはないから」

「なに？　これは……尾が動かんだと!?」

やつは尻尾《しっぽ》を全力で上下左右に動かすも、肝心《かんじん》の私はビクとも動かなかった。それもそのはず、レドルカに注意されたこともあって、今の私は、『身体強化』に土の属性付与を行い、地面と一体化しているのだ。攻撃はできないけど、この厄介《やっかい》な尻尾《しっぽ》を放すつもりはない。

「今です!!」

私は、五人に合図を送る。ここからは、デイドラ、ヴェロキ、ラプトル、プードルの【身体強化＋《プラス》属性付与】を用《もち》いた四人同時鉤爪《かぎづめ》攻撃だ。

「ガアッ、なんだと、私の身体にこれほどの傷を!?　馬鹿な!?」

ネーベリックが上空にいるデイドラさんたちに向けて、ウィンドカッターを連続で放った。レドルカは、その瞬間を見逃さなかった。

「いまだ!!　かあああぁぁぁーーーー全力全開のライトニングエッジ!!」

レドルカが姿勢を低くし、地を這《は》うように、やつの左足目がけて突《つ》っ込《こ》み、そして——見事、アキレス腱《けん》を食いちぎった。

「グオオオォォォーーー、馬鹿な!!　レドルカごときが、私にダメージを与えるだと!!」

「残る右足のアキレス腱《けん》ももらうよ!!」

態勢を崩《くず》したネーベリックに防ぐ術《すべ》はなかった。レドルカは、右足のアキレス腱《けん》も食い

ちぎる。ネーベリックは地面へと崩れ落ち、大きな地響きがした。

「貴様ら～～この程度で～～。馬鹿な、なぜ立てん！！！」

あ、デイドラさんとヴェロキたちが攻撃態勢に入った‼

「最後の一撃はシャーロットに譲《ゆず》るが、我々にも誇《ほこ》りがある。今ここに、全身全霊の力で攻撃する。ヴェロキ、ラプトル、プードル、行くぞ‼」

「「「「うおおおぉぉぉーーーーーー」」」」

四人は木の反動を利用して、ネーベリックの腹に同時攻撃を仕掛け――彼らの鉤爪《かぎづめ》が、ネーベリックの腹を掻《か》っさばいた。【身体強化＋《プラス》属性付与】の最大攻撃が決まったんだ。やつの『身体強化』も1に落としているから、ほとんど基礎《きそ》数値の防御力のままだ。

「馬鹿な……『身体強化』が発動しない⁉　貴様らのその攻撃力は一体どこから？」

『身体強化』スキルが九分の一に低下しているから、発動していても気づかないんだ。デイドラさんたちも地面に降り立ったけど、四人ともかなり消耗《しょうもう》している。

「はあ、はあ、終わりだ、ネーベリック。貴様は二度と立てん」

デイドラさんたちにも、アキレス腱《けん》がどういった役割を持つのかは伝えてある。

「ちっ、シャーロットが何かするつもりか⁉　させん、ウィンドインパクト‼」

げっ、風の衝撃波を幾度《いくど》か使用したことで、あの巨体が二十メートルくらい浮いた‼

あいつ、想定外の攻撃をもらったのに、自分の状態を冷静に判断している‼

「もう、この森など知ったことか。全てを焼き尽くしてくれる！！」

「まずいぞ⁉　闇魔法の最上級、ダークフレアを放つつもりだ」

ネーベリックの口に、闇と火の魔力が融合《ゆうごう》されてる。凄《すご》い魔力量だ。私のダークコーティングでは防げない‼

「私の切り札を発動させます。『身体強化』を身につけたことで、新たな防御技を習得しました。まだ一度も試していませんが、この技に賭《か》けるしかありません」

「……わかった。我々ではあの魔法を防げない。頼む、ケルビウム大森林を守ってくれ」

「今の僕たちじゃあ、あの魔法は無理だ。お願い、森を守って」

「「「シャーロット、お願い」」」

デイドラさん、レドルカ、ヴェロキ三兄妹がプライドを捨てて、子供の私に頭を下げた。

ここは、期待に応《こた》えないとね。

「任せてください‼」

「防げるものなら、防いでみるがいい‼　ダークフレア！！！」

これは——完全にドラゴンブレスだ。ドス黒い直径五メートルほどの圧縮された炎の球が、私たちに襲いかかってきた。まともに当たれば、全員が消滅《しょうめつ》するだろう。肝心《かんじん》のネーベリックは、ダークフレアの勢いで、空中に浮いたままだ。

「貴様の防御スキルでも、私のダークフレアは防げんぞ‼」

「うん、この程度では防げないね。だからこうするの」

　ダークコーティングは、私の闇属性の魔力を圧縮させた衣のようなものだ。そこから再度圧縮し、あるイメージを追加する。そのイメージとは、私の闇属性の魔力を他者の魔法の中に浸食《しんしょく》させていき、その魔法の根源《こんげん》となる魔力を分解し、魔素に戻すというものだ。つまり……

「いくよ、ブラックホール、飛んでけ‼」

　野球のピッチャーのように、右腕を振りかぶり、私の拳大《こぶしだい》くらいの球を真上にあるダークフレアに全力で投げた。

「そんな小さな球で、私のダークフレアが――」

　ブラックホールとダークフレアがぶつかった。凄《すさ》まじいほどの大音量が鳴り響《ひび》き、二つの魔力がせめぎ合っている。私が打ち勝てば、ダークフレアは霧散《むさん》する。負ければ、私たちは周囲の者たちを巻き込んで消滅だ。さあ、『身体強化』と属性付与を最大限にまで高めるよ‼　両手を天高く上げて、全力でやってやる‼

「私が……押し負けている⁉」

「へえ、ネーベリックはこの程度の魔力しかないの？　私は、全然余裕だよ？」

「く……か…がが」

「あなたには『危機察知』があるから薄々勘《かん》づいていると思うけど、ダークフレアがなくなり、このまま落下すれば……死ぬからね」

これは、ハッタリではない。

「私は死なん‼　ジストニスの連中を食い殺すまでは、絶対に死なん‼」

「あなたが、なぜジストニス王国を恨《うら》んでいるのか、私にはわかるよ。生まれてから、ずっと訳のわからない薬を投与《とうよ》され続け、自分の存在意義を否定され続けた。九十五年間、ずっと研究所の中で憎悪《ぞうお》、怒りといったあらゆる負《ふ》の感情が蓄積させる中、ある日突然巨大化して、強大な力を手に入れたんだよね」

「貴様ー、どうやって私の過去を⁉」

「でもね、それもここで終わり。私が、あなたの憎《にく》しみを断《た》ち切ってあげる。ほっ‼」

私が力を入れた瞬間、ブラックホールがダークフレアを侵食《しんしょく》し、巨大な黒い炎が霧散した。

そして、ネーベリックが落ちてきた。頭部が落ちる場所に移動しようと思ったけど、変に暴れたせいか、体勢が逆となり、ちょうどよくやつの頭が私目がけて落ちてきた。

「くそーーー私は～～私は～～」

「ネーベリック、さようなら。『内部破壊』」

私の右手とネーベリックの弱点とも言える頭が触れた瞬間――

バアアアァァァァアーーーーーーーーーン‼

という轟音《ごうおん》とともに、ネーベリックの頭部が破裂《はれつ》し、巨体が崩れ落ちていくと、周囲が唐突《とうとつ》に静かになった。レドルカは、頭部のなくなったネーベリックを凝視《ぎょうし》していた。

「シャ、シャーロット、僕たちが勝ったの？」

レドルカが半信半疑《はんしんはんぎ》なのもわかる。ネーベリックが私の右手に触れた瞬間、頭部破裂で死んだのだから。

「私たちが勝ったのか？」

デイドラさんも信じられないのか、ネーベリックの生死を問いかけてきた。

「あのネーベリックが横たわっている。シャーロット、俺たちが勝ったんだよな？」

ヴェロキさんたちも同じ気持ちか。

「うん、勝った。ネーベリックは、死んだ。私たちの大勝利だよ」

戦いが始まって、わずか十五分たらず。私の戦略通り、短期決戦で終わった。

レドルカ、デイドラさん、ヴェロキさん、ラプトルさん、プードルさんの五人は、ネーベリックに近づき、死んでいるのを確認している。

「やったわ。やったのよ‼　ザウルス族が、ネーベリックに勝ったのよ！！！」

「ヴェロキ兄さん、俺たちの夢が叶《かな》ったんだ。父さんと母さんの仇《かたき》を討てたんだよ‼」

「ああ……ああ……やっとだ」

五人が歓喜《かんき》の涙を流している。ネーベリックの魔力が消失しつつあるからか、周囲のザウルスたちも変化に気づき、私たちのそばにやって来た。そして頭部のない死体を確認すると、五人同様、天を見上げて涙を流した。三人の獣猿族《じゅうえんぞく》たちはこの事態を呑《の》み込めないのか、呆然《ぼうぜん》と死体を眺めている。

ザウルス族たちはお互いを抱《だ》きしめ合い、全員が喜びを分かち合っている。でもね、一ついいかな？　私さ、ネーベリックの頭部破壊を至近《しきん》距離でやったんだよね。だから、やつの血をまともに浴びて、身体が血だらけなんだよね。新調した服、二度と着られないよ。……でも、場の空気を壊《こわ》したくないし、このままにしておこう。ああ、早く身体を洗いたい。

7話　ザウルス族との別れと新たな出会い

ネーベリックを討伐したのはいいものの、あの巨体をどう処理するのかが問題に思えた。ザウルス族が歓喜に震えている中、レドルカにこっそり相談すると、意外な言葉が返ってきた。

「それなら大丈夫。村には、ダークエルフの戦死者の遺品《いひん》もあって、その中に高性能のマジックバッグがあるんだ。あれを使えば、ネーベリックの死体を収納できるよ」

お父様やお母様もマジックバッグを持っていたけど、こんな巨体を入れられる収納力はなかったはずだ。高性能と言ってるから、マジックバッグにも色々なタイプがあるのかな？

「腐《くさ》らないの？」

「あのマジックバッグには、時間停止機能もあるから問題ないよ。四人の仲間たちが村に戻って、マジックバッグを持ってきてくれる」

時間停止⁉　そこまで高性能なものが存在するの⁉

「そっか。ねえレドルカ、近くに小川とかないかな？　血で汚《よご》れたから洗いたいんだ」

「このあたりなら、北に百メートルほど歩けばあるよ」

「レドルカも、口をすすいだ方がいいよ。構造解析してわかったけど、ネーベリックの血や肉は薬物で汚染《おせん》されてる。念のため、私がヒールを唱えておくよ」

レドルカはアキレス腱《けん》を食い破ったから、体内に多少なりとも血液が口の中に入ったはずだ。

「ありがとう……ってそうだ‼　そのことで聞きたいことがあるんだ。デイドラ、ヴェロキたちも呼ぶよ」

ネーベリックと戦った五人が集まった。レドルカが何を聞きたいのか、大体わかる。

「シャーロット、ネーベリックの過去をどうして知ってるの？　それに、どうして僕たちに教えてくれなかったの？」

デイドラさんやヴェロキさんたちも同じ思いなのか、頷《うなず》いている。

「答えは、『構造解析』だよ。このスキルは、解析した相手のステータスやスキル、魔法だけでなく、あらゆる情報を提示してくれるの。どこで生まれて、どんな一生を過ごしてきたのか、全てがわかるんだよ。今でも、解析データを見られるよ」

開いた口が塞《ふさ》がらないとは、このことか。五人全員がそんな状態だ。

「それで、あのとき、あれだけ詳しく話せていたのか」

「そうだよ。戦闘中に構造解析したから、話す暇《ひま》がなかったんだよ。ネーベリックの過去に関しては長くなるし、村に戻ってから詳しく話すね」

それを聞いて、全員が納得してくれた。それから、レドルカに小川まで案内してもらう。

幸い浅かったので、私は自分にヒールを使用した後、服を着たまま小川に入った。

「ぷはーーー、ネーベリックの血が洗い流されてスッキリだ‼」

レドルカも口の中をすすぎ、スッキリしたようだ。

「うーん。でも、服についた血が完全に取れないや。新しい服が欲しい」

「それなら、ダークエルフの村に行けばいい。森林にいる全種族が、ネーベリックの魔力が消滅したことで、大騒ぎのはず。僕はダークエルフの人たちと交流もあるし、ネーベリックを討伐したことも知らせないといけないから、村まで案内してあげる」

ファンタジー定番のダークエルフ、すっごく興味があるんですけど‼

「ぜひ案内して欲しい！　ダークエルフを見てみたい‼」

次の目的地は、ダークエルフの村に決定だ。元の場所に戻ると、騒ぎが落ち着いたのか、ザウルス族と三人の獣猿族《じゅうえんぞく》たちが勢揃《せいぞろ》いしていた。

「シャーロットは、ここにいてね」

何か始まるのだろうか？　レドルカも、ザウルス族たちの方へ行ったよ。

「みんな、一斉に言うよ。せーの」

「「「「シャーロット、ネーベリックを討伐してくれてありがとう」」」」

おお、全員が一斉に頭を下げた‼　ここは何か言わないと。

「私一人じゃ、討伐できなかった。みんながいてくれたからこその成果だよ」

獣猿族《じゅうえんぞく》の人たちも、事情を聞いて状況を把握《はあく》したようだ。大泣きしながら、私を抱きしめ、お礼を言ってくれた。毛が硬くて、ザラザラしたのが少し残念な感じだった。彼らはこの偉大な出来事を一刻も早く同胞に知らせるべく、自分たちの村へ戻っていった。そして私たちも、届けられたマジックバッグにネーベリックを収納し、村へと帰った。

○○○

村に戻り、みんなで喜びを噛《か》み締《し》めあった後、私たちは、戦死者の墓場へ向かった。ネーベリックとの戦いで戦死した者は、ザウルス族と獣猿族《じゅうえんぞく》を合わせると、約八百名。どちらも生存者数は二百名ほどしかいないため、絶滅の危機に瀕《ひん》している。でも、原因となる者がいなくなったので、もう大丈夫だろう。

戦死者のお墓として、村のすぐ近くにある樹齢《じゅれい》千年を超える大木の横に、一つの石碑《せきひ》が建《た》てられていた。石碑の下に、遺灰《いはい》をそのまま入れているそうだ。みんな、これまでのことを振り返っているのか、遠い目をしている。レドルカの合図で、全員が石碑の前で黙祷《もくとう》した。私もそれに倣《なら》い、目を閉じてネーベリック討伐を報告し、戦死者たちの安《やす》らかな眠りを祈った。

お祈りを終え、みんなが頭を切り替えた後、私はネーベリックの一生を話して聞かせた。全ての原因は、人体実験を施した国立研究所の所員たちや実験を承認《しょうにん》した国にあるのだ。人体実験という神をも恐れぬ所業《しょぎょう》、禁忌《きんき》を犯《おか》した王族たちが悪い。この全てを話し終えたとき、ザウルス族全員がネーベリックに対して、同情し泣いた。

ネーベリック自身も被害者だったのだ。

だからこそ、次に湧《わ》いてくるのは、ジストニス王国の王族への恨《うら》みだ。ただ、王族全員が悪いというわけではない。王都で何が起こり、どうしてここまでのことが起こったのか、それを調査する必要がある。だから、私がその調査員になることを志願《しがん》した。

「シャーロット、いいの？」

「レドルカ、構わないよ。ザウルス族は、滅多《めった》に森を出ないと聞いたし、なにより目立つからね。調査員には向いてない。ダークエルフの村に行って、服を新調した後、王都に行ってくる。私自身、アストレカ大陸に帰りたいから、手掛かりが欲しいんだ」

「……わかったよ。何から何まで、シャーロットに頼っちゃうな。ごめんよ」

「ううん、気にしないで」

——村に戻った後、宴会が始まった。宴会のメイン料理は、フロストビーの肉だ。みんな、自分の好みに合わせて肉を焼いて食べていった。デイドラさん、ヴェロキ三兄妹たちも、歌い楽しんでいる。そんな中、レドルカが私のそばへやって来た。

「シャーロット、今なら聞けると思うから質問するけど、ネーベリックに『構造解析』以外の何かをしたでしょ？」

あ、やっぱり気づいてるか？

「うん、実はやつを弱体化させたの。でも弱体化させたのは、敏捷と『身体強化』だけだよ」

「戦いにおいて、最も重要なところだよ。どうりで動きが鈍《にぶ》いと思った。それに、デイドラたちの攻撃によるダメージが、想定以上に大きかった。方法は聞かないよ。シャーロットにとって、もう一つの切り札でしょ？」

冷静さ、判断力、観察力において、レドルカがザウルス族の中で、一番優秀《ゆうしゅう》じゃないかな？　あの状況下で、きちんと状況を見ている。

「まあね。余程のことがない限り、他人には言わないよ」

「その方がいい。ユニークスキル所持者には気をつけてね」

私やイザベルのようなユニークスキルの持ち主が、どこかにいるかもしれない。今後、私と関わってくる可能性があるかもね。

「うん、心配してくれてありがとう」

その後、宴会は真夜中まで続いたらしいけど、主賓《しゅひん》の私は途中で寝落ちした。

翌朝、私はレドルカと一緒に、ダークエルフの村へ行くことにした。そのことをデイドラさんたちに伝えると、十分もしないうちに全員に伝わり、私を見送りに来てくれた。

「──デイドラさん、このマジックバッグを貰《もら》っていいんですか？」

デイドラさんが、あの高性能なマジックを持ってきた。ネーベリックに関しては証拠《しょうこ》にもなるので、解体せずバッグに仕舞ったまま持っていくことになった。ただ、ネーベリックをダークエルフたちに渡した後、このバッグは私に譲渡《じょうと》すると言ってくれたのだ。

「ああ、構わない。今の所有者は我々だ。マジックバッグは、他に四つほどある。ネーベリックを討伐してくれたお礼と思ってくれ」

物凄《ものすご》く嬉しい。この品物自体が、相当貴重《きちょう》なはずだ。でも、断《ことわ》るのはかえって失礼だよね。

「みなさん、ありがとうございます。このバッグ、大切に使いますね」

「それじゃあ、シャーロット、行こうか？」

「みなさん、行ってきます」

レドルカに促《うなが》され、私たちは歩き出した。

「シャーロット、気をつけて行けよ～」

「困ったことが起きたら、いつでも俺たちに言ってくれ～」

「無理しちゃダメよ～」

後方からヴェロキさん、ラプトルさん、プードルさんたちの声がする。そして大勢のザウルス族たちも、同じような言葉をかけてくれている。私は振り向いて――大きく手を横に振った。

「行ってきまーーーーーす!!」

ザウルス族たち全員が、手を振り返してくれた。

〇〇〇

ザウルス族の村からダークエルフの村まで、距離にして約十キロほどあるらしい。ただ歩くだけでは退屈なので、レドルカにジストニス王国の国土について教えてもらった。

初めに驚《おどろ》いたのが、ケルビウム大森林の大きさだ。王国の北半分を占《し》めているらしい。また、ケルビウム山から北側には強力な魔物が棲《す》み着いているため、ザウルス族たちも滅《めっ》多《た》に行かないという。ただ、多くの美味な食材が木々に生《は》えているので、時折それを求め、屈強《くっきょう》な者たちだけで行っているそうだ。

王国の北半分がケルビウム大森林であるのに対し、南半分は平地が多く、ネーベリックが生まれた王都は、南半分の中心地にある。

レドルカは、ダークエルフの人たちと一緒に王都へ調査に行くべきだと提案してくれた。私も、その意見に賛成だ。まずはダークエルフの人たちと会って、どんな人柄《ひとがら》なのか、しっかり見ておく必要があるね。

「レドルカ、魔力って身体の中を循環《じゅんかん》させるだけなら、相手にはわからないんだよね？」

「うん、それだけならわからないよ。ただ、シャーロットの場合、魔力量自体の調整ができていないんだ。普通は、魔力量が５００あったとしても、相手に見せるのは半分の２５０とかにしておく。でも君の場合、魔力そのものは少量しか出していないんだけど、５００の強さのまま相手に見せているんだよ」

そうなると、魔力量というのは、例えば『気』『戦闘力』『霊圧』みたいなものになるのかな？　ＭＰは、その残量を示しているんだね。歩きながら魔力量の調整方法を教わっていると、前方から微《かす》かだけど気配を感じた。

「レドルカ、前方から感じる気配、これってダークエルフ？」

「うん、ほんの微かだけど感じる。多分、偵察部隊だ。僕が気配を出すよ。わかってくれるはず」

あ、レドルカが気配を出したことで、相手の動きが止まった。

あれ？　なんか攻撃魔法を唱えた？　この魔力属性は水と木だ。

レドルカの気配なのに、魔法を放ってきたの⁉

「レドルカ、私の後ろに隠れて。魔法が飛んでくる」

「僕の気配なのに、なんで？」

私たちに向かってきたのは、氷と木のマシンガンだった。ダークコーティングの範囲を広めて、レドルカを覆っておく。それにしてもレドルカの気配なのに、なんで攻撃してくるかな？

「ぎゃあーーー、僕たちを殺す気で放ってきた〜〜」

ダークコーティングで初めて魔法を防いだけど、全く衝突音がない。全てのエネルギーを吸収しているからだ。

「レドルカ、うるさい。耳の近くで叫《さけ》ばないで」

「あれ……なんで魔法が効かないの？」

「あ、言ってなかったね。今は闇属性の防御魔法を張っているからだけど、元々私の身体は魔法防御力もかなり高いから、この程度の魔法なら全く効かないよ」

「それなら、なんで防御魔法を使ってるの？」

「服が破けるからね。あと、私の背が低いから、魔法を使用しないとレドルカに直撃する」

「……なんか僕を守る理由、後付けしてない？」

「気のせいだよ」

ごめんね、本当は後付け。だってダークコーティングを切って、魔法が直撃したら、身体は無傷でも、服が完全に破けてしまうからね。女の子にとって、服は重要なんだ。

「――魔法が吸収されている？」

ダークエルフが私を睨《にら》んでいる。

「見た目は人間の子供だが、こんな場所にいるはずがない。得体が知れない以上、攻撃を続行するぞ。みんな、油断するな」

「ねえ、ちょっと待って‼　混乱するのはわかるけど、話を聞いてよ‼」

レドルカがダークエルフたちを説得しようとしてるけど、次々と水や木や風魔法が私たちに襲ってくる。相手はこっちの話を聞くつもりはないのか。それなら疲れるまで待とう。

「レドルカ、お昼ご飯を食べよう」

「ええー、この状況で食べるの‼」

「ダークエルフの人たち、完全に混乱して、魔法を連続発動させてるもん。昨日の騒ぎ、突如《とつじょ》現れた人間の女の子、想定外の事態が続いて混乱してるんだよ。彼らが落ち着くまで待とう。それから、私たちに敵意がないことをわかってもらおう。はい、レドルカの分」

「だからって、この状況で食べる？　魔法だって、僕たちの目の前で消えるから、かなり怖いよ」

仕方ないじゃん。開き直って、ここで食べよう。次々と魔法が放たれていく中、私とレドルカは黙々《もくもく》と昼食を食べ続けた。

「あいつら、僕たちの魔法が効かないとわかったからか、食事してる⁉　舐《な》められてる？　後ろのザウルス族も……って、あれレドルカじゃないか‼　ザンギフさん、バーキンスさん、魔法を止めて。あいつらじゃなくて、あの子たちは味方です‼」

あ、やっと気づいた。というか、昼ご飯も食べ終わってしまった。

「あ〜美味《おい》しかった」

「……僕は緊張しすぎて、味を感じなかった」

昨日のフロストビーのステーキなのに、もったいない。そういえば私自身、切羽《せっぱ》詰まった状況なのに、感情が全然乱れなかった。ネーベリックのときもそうだけど、転移前と比べると、どこかおかしいよね？　急激に強くなり、多くのスキルを取得したからかな？

それとも、『状態異常無効』の影響なのかな？　まあ、冷静に判断できるのは、私にとってありがたいことだ。

「レドルカ、ダークエルフの人たちが、あなたの存在にやっと気づいてくれたよ」

落ち着くまで、時間がかかりすぎだ。

「もう、気づくの遅いよ‼」

「ダークエルフのみなさん、落ち着いて聞いてください。私は、シャーロット・エルバランと言います。ここに来た目的の一つは、みなさんにある報告をするためです。私たちは、あなたたちの味方です」

三人のダークエルフが、茂《しげ》みから現れた。全員、疲労困憊《こんぱい》のようだ。

「レドルカ、すまない‼　昨日の騒ぎのこともあって、かなり混乱してしまった」

「偵察部隊のリーダーはザンギフだったの⁉　いつも冷静な君が、なんでそこまで取り乱したの⁉」

ザンギフと呼ばれたダークエルフ、黒髪褐色《かっしょく》の肌で、二十代前半のイケメン男性だ。でもエルフなんだから、実年齢はもっと高いのかもしれない。

「すまない。こんなところに人間の子供がいることが不自然でな。それに、彼女から得体の知れない何かを感じたんだ。ネーベリックの仲間かと、焦燥感《しょうそうかん》に駆《か》られて攻撃命令を出してしまった」

魔力や気配も出していない状態でわかるんだ。

「気持ちはわかるけど、僕もいたじゃないか。これからは、得体の知れない化物であっても、一言話しかけるべきだよ」

今回のミス、ザンギフさんは悪くないと思う。昨日のネーベリック戦、やつ以外に、もう一つの巨大魔力（私）があった。そして、ネーベリックの魔力が完全に消え、巨大魔力も消えた。彼らは状況を把握《はあく》するために向かっていたんだろう。そして、森の中では絶対に見かけない人間の女の子がいて、しかもその子からは得体の知れない何かを感じ取った。反射的に攻撃命令を出しても無理ないと思う。

「軽率《けいそつ》な判断だった。レドルカもシャーロットも、本当にすまなかった。私は、偵察部隊のリーダーのザンギフだ。額《ひたい》に傷がある彼がバーキンス、左腕に傷がある彼がロドキスだ」

バーキンスさんは、ザンギフさんと見た目同じくらいの年齢で、指や腰にいくつかの魔導具を身につけている。ロドキスさんは、腰に片手剣と短剣を装備《そうび》してる人で、十八歳くらいに見える。

「……すまない。取り返しのつかないミスを犯すところだった」

バーキンスさんも、申し訳ないという表情をしていた。

「シャーロットちゃん、ごめんね。せめて一言、話しかけるべきだった。一応聞いておくけど、怪我《けが》はないかい？」

ロドキスさんは、見た目通りの話し方だけど、ザンギフさんとバーキンスさんは、見た目よりも大人っぽい話し方だね。

「はい、私もレドルカも、怪我《けが》はありません」

「あれだけ全力で放っても無傷……あはは、僕たちの心が傷つくかな」

ロドキスさんも、苦笑《にがわら》いか。

「みんな、シャーロットは人間だけど味方だよ。今日はダークエルフのみんなに嬉しい報告をするため、村に行くところなんだよ。シャーロットに敵意はないから大丈夫だよ」

「そのようだな。レドルカ、色々と質問したいが、まずはその報告を聞きたい。構わないか？」

そうだろうな。私が一体何者なのか？　昨日の騒ぎは何か？　ネーベリックはどうなったのか？　などなど、聞きたいことが山積《やまづ》みだよね。

「もちろん‼　今回の報告内容、僕たちザウルス族とシャーロットが、因縁《いんねん》の相手でもあるネーベリックと戦い、勝利したことさ」

その瞬間、三人全員が――

「「「なんだとーーーーー」」」

ザンギフさんは後ろを振り向き、バーキンスさんを見た。

「昨日ネーベリックの魔力が消えたことはおかしいと思っていたが……おい、バーキンス、魔導具に反応は？」

「あ、ありません。本当のことを言っています」

バーキンスさんが持ってる魔導具、嘘発見器なの!?

「レドルカ、何か討伐の証拠はないか？」

「当然あるよ。ネーベリックの頭部は僕たちの攻撃で破壊されたけど、それ以外の部分はあるから確認して欲しい」

レドルカ、私がネーベリックの頭部を破壊したことを伏《ふ》せてくれている。言葉をボカしているからか、嘘発見器も無反応だ。

「頭部を破壊か。まずは、ネーベリックを確認するべきだな。私たちについて来てくれ。広い場所まで案内しよう」

少し進むと、木々がない広い場所が現れた。ここなら出せるね。

「それじゃあ、出しますね。……よっと」

私がネーベリックの巨体を出したことで、地面からドーーーーンという大きな地響きが鳴った。三人全員が、あの巨体をマジマジと見ている。

「頭部はないが……間違いない。魔力の残滓《ざんし》から見ても……あのネーベリックだ。ケルビウム大森林の種族全てが協力しても倒せなかったあの化物を一体どうやって……」

「本物のネーベリック、俺の……俺の……やっとあいつの仇《かたき》を討てた……」

バーキンスさん、ネーベリックに友達を殺されたのかな？

「ザンギフさん、バーキンスさん、僕たちの願いが……ついに成就《じょうじゅ》したんですよ‼　父さんや母さんの仇《かたき》を……やっと…やっと」

ロドキスさんは、ネーベリックに両親を殺されたのか。ネーベリックは、多くのダークエルフたちを殺し食べまくったらしいからね……。気づけば三人全員が号泣《ごうきゅう》していた。

やがて、我に返ったザンギフさんが、私に話しかけてきた。

「君が主体となって、ザウルス族と協力し、ネーベリックを倒してくれたんだろう。君には、何か底知れない大きな力を感じる。我々の願いを叶《かな》えてくれて感謝する。村のみんなも喜ぶだろう。どんな戦いで、どうやってトドメを刺したのか教えてもらうことは可能か？」

「はい、お教えしますよ。ただ、私にも目的がありますので、協力していただけるとありがたいです。目的と言っても、自分の家に帰りたいだけなんですけど」

「こんな山奥に一人で来たのだから、相当なことが起こったんだろう。事情にもよるが、できる限り君に協力することを約束しよう」

やった‼　私の事情に関しては、ザウルス族やダークエルフ族になんの影響もない。まずは、私がアストレカ大陸の出身者であること、偽聖女とのいざこざ、転移石でケルビウム山山頂に転移させられたことを伝えた。

「アストレカ大陸からの転移か。転移石を使用すれば可能ではあるが……シャーロットを転移させたのが同年代の子供……しかも偽聖女……」

ザンギフさんが呆《あき》れるのもわかる。完全な逆恨《さかうら》みでの行動だもんね。

「シャーロットちゃんは、イザベルって子の逆恨《さかうら》みで、ここに転移したのか。しかも、山頂って……あの巨大魔力の主はシャーロットちゃんか。ここ二週間の謎《なぞ》が一気に解明された……」

ロドキスさんも頷《うなず》いている。

次に、私はユニークスキルのおかげで強力な力を身につけたこと、山頂から下山してレドルカと出会い、ザウルス族たちと協力して、ネーベリックを倒したことを話した。この際、ネーベリックの過去も話しておいた。なので、『構造解析』と『内部破壊』だけは教えておいた。

「ネーベリックに、そんな過去があったとは。魔導具にも反応がない。全て真実か。シャーロットのおかげで、これまで知りえなかった情報を一気に知ることができた。これは早急に、森にいる全種族の族長たちに報告せねばならない。獣猿族《じゅうえんぞく》は、戦いで遭遇《そうぐう》したパトロール部隊がいるから良いとして、鳥人族たちは何も知らない。我々の村から比較的近い位置にあるから、誰かに伝えに行ってもらおう」

「ねえザンギフ、このネーベリックの死骸《しがい》、肉は焼却するとして、骨と皮の方だけど、シャーロットの『構造解析』によると、ドラゴン並みの強度があるそうなんだ。僕たちはいらないから、他の種族たちと相談して、武器防具に利用できないかな？」

「それは可能だが、良いのか、レドルカ？」

「うん、昨日の時点で、みんなが了承《りょうしょう》してくれた。僕たちの武器は、この牙や爪だからね」

恐竜が剣を持って戦う……うーん、確かに違和感《いわかん》がありすぎる。

「わかった、感謝する。シャーロットの帰還《きかん》手段に関しては、村に到着してから相談していこう。さあ、ついて来てくれ。我々の村に案内しよう。ただすまない。我々は正直なところ、人間があまり好きではない。もしかしたら、シャーロットには不愉快《ふゆかい》な思いをさせてしまうかもしれない。だが、みんなも君と話せば、人間もみんながみんな悪いわけではないとわかってくれるだろう」

やった、少しだけ心配なことはあるけど、これでダークエルフの村に行ける‼

8話　ダークエルフの村に到着しました

やっと村の入口まで到着した。ダークエルフの村、一言で言うと長閑《のどか》で平凡な村だ。てっきり、ツリーハウスのような村を期待していたんだけど、少し残念かな。入口には、警《けい》備《び》なのか二人のダークエルフの男性がいた。

「ザンギフさん、レドルカと……人間の子供を連《つ》れてどうしたんですか？」

……うん、私を見て、嫌悪感《けんおかん》を見せたね。

「この子はシャーロット、信頼できる人間の子供だ。二人からある報告を受けてな。急遽《きゅうきょ》、戻って来たのさ。すまないが、タウリム族長を呼んできてもらえないか？　報告内容自体が異常だから、ここで証拠を出したいんだよ」

「は？　報告内容が異常？　わかりました。至急《しきゅう》、呼んできましょう」

二人とも怪訝《けげん》な表情をしていたけど、言われた通りに警備の一人が族長を呼びに言ってくれた。

「あのザンギフさん、ネーベリックは大丈夫なんですか？」

「そのネーベリック繋《つな》がりだ。今ここで言うと騒ぎになるからな。すまん」

ザンギフさんがもう一人の警備員と話し込んでいるから、ロドキスさんに人間が嫌われている理由を聞いてみよう。

「ロドキスさん、さっき聞きそびれたんですけど、ダークエルフは人間を嫌うんですか？」

「ああ、そのことか。シャーロットちゃんは、二百年前の戦争について知っているかな？」

「はい、正しい話は、レドルカから少しだけ聞きました。正直、アストレカ大陸で習った内容と正反対だったので驚きです。私は家庭教師から『魔人族がアストレカ大陸に攻め込んできて、人間、エルフ、ドワーフ、獣人の連合軍に大敗して、ハーモニック大陸に追いやられた』と習ったんです」

うわあ、ロドキスさんもバーキンスさんも、露骨《ろこつ》に嫌な顔をした。

「気分が悪くなる話だ。逆だよ」

「はい、すみません」

人間を代表して、土下座謝罪《どげざしゃざい》したい気分だ。

「いや、シャーロットちゃんは悪くないよ。ジストニス王国にいる全ての人たちは、アストレカ大陸にいる全ての人種を嫌っているのさ。二百年前、何が起こったのか、詳しく話してあげよう」

ロドキスさんから聞いた内容、それは私を驚愕《きょうがく》させるほど酷いものだった。

二百年前、ここジストニス王国の西方には、海に面したルドウィーク王国があった。ジストニス王国同様、魔鬼族が建国したものだ。その国に、アストレカ大陸に住む獣人、人間、エルフ、ドワーフたちが船でやって来た。

当時、ハーモニック大陸の国々は、ランダルキア大陸の国々と貿易をしていたが、距離の関係でアストレカ大陸との貿易は行《おこな》っていなかった。遥《はる》か遠い道程《みちのり》をわざわざ船でやって来たこともあって、ルドウィークの国王は彼らを歓迎《かんげい》した。

彼らの目的は、貿易をすること。国王も、アストレカ大陸に興味を持っていたので、この交渉《こうしょう》はすんなり成功した。

数年間は互いに利益のある貿易であったが――ある日突然、彼らは戦争を仕掛けてきた。船の大軍、海から上陸してくる大勢の人間、獣人、エルフ、ドワーフの連合軍。ルドウィーク王国の王都は海に面していたこともあって、瞬《また》く間に制圧された。あまりの手際《てぎわ》の良さに対応できなかったようだ。そしてルドウィーク王国を滅《ほろ》ぼしたら、今度はジストニス王国に攻めてきた。

当初は苦戦していたものの、他の国々の助けもあって、辛《かろ》うじてジストニス王国は勝利する。しかし、代償《だいしょう》も大きかった。戦争中、彼らはルドウィークとジストニスの鉱山を荒らしまくり、希少《きしょう》金属を根こそぎ奪い取ったらしい。ケルビウム大森林のダークエルフの村近辺も被害にあったらしく、それ以来ジストニス王国に住む人々は人間を毛嫌いするようになった。おまけに、ルドウィークの王都が制圧できたのは、王都に住んでいた獣人たちの裏切りが原因だとか。

この話を聞いたら、私に対して嫌悪感を見せた理由がわかったよ。

「当時の人間たち、最低ですね」

「あれから二百年、この村での差別意識はかなり薄れたけど、王都では根強く残っている」

せめて、私への嫌悪感をなくそう。あと、罪滅《つみほろ》ぼしという形で、今いる怪我人《けがにん》を回復させよう。

「ロドキスさん、私は回復魔法『リジェネレーション』を使用できます。この村に手足を失った人がいるのなら、すぐにでも治療してあげたいです」

「「リジェネレーション⁉」」

「シャーロットちゃん、それは助かるよ‼　リジェネレーションやマックスヒールを使用可能な人たちは、真っ先にネーベリックに殺されてしまった。やつの件を報告したら、早急にお願いする」

その後、『ネーベリックの討伐報告』、『ネーベリックの討伐方法』、『ネーベリックの過去』、『リジェネレーションの使用』、『ザウルス族から貰《もら》ったマジックバッグの中にあったダークエルフたちの遺品の返却』、『私が何者なのか、そして、ここに来た目的』、それら全てを族長であるタウリムさんや周囲にいる人たちに話した。

このとき、流れの関係上、私の『構造解析』と『内部破壊』についても話した。全てを話し終えると、私への嫌悪感は一掃《いっそう》され、村中から歓喜の声が響き渡った。私とレドルカは、みんなから祝福《しゅくふく》され、村の中に入ることができた。

〇〇〇

話し合いの結果、私は、族長の家で寝泊まりすることになった。レドルカは、ザウルス族用の家があるらしく、そっちに行っている。今夜は、外で盛大なパーティーを開くそうだ。そのため、女性陣は大忙しである。

族長の家に入る前に、井戸に行って、軽く水浴びをした。服がネーベリックの血で汚れていたし、私自身、ここに来るまでに汚れまくっていたからだ。水浴びをしている最中、三十歳くらいの女性が、私の要望通りに子供用の可愛《かわい》い冒険服を持ってきてくれた。

新品の冒険服に着替えてタウリムさんの家に入り、リビングにあるソファーで寛《くつろ》いでいると、タウリムさんが飲みものを持ってきてくれた。

ダークエルフの多くが二十歳から四十歳くらいで、高齢者がほとんどいなかった。そこで四十歳くらいのタウリムさんに質問してみた。どうやらダークエルフの種族特性として、身体の成長がある一定のところで止まるらしい。死期が近づくと、急速に歳《とし》をとっていくそうだ。ちなみに、寿命は約二百年。

よし、落ち着いたところで本題に入ろうか。

「タウリム族長、ジストニス王国において、転移石は簡単に入手可能ですか？」

「転移石は非常に珍しい石だ。ここジストニス王国でも、国宝に指定されている。まず入手できまい」

「今の王様に、ネーベリック討伐の件を話してもダメですか？」

タウリムさんは、首を横に振った。

「シャーロット、根本的な問題として、現状王都には行けないのだ」

なんですと⁉

「ネーベリックは、王都の方向からやって来た。やつとの戦いが落ち着いた半年後に、我々は偵察部隊を王都に送った」

うん、当然の判断だね。

「しかし、ケルビウム大森林を抜けて、すぐに問題が発生した。偵察部隊が歩いている最中、突然足下が爆発したのだ。調査の結果、なんらかの魔導具が地面に埋《う》められていることがわかった。その魔導具の上に乗り、足が離れた瞬間、爆発する仕組みだ。それが、どれほどの範囲に埋められているのかわからん以上、そこから先へ進めなくなってしまった」

えっ⁉　それって地雷じゃん‼　この世界にも、そんな凶悪な兵器があるとは……

「シャーロットの話を聞く限り、騎士団が、ネーベリックを王都に来られなくするための防衛網《ぼうえいもう》を敷《し》いたのじゃろう。現状王都がどうなっているのか、皆目《かいもく》わからん。ネーベリックが王都で生まれた以上、かなりの被害を受けているはず。あの魔導具地帯を発案した者を殴《なぐ》り殺したいところじゃが、王族の方にもなんらかの理由があるとみた」

王都へ行くには、地雷を無効化する必要があるのか。これは、『構造編集』のことを話さないといけない。おそらく『構造編集』を使えば、無効化可能だと思う。でも、普通に言っても、さすがに信じてくれないだろう。

「タウリム族長、魔導具地帯なんですが、全域は無理でも、一部の区域だけなら、私のスキルで無効化できるかもしれません」

「本当か⁉」

　さすがに驚くか。

「その魔導具の実物を見ないと断言《だんげん》はできませんが、おそらく可能です」

　ここは『構造編集』のことをきっちり話しておこう。そうしないと、タウリム族長に不信感を持たれてしまう。私は信頼してもらうためにも、切り札でもある『構造編集』について話した。ただし、数値を改竄《かいざん》できることだけは言ってない。

「……凄《すさ》まじい効果を持つユニークスキルじゃな。そんな大事な情報を教えてくれるとは……わかった、シャーロットを全面的に信じよう。早急に、偵察部隊を組まねば‼」

　よし、私の信頼度も上がったし、タウリム族長もやる気になってくれた。次の目的地は王都だ。あ、どこかに行かれる前に、あのことも聞いてみよう。

「タウリム族長、転移石は無理でも、転移魔法とかは存在しないのでしょうか？」

「転移魔法か……かつて、その偉大な魔法を習得しようと、一人の男が生涯《しょうがい》を賭《と》して研究し、ある実験を行使した。この出来事は千年前の文献《ぶんけん》に記載されていたことじゃが、転移魔法の実験は発動に失敗し、暴走。あらゆるものがランダムに転移し、その国は一夜で滅びた。以降、転移魔法の研究は、全世界において法律で禁止となっている。すまん、現状打つ手がない」

一夜で滅亡《めつぼう》‼　あらゆるものが転移だなんて怖すぎる‼　私も実験したくない。……でも凄《すご》く興味が湧《わ》く。

「現状を打破《だは》するためにも、魔導具地帯をなんとしても突破しなければなりませんね。その後、王都の図書館に行って、転移を調べてみようと思います。何か手掛かりが見つかるかもしれません」

「絶望的《ぜつぼうてき》な状況でも諦《あきら》めんか。シャーロットよ、我らダークエルフ、できる限り援助《えんじょ》をしよう」

「ありがとうございます」

ふふふ、面白《おもしろ》い。この状況、必ず乗り越えてみせるよ‼

族長との話も終わり、パーティーが開かれる少し前、魔物肉を調理していた女性が屑肉《くずにく》を捨てようとしていたので、屑肉《くずにく》が美味《おい》しくなる調理法を教えると感激《かんげき》してくれた。

ここの魔物は鍛えられている分、肉の七割が固いらしく、柔《やわ》らかい部分が少ないそうだ。試しに調理して、女性陣や子供たちに食べてもらったら、全員が恍惚《こうこつ》の表情を浮かべていた。これには族長も驚き、多くのダークエルフから感謝されてしまう。

また、川が近いのに魚が全く調理台に並んでいなかった。理由を聞くと、魚の体内には魔素が非常に高濃度《こうのうど》で蓄積されているため、食べるとお腹を壊すそうだ。

試しに数匹魚を捕《と》ってきてもらい、あることを実験した。体内にある魔素をヒールで浄《じょう》化《か》できるんじゃないかと思ったのだ。結果、見事成功。

魔素が残存《ざんぞん》しているかは、『魔力感知』で一目瞭然《いちもくりょうぜん》だ。

焼魚にして食べたら、すごく美味《おい》しかった。

子供にも好評だったし、この知らせを聞いた族長には、またも盛大に感謝されてしまった。

この日の夜、新たな料理が並べられ、亡《な》くなった仲間たちを追悼《ついとう》してから、ネーベリック討伐の祝賀会《しゅくがかい》が開かれた。新しく改良された肉料理と魚料理を、みんなが絶賛《ぜっさん》する。子供と男性陣は主に肉料理、女性陣は主に魚料理に集中した。

途中、男性陣が隠し芸をしてくれたので、私もレドルカも大いに笑った。こんなに笑ったのは久しぶりだ。ここで意外だったのは、レドルカが子供に大人気だったこと。顔がユニークなのかもね。今日は、本当に楽しい一日となった。

9話　偵察任務《にんむ》に行ってきます

ザウルス族とダークエルフ族、立て続けにパーティーに参加し互いに笑い合ったことで、私自身のストレスが大幅に軽減《けいげん》した。そのおかげもあって、就寝《しゅうしん》するまでの間に、帰還するための解決案をいくつか思い浮かんだ。

案一【転移石】
タウリム族長に頼んで、鉄鉱石を貰《もら》い、名称を転移石に構造編集しようとした。編集はできたけど、発動させると『座標《ざひょう》が入力されていないため、転移不可能です』と表示された。転移石に関しては迂闊《うかつ》に相談できないので、王都の図書館で調べる予定。

案二【船と徒歩《とほ》】
現状、これが現実的。道程としては、海路でハーモニック大陸からランダルキア東端、東端から西端へ徒歩で移動、海路でランダルキア西端からアストレカ北端、徒歩でエルディア王国に到着。

案三【転移魔法】

精霊様から転移魔法に関しては一切教わっていない。転移石同様、王都の図書館で調べる予定。

こうやって考えると、短期間での帰還は絶望的だ。一番確実なのが、船と徒歩で世界半周だけど、何年もかかるだろう。仮に、『構造編集』でスキルや魔法を『転移』に変更できたとしても、『座標』というものが必要になるから使用不可だ。結局、徒歩で帰るか、座標を手に入れて転移で帰るかのどちらかだ。落ち着いて解決案を模索《もさく》し、自分なりに納得したことで、その日はぐっすりと眠れた。翌朝、レドルカがザウルス族の村へ帰ることになったので、私は入口まで見送ることにした。当分会えないだろうから、ザウルス族たちが今後どう行動するのか聞いてみよう。

「レドルカは、これからどうするの？」

「族長代理だから、魔導具地帯のことや偵察の件をザウルス族のみんなに知らせるよ。あと、獣猿族《じゅうえんぞく》の人たちが訪ねてくると思う。来たらここまでの経緯を教えてあげないとね。その後は、シャーロットたちの偵察結果次第かな。場合によっては……」

「反乱？」

「その可能性は大きい。魔導具地帯は、明らかに故意だ。理由を聞き出して、返答次第では……ね。泣き寝入りなんてごめんだよ。戦死者たちに申し訳ない。シャーロットは大丈夫なの？　王都に今度のことを調査に行くとは言っていたけど、ダークエルフと共同で偵察するんだよね？　気持ちは嬉しいけど、そこまでしなくてもいいんだよ？」

「ネーベリックと関わった以上、中途半端《ちゅうとはんぱ》にしたくないんだ。きちんと原因が究明されるまでは協力する。それには、ダークエルフの人たちと一緒に動いた方がいいと思うんだ。まあ、図書館に行って、転移魔法についても調べてみるけど」

「転移魔法か。千年前の大事件以降、研究が禁止されてるから、調べるのはかなり困難だよ」

レドルカって博識《はくしき》だね。ていうか、私が恐竜という概念《がいねん》でレドルカを見ているからいけないのか。

「まずは、その千年前の事件について調べてみる」

「シャーロットは偉《えら》いな。絶望的状況でも諦《あきら》めないんだね」

「諦《あきら》めたらそこで終わりだもん。絶対に帰るための手段を見つける」

「わかった、仲間にも伝えておくよ。それじゃあ帰るね」

「うん、気をつけて帰ってね」

レドルカは、ダークエルフたちに昨日のお礼を言ってから帰っていった。その後、私は部屋に戻り、遠距離攻撃できる攻撃手段を模索した。色々と考えた中で、最もよさそうなのが空気弾だった。今の私のステータスなら可能なはずだ。

「シャーロット、部屋に入っても構わないか？」

ドアのノックがした後、タウリム族長の声が聞こえた。

「はい、どうぞ」

入ってきたのは、やはりタウリム族長だ。

「偵察メンバーだが、君を入れて五人となった」

五人か、妥当《だとう》な人数だと思う。

「本格的な情報収集は、四人の方々にお任せします。私では、足手まといになりますから」

「無論だ。君は自分の帰還手段を主に考えてくれ。図書館などで転移の情報収集の際にでも、王都の現状のことを係員に聞いてくれるだけでいい」

ふふふ、子供であることを最大限に利用してやる。

「わかりました。偵察ですから、目立たず騒がずですよね？」

「理解が早くて助かる。村の子供たちも見習って欲しいものだ。偵察任務の際、必ずこの『変異の指輪』を指に嵌《は》めておくように」

魔導具『変異の指輪』、装備することで魔鬼族に変異する効果がある。ただ、実際に変異するのではなく、あくまでも幻として相手に見えるだけ。

「はい。魔石に、魔力の充填《じゅうてん》をしなくて良いんですか？」

「装着すると、自然に所有者の魔力が指輪の魔石に入る仕組みになっている。『幻夢』の簡易型《かんいがた》でもあるから、消費魔力も微々《びび》たるものだ」

『幻夢』か。攻撃魔法でないから、私でも役立てる。精霊様に理論は教わっているので、時間があるときに習得してみよう。

「出発は、明日の早朝だ。早めに寝ておくと良い。偵察部隊のリーダーはザンギフだ。シャーロットは、常に四人のうちの誰かと行動をともにしてもらいたい」

ザンギフさんが、偵察部隊のリーダーなんだね。王都での子供の単独行動は、危険すぎるから、この申し出はありがたい。

「私としても、誰かと一緒に行動したいので好都合ですよ。明日が楽しみです」

今日は、のんびり過ごさせてもらおう。

○○○

ハーモニック大陸に転移してから二十日目、いよいよジストニス王国の王都へと出発するときが来た。現在、私はダークエルフの村の入口にいる。そこには、ザンギフさんと三人の偵察部隊の方々もいた。

ザンギフさん（見た目二十代前半）

変異前：黒髪、黒目、褐色のダークエルフ
変異後：紺色、黒目、茶色い小さな二つの角《つの》、肌色の魔鬼族
ザンギフさんの実年齢は六十九歳だ。ダークエルフの寿命が二百年くらいだから、まだまだ若いお兄さんだね。

ロカさん（見た目三十代の男性）
変異前：黒髪、黒目、褐色のダークエルフ
変異後：黒髪、黒目、茶色い小さな二つの角、肌色の魔鬼族
ダークエルフの人たちは、基本身体のラインが細い。でも、ロカさんを含めた一部の男性は筋肉男だった。実年齢九十一歳らしく、ザンギフさんも一目置いている。

ヘカテさん（見た目二十代後半の男性）
変異前：黒髪、黒目、褐色のダークエルフ
変異後：深緑色、緑目、茶色い小さな二つの角、肌色の魔鬼族
長髪で、滅多《めった》に喋《しゃべ》ることのない物静かな男性。存在感が薄いから、偵察部隊に組み込まれたそうだ。実年齢は六十九歳。

イミアさん（見た目十六歳くらいの女性）
変異前：黒髪、黒目、褐色のダークエルフ
変異後：茶色、黒目、茶色い小さな二つの角、肌色の魔鬼族

髪が首元まであり、明るく快活《かいかつ》な綺麗《きれい》な女性だ。実年齢は六十四歳。

私
変異前：銀髪、薄い青色の目、肌色の人間
変異後：銀髪、薄い青色の目、黄色い小さな二つの角、肌色の魔鬼族

私を含めた五人の偵察部隊は、タウリム族長と作戦の最終確認をした。

「魔導具地帯を無音で突破する方法は見つかったが、王都に到着してからが本当の勝負だ」

タウリム族長の言葉に、全員が頷《うなず》いた。最初の目的地は、魔導具地帯だ。

「では族長、偵察任務に行ってまいります」

ザンギフさんが先導し、私たちは王都へと出発した。ここダークエルフの村は標高二千メートルの高地にある。現在、ザンギフさんが最短ルートをかなりの速度で走っている。

「シャーロット、普通に私たちと同じスピードで走っているよね。全く息切れしてないし、七歳児の体力じゃないわよ」

「イミアさん、『環境適応』のおかげです。山頂の極悪環境のせいで、攻撃力と魔法攻撃力が０になった代わりに、それ以外が凄《すご》い数値となりました」

この際だから、器用と知力も環境のせいにしよう。四人とも、魔導具『真実の福音《ふくいん》』を持っているけど、現在発動させていない。常時発動させたままだと、生活しづらいからだ。

「あえて数値は聞かないわ。ネーベリックの攻撃でもダメージ0なんだから相当ね。詳しい話は族長から聞いてるけど、エルディア王国の聖女も酷いことするわね。本来は、シャーロットが正当な聖女なんでしょ？　それに、そっちの大陸だとイムノブーストが主流で、ヒールが廃《すた》れていたというのも驚きだわ。完全に、こっちと逆だもの」

「開発されたイムノブーストが便利すぎたので、危険性などの調査を怠《おこた》り、そのまま多くの人たちに使用されるようになりました。危険性に気づいていたのは、ガーランド教の教会関係者だけです。でも、あの人たちはそれを隠して、聖女を巧《たく》みに操《あやつ》り、権力をほしいままにしていたんです」

今頃、ガーランド法皇国も、大騒ぎになっているはずだ。

「ふ～ん、どこの種族も似たようなものか。魔人族の中でも、そういうのあるから。ていうか、シャーロット、喋《しゃべ》り方が完全に七歳児じゃないわよ。それも『環境適応』のせいなの？」

「うっ！　小さい頃から、精霊様に色々と教わっていたせいです。魔法の使い方、魔導具の作り方も教わりました。少し前に興味本位で簡易型通信機を開発したら、お父様たちが驚いていました」

わっ‼　みんな、急に止まった。

「「「簡易型通信機だって！！！」」」

「はい、金属と無属性魔石があれば、簡単にできますよ」

「「「簡単に⁉」」」

「ねえ、その機能なんだけど、テレパスと同じくらい？」

「いいえ、テレパスは周囲二十メートルぐらいですよね。私が作ったものは、その人の『魔力感知』のレベルに依存します。レベルが3～4で半径百メートルほどですね。ただ、限界距離に近づくにつれて、雑音が混じるそうなので、商品化までには至っていません。最低のFランクの無属性魔石ではなく、もう少し上等なものがあれば、雑音もなくなり、相手の声だけが綺麗《きれい》に届くと思います」

「「「なに⁉」」」

「シャーロット、ここで製作可能か？」

ザンギフさんに言われてバッグの中身を確認すると、ミスリルはないけど、銀があった。Eランクの無属性魔石もあるから人数分作れる。

「大丈夫です。人数分作れます。三十分ほど待ってください」

一度作っているからすぐにできる。デザインは、男性でも違和感のないシンプルなものにしよう。偵察任務だから、目立ったらダメでしょ。銀を変形成形して、無属性魔石に空間属性を付与して土台に設置する。これで完成だ。あとは、人数分製作する……っと‼

「できました。セットした魔石は上質なものなので、雑音も少ないと思います」

私の銀の扱い方に驚いていたので、軽く説明しておいた。ミスリルでない分、騒ぎもさほどおきなかった。簡易型通信機をみんなに渡し、耳に付けてもらってから一斉に散《ち》らばってもらう。

『イミアさん、聞こえますか？』

『嘘⁉　そこから二百メートルくらい離れてるのに聞こえる』

『ヘカテさん、聞こえますか？』

『シャーロットの声が鮮明《せんめい》に聞こえる。こんな……簡単に……できるものなのか？』

ヘカテさん、声が小さいです。

『ヘカテさん、昔精霊様に大型通信機の原理を教えてと言ったら、その日延々《えんえん》と聞かされたんです。私でも簡単に作れないかなと思って、そのときあった材料で作ったのがコレなんです』

『天才ね。精霊様が教育することで、こんな子になるのか～』

ごめん、イミアさん。前世の記憶もあるからです。小さい頃から教育されても、こうはなりません。

『ガハハ、凄《すご》いぞ‼　今の俺たちにピッタリな魔導具だ。ザンギフもそう思うだろう！』

ロカさん、笑い方が豪快《ごうかい》だな。

『ええ、この魔導具は今回の偵察任務に役立ちます。私たちの「魔力感知」のレベルは8、有効範囲は半径三百メートル前後か。これで、定期的に通信しよう』

以前はスキルレベル8だと半径二百メートルだったはず、やはり上質な無属性魔石を組み込んだからか、通信距離が延びている。ザンギフさんがみんなに伝え、再度私のところへ集まった。

「シャーロット、偵察任務が終わり村に戻ったら、何セットか簡易型通信機を作ってもらえないか？」

「ええ、いいですよ。作り方もお教えします」

「そんな簡単に許可していいの？　重要機密《きみつ》でしょ？」

「イミアさん、重要機密ですけど、技術的に簡単なものなので、すぐに真似《まね》されます。秘匿《ひとく》するのなら、絶対に盗《ぬす》まれないようにしてください」

「……そうね。簡単に製作できる分、危険な存在にもなりうるか。わかったわ、ありがとう。実はね、これと似たような魔導具が、ここから南東に位置するサーベント王国で開発されているの。でも、通信距離が短いし、雑音もかなりあったわ。あなたは、その技術を超える高性能なものを、たった三十分で製作したのよ」

だから、みんな驚いたのね。でも、これで偵察任務が楽になるんだから良いよね。

「よし、最初の目的地である魔導具地帯へ行くぞ」

さあ、新たな魔導具を身につけて再出発だ。魔導具地帯、一体どんなところかな？

10話　ネーベリック防衛網の突破

転移して二十日目、ついにケルビウム大森林を抜け出すことに成功した。ここからは木々もなく、完全な平地となるらしい。実際、抜け出てすぐわかったけど、草原というより荒地《あれち》が続いている。

「イミアさん、五年前までは魔鬼族と多少の交流はあったんですよね？　街道《かいどう》らしきものが、全く見当たらないんですけど？」

「ネーベリックがここに逃げてくる際、街道を踏み荒らしたのよ。私も偵察で魔導具地帯まで行ったことがあるけど、整備《せいび》されていた街道が完全に破壊されて、跡形《あとかた》もなく荒地になっていたわ」

ネーベリックのやつ、既《すで》に死んでいるのに、まだ迷惑をかけるか。

「目的地まで行けるんですか？」

「大丈夫、街道があった箇所には、目印を付けておいたから。ほら、あそこの地面に何か刺さってるでしょ？」

指し示した方向の地面を見ると、確かに何か青色の角ばったものが置いてあった。

「あの青色の石のことですか？」

「そうよ。あれは魔導具『道標』、Eランクの魔物『青胡蝶《あおこちょう》』の魔石と杭《くい》とを結合させたものなの。昼は、あの深い青色が目立つし、夜になると外気に含まれる魔素を自然に吸収して、青く美しく発光するのよ」

なるほど、だから道標か。あの魔導具が置かれている場所から百メートルほど離れたところにも、同じものが設置されている。あれを辿《たど》っていけばいいのか。

「あの魔導具に沿《そ》って歩いていけばいいんですね？」

「そういうこと」

しばらく歩いていくと、これまでの荒地よりも、さらに激しく地面が荒れている地域に辿《たど》り着いた。あちこちに凹《へこ》みがあり、周囲には魔物の死骸《しがい》も散らばっていた。ここが魔導具地帯だろう。

「ちっ、何度見ても嫌んなる光景だぜ‼」

「同意」

二日前のパーティーのときにロカさんから聞いたけど、彼の弟さんが半年前の偵察任務中、この地帯で大怪我《おおけが》を負ったそうだ。必死に看病したおかげもあって、弟さんは一命を取り留めた。でも、右足を失ったせいで戦線離脱《りだつ》することに。弟さん自身、自分自身の不《ふ》甲斐《がい》なさから、誰もいないところでは毎日泣いていたらしい。

でも、私のリジェネレーションによって右足が再生したことで、現場復帰《ふっき》できると盛大に感謝された。その後、弟さんも来て、二人から再度お礼を言われたっけ。

「ザンギフさん、この魔導具地帯、ネーベリックがケルビウム大森林から王都に戻ってこないように敷かれた防衛網ですよね？」

ここを突破すれば、王都に行けるのか。まだ見ぬ王都。私はエルディア王国の王都しか知らないから、早く見てみたいものだ。

「シャーロットの言う通りだ。この魔導具地帯がどこまで続いているのかはわからない。我々は魔導具を反応させずに、突破しなければならない。族長から聞いているが、ユニークスキルで対処できるのか？」

「正直、なんとも言えませんが、まずは『構造解析』を実施してみます」

地雷がありそうなところはどこかな？　む、あそこ、何か怪しい。不自然にボコッとなっている。あの地面を構造解析だ……あれ？　反応なし。なぜに？　あ、ステータス欄《らん》に何か記載されてる。

《解析したい対象が抽象的《ちゅうしょうてき》すぎます。該当《がいとう》箇所を具体的に解析したい場合は、下記の条件を設定してください》

あ、そうか‼　これまでに解析したものは、生きている魔物や人工的に製作された魔導具、そして空中に含まれる大気などだった。地面の場合、砂や岩のように多くの物質がありすぎて、どれを解析したいのかがわからないんだ。

《解析する範囲を指定してください》

とりあえず、縦《たて》一メートル×横一メートル×高さ一メートルに設定。どの箇所を解析するかは、私の目視《もくし》で決められる。

《検索条件を設定してください》【魔導具】

これでOKだ。

《消費はMP5となります。解析しますか？　はい／いいえ》

『はい』を選択っと。これで良いのかな？　条件設定を選択する機能あったんだ。そういえば祝福のとき、『構造解析』の基本説明だけ見て、それ以上は見てなかった。解析が終了するまで、『構造解析』の欄《らん》を再度チェックしよう。うん？　説明欄《らん》の右下に矢印の文字がある。矢印を見た瞬間、次のページが表示された。

構造解析：消費MP5

スキル使用の際、使用者が対象を正確に把握《はあく》していない場合、範囲と検索条件を設定すれば、範囲内において検索条件に当てはまるものがないかを解析することが可能となる。ただし、その場合の消費MPは、範囲と検索条件により変化する。また、検索にヒットしたものがあっても、得られる情報は基本説明のみ。詳細な情報を知るには、通常の解析が

必要となる

これだ‼　さっきは、どこに何があるかきちんと把握《はあく》してなかった。だから、反応がなかったんだ。それにしても、この矢印はわかりにくい。今後、他のものを見るときは気をつけよう。

《解析終了、魔導具が一個検出されました》

魔導具『地雷』
地雷を踏むと、魔導具の周囲五メートルに対して、強力な爆発と雷が発生する

名称は地雷でいいんだ。詳細な効果を知りたいから、再度構造解析っと。

魔導兵器『地雷』
直径五十センチ、高さ十五センチほどの円柱形の魔導兵器。地面に埋め込むことで、真上に十キロ以上の重さがのしかかると、地雷内部にある火属性と雷属性の魔石が反応し、魔導兵器が起動する。この重さがなくなった瞬間、Cランクの魔物を一撃で葬《ほうむ》るほどの爆発と雷が迸《ほとばし》る。比較的安価で製作可能なため、新生ジストニス王国王都において、大量に

生産されている

Cランクの魔物を一撃で葬《ほうむ》る力があるのか。そして、名称が魔導具ではなく、魔導兵器となっている。

「解析終了しました。地面に埋められているものは、正式には魔導兵器です」

「「「魔導兵器⁉」」」

「はい、魔導兵器の名称は地雷。この兵器を地面に浅く埋め込みます。それを魔物や人が踏むと……その足を離した瞬間に爆発します。威力《いりょく》は、Cランクの魔物を一撃で葬《ほうむ》るほどです。また、地雷は新生ジストニス王国王都で大量生産されていると記載されていました」

「「「新生ジストニス王国⁉」」」

衝撃的な内容であったためか、四人は動揺《どうよう》を隠しきれない。

「シャーロット、地雷に関しては、私たちも発動後の破片とかを拾って調べているからいいんだけど、新生ジストニス王国というのは？　これまで『新生』なんてついていなかったわ」

「イミアさん、すみません。この名称が何を意味するのかまではわかりません」

「国王の身に何かが起こり、新たな者が王位に就《つ》いたということかもしれないわね」

王族以外の人が王位に就《つ》いたら、王国の名称も変化するはずだ。新生という文字だけだから、おそらく王族の誰かがクーデターでも起こしたのかな？　でも、ほとんどがネーベリックに食べられたはず。

「詳しくはここで議論してもわからないから、全ては王都に到着してからだな。シャーロット、地雷を『構造編集』で、別の何かに作り変えることは可能か？」

鉄鉱石から転移石への編集は、座標のことを除けば、一応成功している。そうなると、地雷の編集も、理論上は上手くいくはずだ。

「ザンギフさん、『構造編集』を行う前に、構造解析した地雷をウィンドシールドで囲って、ここに持ってきますね」

「ここに持ってくるのか!?」

「はい、物体に何か変化が起こる可能性もありますから、それを確かめます」

「……わかった、頼む」

全員が固唾《かたず》を呑《の》んでいる。これまでは発動後の地雷を弄《いじ》っていたから、なんの問題もなかったけど、今回は発動前の地雷だ。慎重《しんちょう》に動かさないとね。さっきの解析箇所と寸分違《たが》わぬところを地面ごとウィンドシールドで囲い、そばに持ってきた。シールドに小さな穴を開けて、砂や小石を落としていくと、解析通りの円柱形の物体が現れた。誤爆《ごばく》しないよう、地雷をそっと地面に置く。

「これが地雷……目の前で見ると、意外に大きいですね」

「シャーロット、思いきったことをするわね。正確な位置を知らない限り、絶対にできない作業だわ」

「みなさん、今から『構造編集』を行います」

どうせなら、この物体を有効利用したい。……ここの土地は荒れ放題だ。元の緑ある土地にできないかな？　名称を『緑地』に編集して、効果は『土地の活性化』だね。誰かが木と土の属性魔力を魔導兵器に充填《じゅうてん》し、土に埋める。人が、その真上に立つことで発動する。発動後、魔導兵器内にある属性を持った魔力が土地に吸収されて、周囲が活性化していく。活性化したのを確認したら、『緑地』を掘《ほ》り起こし、再利用するという仕組みに持っていけばいいかな？

《構造編集する対象を指定してください》

魔導兵器『地雷』を選択。

《どの部分を構造編集しますか？》【地雷↓地〇↓〇地↓緑地】

緑地の意味は、草木が生《お》い茂《しげ》っている土地だったはず。上手く発動できれば、周囲の土地に素晴らしい影響を与えるにちがいない。

《この編集内容で良いですか？　はい／いいえ》

はいを選択、これで編集完了だ。

《構造編集が終了しました。指定された魔導兵器『地雷』は、魔導兵器『緑地』となりました》

よし、あとは効果を確認するだけだ。

魔導兵器『緑地』

地面に浅く埋め込むことで、『緑地』を中心とする周囲十メートルの土地に力を与える。土地の荒れ方次第で、回復力は異なるが、どんなに荒れた土地であっても五回ほど繰《く》り返せば、植物が生育可能な土地へと変化させる。なお、木の属性魔力を二百、土の属性魔力を二百を緑地に注入すれば、再利用可能となる。再利用の限度回数は三十回。なお、緑地内部にある二つの魔石が割れた場合、Cランクの土属性魔石と、同じくCランクの木属性魔石を交換すればよい

……緑地の性能が凄《すご》すぎる。もしかしたら、魔導兵器の部分を何も弄《いじ》らなかったから、この名称で強化されたのかもしれない。しかも、火属性の魔石が土属性へ、雷属性の魔石が木属性へと変化している。『構造編集』、優秀すぎるよ‼

「成功しました。魔導兵器『地雷』を『緑地』という名称に編集しておきました」

「え、もう終わったの⁉　見た目が、全然変化してないわね？　その緑地とかいう新たな魔導兵器の効果は？」

私は、四人に緑地の効果を詳細に教えてあげた。

「『構造編集』、すげーな。外観《がいかん》は地雷だが、中身が完全に別物だぞ」

「……シャーロット……助かる」

「族長から聞いてはいたが、これほどとは……」

「シャーロット、試しに緑地の効果を調べてみたら？」

ロカさん、ヘカテさん、ザンギフさんから、感嘆《かんたん》の声が上がった。そして、イミアさんが言うように、まずは試そう。実際に効果を見ないと、これが使えるものなのか判断できない。

「それじゃあ、ここに埋めますね。そして、発動させましょう」

「なあ、埋めた後、誰かが踏むんだよな？」

「「「……」」」

ロカさんが言った瞬間、全員が押し黙《だま》った。見た目は完全に地雷だ。これを踏むのは、かなり勇気がいる。

「ここは編集した本人が……」

「いや、子供にやらせるわけにはいかない。シャーロットのことを信用した以上、私が行く‼」

「ザンギフさん、良いんですか？」

自分がリーダーだからか、率先《そっせん》して挑戦する気だ。

「ああ、構わない」

イミアさんが土魔法で穴を開け、『緑地』を入れてくれた。埋め直した後、私たちは少し離れ、ザンギフさんが意を決して真上に立ち、そして離れた。

「おお、爆発しないぞ‼」

「地雷が、間違いなく緑地に編集されたんだわ‼」

やった、成功だ‼

「ふううぅぅぅーーーーーー」

ザンギフさんの顔色がかなり悪い。気持ちはわかる。

「ザンギフ、顔が汗だくだ。大丈夫か？」

「地雷だったものを踏むという行為は初めてだが、ここまで心身を消耗《しょうもう》するとはな」

「誰であっても、君のようになる」

ヘカテさんと同じ意見だ。仮に私が行《おこな》ったとしても、同じ状態になったと思う。

「おい、緑地を埋めた場所が……」

ロカさんに言われ、緑地のあった場所を見ると、明らかに土の色が変化していた。もう効果が出はじめているの⁉

「え、これ、土の感触《かんしょく》が全然違うわ!?」

イミアさんと同じく、私も土を触ると、少し離れた荒地の土とは、質感が明らかに異なっていた。

「シャーロットから聞いた通り、緑地を中心とする直径十メートルの土地だけが変化している。土地に魔力が宿ったことで、回復しているのか」

「ザンギフ、この緑地は使えるぞ」

「はい。ロカさんが言うように、緑地は使えますね。だが、魔導具地帯の広さがわからない以上、シャーロットに全てを任せるわけにはいきません。彼女の魔力が絶大《ぜつだい》であっても、それを酷使《こくし》してはならない。シャーロット、幅二メートル、長さ十メートルほどで、一気に『構造解析』と『構造編集』は可能か? 心身に負担《ふたん》はないか?」

ザンギフさんは、魔導具地帯にある地雷の編集を必要最小限に抑《おさ》えて突き進む方法を選んでくれたのかな?

「確認してみます」

幅二メートル×深さ一メートル×長さ十メートル、検索条件『魔導具』で設定すると……消費MPは100か。多分、一立方メートルあたりの消費MPが5なんだろう。

「解析の消費MPが100なので、編集も行えます。この程度なら、少しずつ休憩《きゅうけい》を挟《はさ》んでいけば、身体にも影響はないと思います」

「焦《あせ》る必要はないから、無理をせずゆっくり進めていって欲しい。ただ、解析、編集した箇所が土の色だけが変化するものなのか、そこから草が生えてくるのかは確認しておこう。念のため、地雷のある地面には、魔導具『道標』を設置しておく」

私には、『MP自動回復』もある。一秒につきMPが1回復するので、MPが枯渇《こかつ》する寸前まで連続で行わない限り、身体にも負担はかからないと思う。体力自体も、環境適応のせいで、普通の大人以上にあるから問題ない。ただ、子供だからか、これまでの生活リズムもあって、夜九時くらいになると猛烈《もうれつ》な眠気《ねむけ》に襲われるけどね。

「それでは、少しずつ進めていきます」

「我々男三人は、森の入口周辺を偵察しておくから、イミアはシャーロットとともにいてくれ」

「はい」

ザンギフさんたちは、私の魔力が絶大であっても、きちんと私の身体のことを心配してくれている。対応の仕方が普通の子供に対してとさほど変わらないから、私としても話しやすいし、行動もしやすい。早速、開始しよう。

○○○

解析と編集は順調に進み、私たちはスタート地点から三百メートルほど進んでいた。これまでに見つかった地雷は八個だ。地雷があった箇所には、魔導具『道標』を置いてある。約三十メートル間隔に地雷が置かれているようだ。

「イミアさん、ここから王都までの距離はどのくらいなんですか？」

イミアさんが地図を広げてくれた。

「ここから王都は、ちょうど真南の位置にあるわ。そこまで平地だし、ネーベリックが障害物を排除してくれたおかげもあって、直線で進めることを考慮《こうりょ》すると、馬車で四日くらいかな？　私たちは、周囲の村の状況も偵察しておきたいから、多分八日くらいかかるわ」

「結構、かかりますね」

「ええ、でもシャーロットのおかげで、偵察の際の楽しみも増えたのよ」

「ひょっとして料理ですか？」

「そう‼　シャーロットと同じ高性能なマジックバッグもあるから、でき立ての料理を食べられるんだけど、調理方法を変化させても、普段村で食べているものだし、どうしても飽《あ》きてくるのよ。そこに、あの新たな焼き魚と屑肉《くずにく》料理よ‼　魚や魔物は種によって味も異なるから飽きない。毎日の食事が、待ち遠しいわね」

力説、ありがとうございます。今までにない味わいだったからか、全員が相当気に入ったようだ。

『イミア、シャーロット、後ろを見ろ‼』

突然、ロカさんからの通信が入った。なんか盛大に焦《あせ》っているような声だけど、どうしたのかな？　後ろに何かあるのだろうか？　イミアさんと顔を見合わせ、同時に後ろを振り向くと……

「「えええええーーーー！！」」

なんと、草が少し生え、薄い緑の長い絨毯《じゅうたん》が転々と続いていた。草の出方から、緑地がどこに埋められているのかも一発でわかる。

「なによこれ⁉　土の色の変化だけでなく、この短時間で薄《うっす》らと草も生えてくるなんて……土地の回復が早い。それだけ緑地が優秀なんだわ」

編集した私自身も驚いている。まだ一時間も経過していないのに、ここまでの成果が出るなんて思わなかった。

『俺たちもここに戻ってきたとき、驚いたぞ。この道沿いに歩いていけば、周囲の地雷を確実に回避できる。シャーロット、お手柄《てがら》だぞ‼』

『ロカさん、ありがとうございます。自分で編集しておいてなんですが、私自身も想定以上の成果が出て驚きです』

大きな成果が出たからか、なんだかやる気が漲《みなぎ》ってきた。魔導具地帯が、どこまで続いているのかわからないけど、どんどん編集していこう。

11話　怪我人《けがにん》だらけのフォルテム村

現在、私はザンギフさんにおんぶされて移動中である。それはなぜか？　あの地雷のせいだ。幅二メートル、深さ一メートル、長さ十メートルに設定して、王都に向けて『構造解析』と『構造編集』をやり続けた。その合計回数は、なんと三百回‼

つまり、あの魔導具は三キロにわたって敷かれていたのだ。時折休憩《きゅうけい》を入れたこともあって、二日を要してしまった。結局、見つかった地雷の数は百三個、ほんとやってくれるよ。同じ作業をず～～っとやり続けたことで、体力と精神力をかなり擦《す》り減らした。

全てをやり終えると、気が抜けたのか、私はすぐに力尽き寝てしまい、次に気づいたときは翌朝の十時。十四時間近く寝てしまい、ザンギフさんにおんぶされた状態だったというわけだ。

「シャーロット、身体の具合はどうだ？」

「少し怠《だる》いですが、かなり回復しました」

「すまんな。まさか、三キロも敷き詰められているとは思わなかった」

「あまり考えたくないんですが、王都までの南の方向で三キロとなると、東西は……」

「おそらく、五キロはあるかもしれないな」

ケルビウム大森林の入口の出発点から南に三キロ、東西ともに五キロとなると、三十平方キロメートル、広大すぎる‼　そんな広い敷地《しきち》、『構造解析』と『構造編集』したくないんですけど⁉

「ここまで広いとは思わなかった」

「もっと効率よく構造解析できる方法を探しておきます。いずれ、この危険な地雷を完全撤去《てっきょ》したいですね」

あの広大な地雷地帯を短期間で解析編集するには、今の解析速度だと遅い。再度、『構造解析』の説明欄《らん》を調べよう。解析速度を上げる手段があるはずだ。

「……すまんな」

その後、ロカさん、ヘカテさん、イミアさんから労《ねぎら》いの言葉を貰《もら》った。私だけ朝食を食べていないので、休憩《きゅうけい》を取り、しっかりと食べたことで、ほぼ体力も精神力も回復した。

「みなさん、ほぼ全快しました。ここからは私も走りますね。走ることで、ストレスも解消されると思います」

「昨日も一昨日も、ずっと『構造解析』と『構造編集』で、運動を何もしてなかったもの。ストレスも溜《た》まるわ。もう少しで最初の目的地フォルテム村が見えてくるわ」

魔鬼族の住むフォルテム村、五年前までは、ケルビウム大森林に住む種族たちとも交流があったそうだ。大森林にあるウルウルの実と、フォルテム村で栽培《さいばい》されている野菜などを物々交換し、互いに生計を立てていたそうだけど、ネーベリック襲来《しゅうらい》で完全に断絶《だんぜつ》されてしまった。

「イミアさん、ここにいるみなさんは、村人と会ったことがあるんですか？」

「私以外、面識《めんしき》があるわ。元々、定期的に王都へ食材を買いに行ったりしているから、途中にあるフォルテム村には、何度も泊めてもらって、お世話になっていたそうよ」

「あの村は、ネーベリックの通り道になったはずだし、なにより地雷地帯から近い。その村長は、俺にとっても息子のような存在で、飲み仲間でもあるから、早く行って安否《あんぴ》を確認したいところだ」

ロカさんの実年齢は九十一歳だから、息子のように感じるということは、村長の年齢は六十五歳前後かな。そこまでお世話になっている村なら、早く安否を確認したいよね。

「私のリジェネレーションが役立ちそうです。村に到着したら、すぐに魔法を使用しますね」

「シャーロット、頼む。五年も経過しているから、怪我《けが》自体は回復しているかもしれんが、地雷のこともある。たとえ死ななくとも、手足の欠損《けっそん》までは治《なお》っていないだろう」

もちろん治療するけど、またザウルス族やダークエルフ族のときみたいに、お礼を言われるのかな？　行く先々で言われているから、なんか感覚が変になりそうだ。きちんと、いつも通りの対応でやっていこう。

「よし、シャーロットも回復したことだし、村へ行こう。ここからだと十分ほどで到着するだろう」

ザンギフさんの指示で、私たちはフォルテム村へ向けて出発することになった。

○○○

ザンギフさんの言う通り、十分ほどで村に到着した。家の多くが寂《さび》れていて、村人たちからもどこか暗い雰囲気《ふんいき》を感じる。それに、周囲の農地が荒れている。私の魔法で村人たちを回復させても、生活に支障《ししょう》が出るね。農地で作業している村人の一人が、私たちに気づいたようだ。

「え……俺は夢でも見ているのか？　ロカさん、ザンギフさん、無口のヘカテさんと……知らない女の子たちがいる？」

そういえば、三人は時折変異状態でも、村に顔を出していたと言っていたか。

「夢じゃないぞ。お前、まさか、あの生意気小僧《なまいきこぞう》のトウリスか？　ふっ……大きくなったな」

ロカさんは、あの人を知っているんだ。

あれが本物の魔鬼族。茶色の髪、薄い黄色の瞳、茶色い小さな二つの角、私と同じ肌の色だ。年齢は十五歳くらいかな？　ロカさんは生意気小僧と言っていたけど、私からすると、素朴《そぼく》な顔をしており、年齢よりも精神的にしっかりした男性に見える。

「本物⁉　そんな、まさか、どうして……ネーベリックは？　あの魔導具は？」

「落ち着け。そのことで重大な歓喜すべき報告がある。シャクロは健在か？」

「歓喜すべき報告？　あ、はい、シャクロ村長は健在です。村の大人たちは、村長の家で会議をしています」

「そいつは、手間が省《はぶ》ける。トウリス、お前も来い。これから忙しくなるぞ」

「え……あ……はい」

私たちが村長宅に訪れると、村人たちはロカさんたちを見て大変驚き、全員がここに訪れた理由を聞いてきた。そこで、村人たちと最も関係の深いロカさんが、ネーベリックの討伐、魔導具地帯の一部無効化を報告した。討伐に関しては、森にいる全種族が一丸となって倒したということにしておいた。私がいる理由は、回復魔法リジェネレーションを使用できるから。全てを話し終えると、家にいる人々は歓喜し、涙を流した。

そして、村人全員を村長宅前に集め、村長自《みずか》らがネーベリック討伐と魔導具地帯の一部無効化のことを伝えると、大人数のせいもあって、大歓喜の嵐《あらし》が起こった。

リジェネレーションのことを話した後、私は早速魔法を使用する。この間、村長は、これまでの五年間に何が起こったのかを詳細に話してくれた。ネーベリックが襲来し、多くの村人たちが犠牲《ぎせい》となった。すぐに騎士団が駆けつけ、彼らはネーベリックをケルビウム大森林の方へ逃がした。

だが、問題はその後に起こる。いつまで経っても、騎士団が戻ってこないのだ。不審に思った村人たちがケルビウム大森林に向かった結果、悲劇《ひげき》が起こる。

あの魔導兵器『地雷』が敷き詰められた地帯に足を踏み入れてしまったのだ。

当時、九人の村人たちが何も知らずに行ってしまい、五人だけが帰ってきた。そう、騎士団は村人に地雷のことを知らせず、勝手に敷き詰め、そのまま王都へと帰ってしまった。

これを聞いたロカさんたちが激怒《げきど》した。

「王族ども、許せん‼」

「ロカ、今の国王はエルギス様だ。他の王族は……おそらくネーベリックに食われたと思う」

おそらく？　含みのある言い方だな。シャクロ村長に尋《たず》ねてみよう。

「シャクロ村長、おそらくというのは、どういう意味ですか？」

「まずは、順に話して行こう。実はな、四年前、あの巨大魔物ネーベリックと地雷のことで、私を含めた六人が王都の王城まで出向き抗議《こうぎ》したのじゃ。ネーベリックのことに関しては、エルギス国王自ら謝罪された。そのとき、王都で何が起こったのか大まかながら聞いたんじゃ。ネーベリックは王都に突然現れ、王族をはじめ、多くの人々を食べた。一人の冒険者と騎士団の活躍で王都から追い出したものの、倒すことはできなかった。王都での戦いで、その冒険者も深く傷ついたため、騎士団だけでネーベリックに戦いを挑んだ。だが、結局倒すことは叶《かな》わず、他国に侵入させるわけにもいかんから、やむをえずケルビウム大森林に追い込んだそうだ」

「「「やむをえずだと⁉」」」

王都に突然現れたって、その嘘は無理があるでしょう‼　冒険者は凄《すご》いと思うけど、騎士団がダメだ。しかも話を聞く限り、ネーベリックを森に入れた後、騎士団が地雷埋め込み作業を即座に実行したのだろう。どう考えても、故意で行《おこな》っている‼

「私に怒るな。その後、騎士団が村に何も知らせずに帰還したことを話したが、国王陛下はそれを知らなかったようじゃ。あとで調査してわかったことじゃが、ネーベリックのこともあって、前もって伝えることを失念していたらしい。だから帰還後、別の三名の騎士を伝令としてこちらに向かわせたらしいが、結局遺体《いたい》が騎士団の帰還ルートとフォルテム村の間で見つかった。おそらく、魔物に襲われたのだろう。こちらに関しても、後に国王陛下や騎士団から謝罪され、村には支援金《しえんきん》が支払われた」

むう、ケルビウム大森林の種族には最悪な行為をしているのに、村への対応は誠実《せいじつ》だ。

「まあ、村への対応は良い。だが、俺としては今すぐにでも、クーデターを起こしたい気分だ」

ロカさんが過激《かげき》だ。

とにかく、ネーベリックの対処を他の種族たちに任せている間に、地雷によるネーベリック防衛網を完成させたんだ。そして今、王都にいる魔鬼族はネーベリックを倒すための魔導兵器を開発しているんじゃないかな？　地雷が作られたことから察するに、地球の兵器を開発していると思う。間違いなく、裏に転生者が絡《から》んでいるね。

「……すまん。地雷地帯の地図を貰《もら》えんかったのもあるが、なによりもネーベリックが恐ろしくて、この五年間何もできんかった。お前たちに殺されても、文句は言わんよ」

シャクロ村長は、私たちに深々と頭を下げた。

「シャクロや村人たちは悪くない。誰だってネーベリックを見たら恐怖するぜ。なあ、ザンギフ」

「ええ、村の方々に非はありません。恨《うら》むべき対象は、現国王エルギスです。ただ、王族の生存者は、他にいないのですか？」

エルギスは、森に住む全ての人々から恨《うら》まれて当然の存在だろう。

「死亡が確定しているのは、前国王様と王妃様、第一王子じゃ。唯一、生死がはっきりしていない、行方《ゆくえ》不明となっているのが、国民に厚《あつ》く信頼されている第一王女のクロイス様じゃ」

「「「「クロイス様だけが行方不明⁉」」」」

　クロイスという名前を聞いたとき、四人全員が一斉に驚いた。

「イミアさん、クロイスという方は、どういった人なんですか？」

「クロイス様は、ドジで泣き虫でほのぼのした人だけど、ジストニスの全国民から慕《した》われているの。これまでにも、王都だけでなく各地の貧民街を直接訪問して、現地の人々と話し合い、また領主たちとも会談して、貧民の不満を解消したり、働き先を提供したりしていたのよ。五年前の時点で十歳だったから、生きていれば十五歳になっているわね」

　子供なのに、そこまでのことをするんだ。王子たちよりも優秀なのでは？

「クロイス姫って、凄《すご》い人ですね。天才というやつですか？　私も会ってみたいです」

　あれ？　なんで黙るの？　周囲の村人たちも、なぜ苦笑い？

「あのねシャーロット、クロイス様の人を引き寄せるカリスマ性は、確かに凄《すご》いわ。でもね……ネーベリック襲撃の半年前、彼女が私たちの村に来たことがあったの。第一印象がドジっ娘《こ》よ。それに時折、お馬鹿な発言をして、護衛《ごえい》兼《けん》教育者のアトカによく頭を叩《たた》かれていたわね。アトカというのは、私たちと同じダークエルフの仲間なんだけど」

　人物像が、全く見えない。最初の話と今の話のクロイス姫は、同一人物なの？

「彼女は思いついたことをその場で言うタイプね。しかも子供のくせに、物凄《ものすご》く的確な意見を言うのよ。ただ、解決策を言うだけ言って、あとはアトカに任せっきりで、村の子供たちと遊んでたわ」

　ということは、クロイス姫が各地の貧民街などを現地訪問して、解決策を言っただけで、あとはアトカという人に丸投げしたのか……

「あの……アトカという人は、クロイス姫に注意しないんですか？」

「アトカの方が、クロイス姫のことを何倍も知っていたわ。一度尋《たず》ねたら、『あいつが直接関わると、不器用なこともあって、ろくなことが起きない。今は、間接的《かんせつてき》に関わらせるだけで良い。ハッキリ言って邪魔《じゃま》だ』ですって」

　うっわ、キッツイことを言うな～。まあ、子供の頃から間接的にでも関わらせることで、感性も高められるし、自分の意見で周囲が喜んでくれることで、王族としての義務感や達成感をわからせてあげているのかな？

「そのクロイス姫が行方不明なんですね。アトカという人は？」

「彼も行方不明じゃ。クロイス様とアトカの捜索《そうさく》依頼が、多額の懸賞金《けんしょうきん》付きで冒険者ギルドから出されているものの、成果はゼロ。私たちが知っている情報はこれくらいじゃ」

「シャクロ、助かる。俺たちにとっては、有益な情報だ」

　後は、私たちが王都に出向き、直接情報を収集しなければならない。クロイス姫とアトカさん、この二人が見つかれば、かなり進展するだろう。

　リジェネレーションの終了後、大勢の村人たちからお礼を言われた。ただ、ザウルス族やダークエルフ族と違って、村人全員から聖女扱いされたことには困った。ここ百年、ジストニス王国に聖女は現れていない。一応、私は聖女ではありませんと言っておいた。

〇〇〇

現在、村人たちは夕食の準備に取りかかっている。ネーベリックが討伐され、地雷地帯の一部無効化という快挙《かいきょ》がなされたため、祝賀会が開催されることになった。急なことでもあるので、食料に関しては、私たちがここに来るまでに討伐してきた魔物を提供した。大型のものも含め二十体近くいたので、イミアさんが村の男性陣と一緒に解体し、肉を分割していった。また、屑肉《くずにく》の調理方法や魚の毒の浄化方法を教えたことで、食糧調達に苦しんでいた村の女性陣たちは大いに喜び、笑顔でお喋《しゃべ》りをしながら調理を続けている。

イミアさん以外はシャクロ村長の家に戻り、現状の村の生活を聞いたのだが、国からの支援金を貰《もら》っていても、かなり厳しいようだった。

ザンギフさんはそれを聞いて、地雷を無力化しただけでなく、形はそのままで緑地という魔導具に改良したことと、その効果を伝える。しかし、シャクロ村長も話だけでは半信半疑だった。そこで信用してもらおうと、ザンギフさん、ロカさん、ヘカテさんと村の男性陣が、無力化した地雷——改め緑地の一部を回収しに行ってもらう。

ザンギフさんたちは、二時間ほどで戻ってきた。回収した緑地は、全部で二十個だ。まだ夕食まで時間があったので、緑地二十個をシュルツ村長の作物収穫《しゅうかく》後の農地に十メートル間隔で試験的に埋めていった。暗くなってきたこともあって、緑地を明日まで放置することにした。埋め込み作業が終わった頃には、夕食の時間となっていたので、魔法『ライト』により明るくなった広い敷地で、軽い祝賀会が開催された。屑肉《くずにく》ステーキ、串焼き、屑肉《くずにく》と野菜の炒《いた》め物、野菜のあっさりスープなど多種多様《たしゅたよう》な料理が用意されている。村の男性陣は、屑肉《くずにく》と聞いて嫌な顔をしていたが、一口食べた途端《とたん》、全員が貪《むさぼ》るように食べはじめた。

「美味《うま》い‼」

「これが、あの屑肉《くずにく》なの‼ 柔《やわ》らかくて美味《おい》しいわ」

「お姉ちゃん、こんな美味《おい》しい屑肉《くずにく》初めてだよ‼」

「これが川魚の味か。魔物肉と違った美味さがある」

大人も子供も、みんな笑顔で食べている。なんかここ最近、この光景をよく目にする。ザウルス族の場合は肉の焼き方を、ダークエルフ族の場合はこの村と同じ調理方法を教えたら、全員が恍惚《こうこつ》の笑《え》みを浮かべていたっけ。早い段階でお腹いっぱいになった私は、同年代の子供にしりとりやあやとりなどを教え、一緒に遊ばせてもらった。イミアさんは、そんな私を見て一言――

「ふふ、遊んでいるシャーロットを見ると、七歳児にしか見えないのよね〜」

なんか嬉しいようで、嬉しくないような複雑な気持ちになった。しばらく遊んだ後、私も子供たちも眠くなってきたので、私はシャクロ村長の家で寝かせてもらった。

そして次の日のこと——私たちがシャクロ村長の家で朝食を食べ、王都への出発準備を終えたとき、村に来て初めに出会ったトウリスさんが駆け込んできた。

「おいトウリス、朝っぱらからどうした？」

「ロカさん……村長の農地が大変なんだ」

「もう緑地の効果が出たのか？　早いな、どう大変なんだ？」

「一面、お花畑になってる」

「「「「はあ⁉」」」」

トウリスさんの一言に、私も驚いた。急いで農地に向かうと、既に大勢の村人たちがいた。肝心《かんじん》の農地は……一面お花畑になっている。

「シャーロット、これ変化しすぎでしょ？」

「イミアさん、おそらく魔力で活性化し、栄養豊富な土地となったことで、地中に眠っていた種子たちが一斉に目覚めたんだと思います。正直、私としても予想外の展開です」

シャクロ村長はというと、目を大きく見開いて呆然《ぼうぜん》としていた。

緑地の想像以上の効果に驚いたものの、これで信用してもらえたので、改めて村人たちに詳しく説明した。現在の緑地の数は、全部で百三個。今は王都偵察がメインのため、今すぐ全ての地雷を緑地に変化させることは不可能であることも伝えておく。

話し合いの結果、村人たちで残り八十三個の緑地を掘り出し、農地に埋め込む作業を行うことが決まる。私は緑地の使い方を紙に書いておき、シャクロ村長に渡した。なんか、ここに来てからお礼ばかり言われているよ。

そして、ここでの役割を終えたこともあり、私たちは出発することになったんだけど、見送りには全村人が集まってくれた。

「ロカたちはこの村の救世主だ。あの緑地のおかげで、村の農地が劇的《げきてき》に変化するはずだ。農地だけでなく、周辺の土地に埋め込むことで、緑が戻ってくるだろう。本当にありがとう」

「シャクロ、ネーベリックの件は内密《ないみつ》にしてくれよ。あと、地雷から緑地への無効化方法は言えんが、王都での件が落ち着いたら、残った地雷を完全に撤去するつもりだ」

「ロカ、無理するな。私たちには、百三個の緑地があるんじゃ。お前たちの事情が全て解決したときに、また訪れるといい。我々はいつでも大歓迎じゃよ。ネーベリックのことは、外の連中には話さん。気をつけてな」

多くの村人たちからお礼を言われ、私たちは王都へと旅立った。

12話　王都到着

フォルテム村を出発してから十日後、やっと王都に到着した。

それまでの道中、二つの村に立ち寄っている。フォルテム村同様、手足を欠損している人たちも少なからずいたため、情報収集も兼《か》ねて、リジェネレーションを行使した。

ネーベリックが回復魔法の使い手を殺してしまったため、みんな困っていたのだ。

「シャーロット、ここから見えるのが王都の入口だ。以降、リジェネレーションは使わないように」

「ザンギフさん、これまでの村々で使いましたから、いずれ噂《うわさ》が王都にも広がっていきますよ」

「それはそれで構わない。その頃には、ある程度情報も集まっているだろう。それにシャーロット以外は、アトカとクロイス様に面識がある。二人が生きていて噂《うわさ》を聞き、そこに登場するのが知り合いであると気づいてくれるなら、そちらの方がありがたい」

まあ、エルギス国王の耳に入っても、別段困らないか。

それにしても、王都というだけあって大きい。はっきり言って城塞《じょうさい》都市だ。イミアさんから教えてもらったけど、王都は魔物の侵入を防ぐため、魔導具『魔法障壁《しょうへき》』が組み込まれた大きな壁に囲まれており、ネーベリックが現れるまで外側からも内側からも破られたことがないという。その魔導具は、国宝のオーパーツ『魔剛障壁』を元に製作されたものらしい。

そのとき、イミアさんは笑って「シャーロットなら、『内部破壊』で一発ね」と言っていた。『構造解析』の内容にもよるけど、多分できると思う。

入口に行くと、行列ができていた。さすがに王都となると、入るのにもチェックが厳《げん》重《じゅう》だ。

エルディア王国の王都でも、不審者が入らないように、特別な許可証を持った者以外は、身分証明書や積荷票《つみにひょう》などを見せないといけなかった。初めて行ったときは、騎士団と一緒に行動していたから詳しく知らなかったけど、二回目にお父様たちと行ったときは、お父様が貴族用の受付で特別許可証を見せてから入場したんだ。ここではどうするのかな?

「ザンギフさん、どうやって王都に入るんですか?」

「普通に入る」

「え⁉」

魔導具『変異の指輪』で魔鬼族に変化しているけど、『看破《かんぱ》』で気づかれるのでは?

「私たちの魔導具『変異の指輪』は、幻惑《げんわく》で誤魔化《ごまか》している変装《へんそう》にすぎない。『看破』では見破《みやぶ》れんよ。あと、身元を証明するものがないシャーロットに関しては、一家が旅の途中魔物に襲われ、君だけが生き残り街道を歩いていたところを我々が発見したという設定にしておく」

うわあ、都合の良い設定だ。でも、変装を見破る『識別《しきべつ》』ってスキルがあるけど、そっちでも見破れないのかな？　まあ、いいか。もう一つ気になることを質問してみよう。

「ザンギフさん、ここまで魔鬼族ばかりを見てきましたが、他の種族はいないんですか？」

「私もそれが気になっていた。ここに来るまで、同胞や鳥人族と一切遭遇《そうぐう》しなかった。村の人たちも理由を知らなかったから、まずはそこを探るべきだろう」

王都の人たちに聞けば、わかるかな。

「シャーロット、あそこにいる人間や獣人たちは、ボロボロの服を着ているからわかるだろうが、奴隷《どれい》だ。ジストニス王国では、差別意識が根深く残っている。迂闊《うかつ》に奴隷たちに優《やさ》しい言葉をかければ、周囲の魔鬼族たちを敵に回すだろう。目立つ行為は禁物だ」

「わかりました」

あ、話している間に、行列がなくなってる。次は私たちの番だ。ザンギフさんが応対してくれた。私たちを受け持ったのは、四十歳くらいの魔鬼族の男性だ。入場者をチェックするだけあって、きちんと武装している。

「この五人で入ります」

「何か身分を証明するものはあるか？」

「私たちは冒険者ですから、ギルドカードがあります」

四人とも冒険者登録してたんだ!!

「ほう、四人ともBランクか。うむ、これなら問題ない。それで、その子供は？」

「シャーロットと言います」

一応、私も自己紹介しておかないとね。

「この子を発見したとき、周辺に三人の遺体がありました。魔物に襲われ、この子だけが生き延びたとか。身元を証明するものがなかったので、この子が独り立《ひとだ》ちするまで、我々で育てようと思います」

「それは……気の毒にな。わかった、通ってよし」

簡単に入れた。Bランク冒険者だと、かなりの信頼があるのかな。

「まずは、宿屋の部屋を確保しよう。そこで、今後の打ち合わせだ」

王都の受付を抜け、入口《ふっこう》の門を潜《くぐ》ると……おー、周りは魔鬼族だらけで、結構活気もある。この五年で、かなり復興したんだ。みんな笑顔だし、悪政を強《し》いられているわけではないのか。やはりエルギス国王は、ネーベリックをケルビウム大森林に封印《ふういん》し、森の種族たちを犠牲《ぎせい》にすることで、失われた国力を取り戻したんだろう。奴隷たちはここでも見かけるけど、それに対して鳥人族やダークエルフ族は全くいない。確か五年前は大勢のダークエルフ族や鳥人族たちもいたと聞いたんだけど、これっておかしくない？

「おかしい」

ヘカテさん、毎度のごとく、単刀直入《たんとうちょくにゅう》でわかりやすい。

「ねえ、なんで仲間がいないの？　鳥人族の人たちもいない」

「おいおい、こいつは俺たちが思っている以上に、ヤバイことになっているかもしれないぞ」

「ええ、深刻な事態になっています」

イミアさん、ロカさん、ザンギフさんも、異常事態に気づいたようだ。

「ここで話すのはまずい。まずは宿屋を見つけよう」

手頃な宿屋はすぐに見つかった。男性用と女性用の二つの部屋を取り、私とイミアさんはザンギフさんたちの部屋へ移動し、今後の相談をする。

「ザンギフさん、シャーロットには私がついてます。ザンギフさんは、偵察任務に行ってください」

「イミア、それは私としても嬉しいが、構わないのか？」

「はい、同じ女性同士の方が話しやすいし、動きやすいですよ。それに食材の調達も頼まれているんでしょう？　結構な量だったはずですが、全部わかります？」

「うっ、それは……わかった。シャーロットの護衛と食材の方を頼んだぞ」

「どちらかというと、私が護衛されている気分ですけどね」

む〜、一応攻撃力0なんですけど。

「ははは、こちらは偵察任務に集中できるな。できれば、王城に侵入したいところだが」

「ロカさん、それは危険過ぎる。まずは市場や貴族エリアで情報収集を行いましょう。最近の国家間の情勢も、ある程度わかるはずです」

「……ザンギフ、誰がどれを担当する？」

おお、ヘカテさんもさすがに仕事となると積極的《せっきょくてき》に話すんだね。

「私は国家間の情勢、ヘカテは有名商人や貴族の家に侵入し、王族関連の情報収集、ロカさんは国内の情勢を頼みます。シャーロットは帰還するための情報収集に専念すればいい」

なんかヘカテさんだけが、かなり危険な任務な気が……

「わかりました。ヘカテさんは大丈夫なんですか？　商人や貴族の家とかは警備が厳重なのでは？」

「……大丈夫。俺の『気配遮断』と『隠密《おんみつ》』のレベルはＭＡＸだ。それに、俺は存在感が薄い。今まで……気づかれたことがない」

二つのスキルレベルがＭＡＸなのは凄《すご》いけど、普段の存在感が薄いのは自慢できることなのかな？

「あの……それは凄《すご》いですね。みなさん、無理しないでくださいね」

　偵察任務の期間は未定、ここからは別行動だ。ザンギフさん、ロカさん、ヘカテさんの三人は、早速出掛けていった。

「私も、ネーベリックの情報をもう一度見てみます。まだ全ての情報を見たわけではないので、他の種族が少ない理由がわかるかもしれません」

「そうね、それはシャーロットにしかできないことだからお願いするわ。エルギス国王は、ケルビウム大森林にいる全ての種族たちを敵に回した。他国はこの行動を把握《はあく》しているのか、それ次第で最悪戦争になるわね」

　まずは正確な情報を収集することが大切だね。私は、転移の情報をメインで集めなきゃ。

「イミアさん、図書館に行ってもいいですか？」

「転移の情報となると、図書館しかないわよね。私も王都に来たのは初めてだから、観光しつつ、図書館に行きましょう」

「はい、できれば、この地域の食べ物も見たいです」

「もちろんよ、頼まれた食材の件もあるし、先に私の用事を済ませましょう」

　宿屋の主人に、市場や図書館の位置を聞くと、全部ここから徒歩二十分以内にあることがわかった。地図を見せてもらい確認すれば、市場と図書館との間も、大した距離じゃなかった。まずは市場に行って、販売されているものをチェックだ‼

「お～、エルディア王国と同じものもありますが、知らない食材も多いですね」

「そりゃあ、大陸自体も違うのだから当然でしょう」

「あ、マヨネーゼ、タリネ、ショウセ、ジャガガ、ニンニン発見!!」

市場には屋台や食堂も多く、周囲から香ばしい匂《にお》いが漂《ただよ》っている。あれらの食材を見たせいか、焼きおにぎりを食べたい気分になってしまった。

「頼まれた食材を買っておきましょう」

「この時間停止機能が付いているマジックバッグは便利ですよね。かなりお高いのでは?」

「そりゃあ、そうよ。マジックバッグ製作の際、必要となるのが、魔物ゴーストの空間属性の魔石ね。ゴーストというのは、人や地上の魔物たちが死んで、魂が悪霊化した魔物。悪霊化した魂は時間の流れが止まり、ずっと怨念《おんねん》を抱《かか》えたままになるんだけど、魔物のランクは、その怨念《おんねん》の強さに依存するの。このランク次第で、マジックバッグの収容量も違ってくるわ」

へえ～、そんな仕組みになっていたんだ。ちなみに、私のマジックバッグには、二つの魔石が付いている。これは、空間属性と闇属性だ。

「あなたが持つバッグは、Bランクのゴースト一体の魔石で製作された最高級品なの。Bランク以上となると、怨念《おんねん》の力がかなり強いから、闇属性と空間属性の二つの魔石を持っているわ。この二つは連動していて、収容量は所持者の魔力に依存し、また闇属性の力で時間を停止させる効果もあるの。これ一つで、貴族の屋敷が買えるわ」

嘘〜〜超高級品じゃないか⁉

「今更ですけど、貰《もら》って良いんですか？」

「良いのよ。あなたは、それ以上のことをしてくれたのだから」

「ありがとうございます。このバッグ、有効に使わせてもらいますね」

あ、そういえば、肝心《かんじん》のゴーストはどうやって討伐するのだろうか？

「ゴーストって、物理攻撃が効きませんよね？　どうやって討伐するんですか？」

「武器に光属性を付与すれば、討伐可能よ。あとは、光魔法『リフレッシュ』ね。ただし、リフレッシュは浄化魔法でもあるから、制御を間違えれば、魔石自体も浄化されて消えるわ」

全然知らなかった。私もリフレッシュを覚えよう。攻撃魔法じゃないから使えるはずだ。それに、せっかくイミアさんたちといるんだから、多くの魔法を学ばせてもらおう。

「イミアさん、私の適性は全属性なので、私に魔法を教えてくれませんか？　攻撃魔法は無理ですが、防御や補助魔法とかなら使えます」

「それなら、私の知ってる魔法を教えてあげるわ」

「ありがとうございます、先生‼」

「ふふ、さあ話はこれぐらいにして、食材をどんどん買っていくわよ」

イミアさんは、相当な量を頼まれていたのかな？　鮮度《せんど》の良い食材や調味料をいっぱい買ってるよ。私も色々と見てみよう。……う、少し離れた店から香ばしい匂《にお》いが漂ってくる。タリネの焼きおにぎりが無償《むしょう》に食べたいよ。うーんと……あ、おにぎり発見‼　なんだ、匂《にお》いの元になっているお店にあったのか。ここでは、おにぎりを『タリネギリ』というんだ。

「すいません、タリネギリ二個、お願いします」

「おう、嬢ちゃん、ありがとよ」

このお店、お昼は露店《ろてん》形式で販売しているみたいだ。購入後、店内で食べられるけど、席数が少ない。メニューには、オークやゴードンカウ、ワイバーンの極上《ごくじょう》ステーキなどが記載されていた。なるほど、鉄板焼き系の料理を提供しているお店なんだね。

「あと、店の中にある鉄板を少し使っていいですか？」

鉄板が店先と店内で二つあるから、店内の方を使わせてもらおう。

「ああ、別に構わないが、何をするんだ？」

店主さんが、子供が何を言っているんだという感じの表情で尋《たず》ねてきた。

「えへへ、新しい料理の実験です」

鉄板のある店でタリネギリを販売しているのに、焼いたりしないんだ。あ、ここでは焼きおにぎりじゃなく、ヤキタリネギリになるのかな。それでは、実験開始だ。

一）鉄板に油を引き、タリネギリを置く。

二）タリネギリにショウセを少しずつ染み込ませる。

三）これを両面繰り返し行い、お焦《こ》げができるまで焼いていく。

家庭でも簡単にできるね。おー香ばしい匂《にお》いが漂ってきた～‼

「こいつは……嬢ちゃん、さっきタリネギリに染み込ませたタレはショウセか？」

「はい、タリネギリの両面に、ショウセを少しずつ染み込ませて焼いていくんです」

「嘘だろ……それだけで、こんな香ばしい匂《にお》いが漂うなんて」

「このお焦《こ》げが、絶品《ぜっぴん》の味になるはずです」

店主さん、あまりの香ばしい匂《にお》いからか、唾《つば》を呑《の》んでいた。あ、イミアさんが匂《にお》いにつられて、こっちに来た。

「いい匂《にお》いって……シャーロット、あなた何してるの⁉」

「イミアさん、新たな料理の実験です。そろそろでき上がるので、一緒に食べましょう」

ふふふ、焼きおにぎりじゃなくて、『ヤキタリネギリ』の完成だ‼

「ああ、なんて食欲を刺激する香りなの。ただ、タリネギリにタレをつけただけで、ここまで変化するなんて‼」

前世では、居酒屋とかに行くと、締《し》めに必ずラーメンか焼きおにぎりを注文していたことを思い出す。自分で調理して、食べたりもしたっけ。

「嬢ちゃん、俺にも少し分けてくれないか？」

「もちろんいいですよ。どうぞ」

私、イミアさん、店主さんの三人で、一斉にヤキタリネギリを食べた。

――パリ。

「香ばしくて、熱々で美味《おい》しい‼　ショウセを染み込ませただけで、こんなに味が違うの⁉」

「信じられん……この味わい、あの淡白《たんぱく》で味の薄いタリネギリが、ここまで美味《うま》くなるなんて」

「多分、肉を焼いているときに使っているタレを染み込ませれば、もっと美味《おい》しくなりますよ」

「あ、そうか‼　よし、やってみよう」

なんか、どんどん野次馬《やじうま》が集まってきた。……嫌な予感がする。あ……店主さん、一気に十個も焼いているよ。売る気満々だ。

「シャーロット、よく思いついたわね」

「たまに閃《ひらめ》くんです。マヨネーゼと海の魚も合いますよ」

「嘘⁉　あれと海の魚が⁉　うわ、想像つかないんだけど」

「あはは、みんな最初はそう言ってましたけど、試食したら全員絶賛してました」

そんなことを話しているうちに、新たなヤキタリネギリができたようだ。

「おーい、ここにある十個は試食品だからタダだ。三分の一ずつにするから食べてみてくれ」

おー、タダと聞いて、人がさらに集まってきた。私ももらおう。

「美味《うま》い‼　これタリネギリだよな。タレをつけて、焼いただけとは思えね〜」

「本当だわ。香ばしくて美味《うま》い‼　それに、この味は飽きないわ」

みんな絶賛している。私も肉のタレで焼いたものを食べたけど、ショウセよりも数段美味《お》味《い》しかった。実験成功だね！！！

「嬢ちゃん、ありがとうよ。他のやつらも真似《まね》するだろうけど、新たな料理が一品増えたぜ」

喜んでもらえてなによりだ。試食品のヤキタリネギリを食べながら、周囲の魔鬼族たちと喋《しゃべ》ったけど、話し方も笑う仕草もアストレカの人間たちと同じだ。二百年前、アストレカの人間たちは、この人たちに戦争を仕掛けたのか。そのせいで、ハーモニックにいる人間たちの子孫が、魔鬼族に虐《しいた》げられている状況にあるらしい。

現在の生活をそれとなく聞いてみたけど、ネーベリック事件以降、エルギス国王主導で少しずつ王都は復興していき、以前の活気を取り戻しつつあるらしい。そう、ここまで聞いた限りでは、良い話なんだよね。

――だから私には、みんなが笑顔で和気藹々《わきあいあい》と話している中で、

「ネーベリックやケルビウム大森林の人たちはどうしているんでしょうか？」

と聞く勇気はなかった。

イミアさんも笑ってはいたけど、内心複雑な気分だったと思う。国民がネーベリックや地雷地帯について、どこまで知っているのか。これに関してはザンギフさんたちに聞いておこうと思う。王都に到着したばかりなんだから、焦《あせ》る必要はないよね。

13話　転移事故の真相

現在、私たちはヤキタリネギリを食べ終え、国立図書館に向かっている。

「ああ、あのヤキタリネギリの味が忘れられない」

歩きながら、イミアさんが呟《つぶや》いた。

「作り方は簡単ですから、村でもすぐ作れますよ」

「そう、そうなのよ。あの味は病みつきになるわ。絶対、村で広めよう‼」

イミアさんが、そこまでヤキタリネギリにハマるとは思わなかった。図書館の帰りにで

も、また寄ってみよう。国立図書館でまず調査しないといけないのは、転移についてだ。現在、この大陸はアストレカ大陸との交流を絶《た》っている以上、海路は絶望的。そうなると、短期間で帰還するためには、転移魔法に頼るしかない。転移を研究した国が、どうして滅んだのか調べてみる価値はある。ただ、千年前だから資料あるかな？

「――わ!?」

転移魔法は国が滅ぶほど危険らしいけど、そのときの状況も含めて、色々調べてみよう。

考えごとをしていたせいか、見知らぬ誰かとぶつかってしまった。

「すみません」

「あ……なんだ、絡まれたのかと思えば子供かよ。気をつけろよ」

ぶつかってしまった人、目つきが悪かったな。髪の色は茶で、目の瞳は茶色、二本の茶色のツノが出てた。どこか、目立つ容姿《ようし》だよね。人が多かったせいで、すぐ見失ってしまったけど。

「イミアさん、どうかしたんですか？」

イミアさんは、ぶつかってしまった人の後ろ姿を見つめていた。

「え……いや、なんでもないわ。……まさかね」

知っている人だったのかな？

「シャーロット、図書館の受付の人には、私が質問するからね。七歳児が魔法関連の文献なんて、普通調べないから」

「あ、わかりました」

早く大人になりたい。七歳児だと、質問すらできないね。

図書館は、四階建の建物で大きかった。ここに私の望む文献があるかな。中に入ると、外の賑《にぎ》やかさとはうって変わって、静まり返っていた。当たり前か、図書館だもんね。受付で転移魔法関連の資料について、イミアさんに質問してもらおう。

「すみません、魔法関連の文献は何階にありますか？」

「二階ですよ。どういった魔法をお探しで？」

「実は学園で追試《ついし》を受けまして、千年前に起こった転移事件を調べろと言われたんです。今、資料を探しているところなんですけど、どこにもないんですよ」

「ああ、あれですか。千年前ともなると、この国立図書館にしかありませんからね。あの事件は、卒業研究にも向いてます。２‐Ｄにありますよ」

「ありがとうございます」

イミアさんが尋《たず》ねているから、全く違和感がない。彼女は見た目も十六歳くらいだから、学生に見える。ここで同じ内容を七歳児の私が言っていたら……うん、違和感ありまくりだね。むしろ、怖いよ。イミアさんがいてくれて良かった。

二階に行き、早速文献を探してみた。え～と……これだ！　タイトルは『転移実験の危険性について』か。他にも三冊見つかった。一つ一つ読んでいこう。

「イミアさん、四冊ありました。こんな簡単に見つかるとは思いませんでした」

「千年前の転移事故は有名だからね。下手に隠すより、公表して危険性を周知したかったんでしょう」

誰もいない席があったので、早速読みはじめた。……ふむふむ、結構面白いな。

『海を越えた大陸に移動する際、海路だと時間がかかりすぎる。そのため、魔法研究者の間では、転移魔法が研究されてきた。最終目標は、転移魔法を確立して、転移魔法陣や転移門といった魔導具を製作し、国家間の行き来をしやすくすること。それを成し得るためにも、研究の順序を間違えてはいけない』——か。なるほど、まず着手したのが短距離転移か。

……うーん、研究内容の詳細まではさすがに書かれていないけど、転移事故がどういった経緯で起こったのか、おおよその流れはわかった。

一流魔法研究者ホリック・マーカーという人物が転移事故を引き起こした。事故までの流れとしてはこうだ。

彼は十年の歳月をかけて、独自《どくじ》で転移の理論を完成させ、物質の短距離転移を成功させた。次に、王や貴族といった多くの人たちの前でもその短距離転移を試行し、成功させた。

そして、続いてそのまま自分自身の短距離転移を試《こころ》みたが、そこで魔法が暴走。

周囲の人たちだけでなく、国中の人々や建物があらゆる場所に転移し、その国は一夜で滅びた。

いくつかの文献を見て、短距離転移の方法を整理すると――

一）転移するものを頭に強くイメージする。
二）転移場所を強くイメージする。
三）転移するものに魔法を唱える。

――だとか。……大雑把《おおざっぱ》過ぎるわ‼

千年前の事故の経緯が、ここまで詳しく残っているのに、短距離転移の理論が一切書かれていない。きっと故意に消失させたんだ。下手に残っていると、また誰かが同じ過《あやま》ちを繰り返すかもしれないからね。大雑把《おおざっぱ》にしか書かれていないのなら、現在の研究者も、転移に手を出せないだろう。

色々と棚《たな》を探したけど、これ以上の資料はなさそうだ。

転移ともなると、三次元で座標を考えないとダメだと思う。それに、物と人では構造が全く異なるから、必要魔力がかなり違うはず。もう一つ、この世界の大気には魔素が含まれている。ホリックさんは、人の転移のとき、こういった大気のことも踏まえて考えていなかった。だから、制御に失敗して暴走したんだ。

「シャーロット、どうだった？　こっちは収穫なし」

「こちらも同じです。暴走原因は察しがつきますが、研究内容の詳細は記載されていませんでした」

「原因がわかるの⁉　どの文献でも原因不明となっているけど。あ、すみません」

イミアさん、自分が大声を出したことに気づいて、周りに謝《あやま》った。

「どの資料にも詳細が載っていませんので、あくまで推測です。まず、転移するときの座標設定、これは三次元で考えないといけません」

「三次元て何？」

ああ……やっぱりそこからだよね。

「簡単に言うと、この机の表面は平面ですよね」

「そうね」

「平面の上に物を置いた場合、座標は縦と横だけで考えればいいですよね」

「うんうん、わかる」

もっとわかってもらえるように、身振り手振りでなんとか説明しよう。

「この平面だけの世界が二次元です。でも、私たちが今いる場所は、縦と横と高さが存在しますよね」

「うんうん」

「この高さが存在する世界を三次元と言います」

「なるほど、それが三次元か。つまり、この事故は座標設定の不備《ふび》が原因？」

「原因の一つですね。あとは、物と人の違いです。物は生物ではありませんし、構造も単純で、含まれる魔力も少量です。また転移に必要な魔力も少ないでしょうから、物自体に大きな負荷《ふか》は掛からないと思います。だから、座標設定が多少甘くても転移に成功したんです。ですが、人は生物で構造も複雑です。そうなると、どの程度の魔力が必要になるのか、全くわかりません。また、転移させる人自身にも大きな魔力がありますし、大気中にも魔素があります。これらがどう影響するのかもわかりません。おそらく研究者のホリックさんは、自分自身を転移するとき——


一）座標設定が甘い。

二）なんらかの原因で、転移に必要な魔力が足りなかった。

三）必要魔力を補うために、周囲の魔素が取り込まれたが、制御に失敗。


——これらの三つが原因で魔力暴走を引き起こし、大気中の魔素を伝って周辺のあらゆる人や物が連鎖的《れんさてき》に転移したんだと思います」

イミアさんが呆然《ぼうぜん》としていた。しまった〜、夢中になって研究者の話し方になってしまった〜!!

「シャーロット、天才よ!! そう説明されると、凄《すご》く納得がいくわ。でも、そうなると転移魔法での帰還は無理そうね」

よかった、怪しんでない。転移に関しては、自分で研究していこう。いくつかの本を読んで、大体の原理はわかった。短距離転移なら、なんとかなるかもしれない。

「そうですね、転移に関しては保留ですね。もう一つ調べたいことがあるんですが、今日はもう夕方なので明日にします」

「あ、もうこんな時間か。戻って、夕食を食べようか」

「はい、帰りましょう」

「みんなの分のヤキタリネギリを買っておきましょう。絶対気に入るはずよ‼」

図書館を出てヤキタリネギリのお店に行くと……なんと行列ができていた。

「嘘〜〜〜これってまさか⁉」

「イミアさん、行列に並んでいる人に聞いてみます」

腰に大剣を装備している、三十歳くらいの魔鬼族の男性冒険者がいいかな。

「すみません、これってなんの行列ですか？」

「新作料理が開発されたらしくてな。名前がヤキタリネギリだってさ。香ばしくて飽きない味だと聞いて、みんな並んでいるんだ」

「ヤキタリネギリ、美味《おい》しそうですね。うう……ここからだと二十分くらいかかりそう。わかりました、ありがとうございます」

イミアさんがいる場所に戻ろうとしたけど、すでに最後尾《さいこうび》に並んでいた。

「ごめん、あの味が忘れられないのよ」

相当気に入ったのか。仕方ない、観念して一緒に並ぼう。

結局、さっきの店主さんと話せるまでに三十分ほどかかったけど、ヤキタリネギリを開発してくれたお礼として、注文した二十個をタダにしてもらえた。これには、イミアさんも大喜びだった。

14話　短距離転移の習得

宿屋に入ると、香ばしい肉の匂《にお》いが漂っていた。ちょうど夕食ができ上がったようだ。

部屋に戻ると、ザンギフさんたちが偵察から帰っていたので、一緒に夕食を食べた。

食べているとき、色々と聞きたいこともあったんだけど、どう考えても不穏《ふおん》な言葉が出てきそうだったので、先にヤキタリネギリのことを話した。開発した私よりも、イミアさんが絶品だ絶品だと、ザンギフさんたちに食べることを強く勧めている。

「シャーロット、そのヤキタリネギリというのは、タリネギリに肉用のタレをつけて、ただ焼いただけなんだろ？　そこまで美味《うま》いのか？」

「ロカさん、二十個買ってきましたので、夜食として部屋で食べましょう」

「「「二十個も!?」」」

三人が驚くのも無理ないよね。

ヤキタリネギリの話をしながら夕食を食べ終え、ザンギフさんたちの部屋に戻ると、三人の顔が、先程とは打って変わって真剣なものになった。まずは、初日の偵察結果を聞くことが先決だね。

「ザンギフさん、初日の偵察で何かわかりましたか?」

「ああ、色々とわかった。まず、国家間の状況だが、現在ジストニス王国は鎖国《さこく》状態にある」

「え……鎖国? つまり、他国との貿易などを絶っていると?」

「そうだ。ネーベリック襲撃事件によって、ほとんどの王族を失ってしまったジストニス王国は、崩壊《ほうかい》寸前になった。新たに即位したエルギス国王は、ネーベリックを他国に行かせないために、国宝指定されているオーパーツ『魔剛障壁』を使用し、国全土にまで障壁を展開させたんだ」

オーパーツ『魔剛障壁』。確か王都の外壁《がいへき》に使用されている魔導具『魔法障壁』のオリジナル版だったはず。魔法障壁は、物理攻撃と魔法攻撃を内からも外からも撥《は》ね返してくれる壁だ。そのオリジナル版には、どんな効果があるのかな?

「その障壁は、人や物も遮断するのですか?」

「大気以外、全てのものを遮断する。ネーベリックが、ケルビウム大森林の北側から他国に侵入しなかったのも、魔剛障壁があったからだ。現在、内側にいる我々は、他国に行くことはできない。また、外にいる者たちもジストニス王国に入ることはできない」

「つまり、五年前から外からの情報も完全に遮断されているわけですね」

ザンギフさんは静かに頷《うなず》いた。となると、現状船と徒歩での帰還も不可能ということか。

「……次は私が話す」

ヘカテさんは、貴族や商人関係の情報だったはず。

「まず、この五年、エルギス国王は王都復興に力を注いだ。国民たちから徴収《ちょうしゅう》する税金も緩和し、通常よりも少ない国家予算で内政を行《おこな》った。事件当初、騎士団が、王城に備蓄《びちく》されていた食糧を使って炊《た》き出しを行い、王都の住民の飢《う》えをしのいだ。その後、国内全土に王都が危機であることを伝え、まずは食糧危機を回避することに専念。それが落ち着いてからは、瓦礫《がれき》を撤去し、新たな建物を建築していった。現在は平民、貴族、商人など、多くの国民がエルギス国王の政策を支持しており、彼の国王としての評価も高い」

エルギス国王も、悪い人ではないようだ。新生ジストニス王国というのも、崩壊寸前だった王国が新しく建て直されたという意味だったのかな。

「……が、それは表向きの話だ。裏では、何かキナ臭いことが動いているようだ。詳しいことは調査中だ」

キナ臭いこと？　魔導兵器を大量生産して、ネーベリックに再挑戦するということかな？

次に口を開いたのはロカさんだ。

「俺の方は、平民たちに関することだ。まず、俺たちの同胞や鳥人族がいない件なんだが……胸糞《むなくそ》悪い話になるが……ほとんどのやつらがネーベリックに食われた。生き残りは、どこにいるのかもわからない状況だ」

「はあ⁉」

驚いて声をあげたのはイミアさんだけ。ザンギフさんとヘカテさんは前もって聞いていたんだね。でも、声こそ出さないけど、明らかに不機嫌な顔になった。

「ちょっとロカさん、それっておかしいわよ‼　数の少ない種族ばかりがどうして食われたの⁉」

発言したロカさん自身もわからないからか、両拳をきつく握《にぎ》り締《し》めている。

「現状、俺にもわからん。これに関しては、平民たちにもわからないようだ。無論、魔鬼族も大勢食われているが、明らかにおかしい。……次だが、ネーベリックをケルビウム大森林に追い詰め、その後王都までの道程の一部を地雷源にしたことは、みんな知っていた。だからこそ、冒険者や平民たちは悔しそうにしていたよ。森に住む種族たちを犠牲《ぎせい》にして、なんの脅威《きょうい》もなく幸せに暮らしている自分たちを恥じていたようだ」

そうか、王都の人たちは知っているのか。

「国のことを考えれば、森への封印は正しい判断なのかもしれない。でも、私は納得いかないわ。そのせいで、ケルビウム大森林の人たちは大勢死んでしまったのよ‼」

そう、森林に住む人たちからすれば、到底《とうてい》納得できるものではない。

「ヘカテさん、さっきキナ臭いことと言いましたが、やはり再度ネーベリックに挑戦するため、戦争の準備をしているということですか？」

「おそらく……戦果次第だが、貴族たちはその後のことも考えているはずだ」

ネーベリックを討伐できるほどの魔導兵器、『これがあれば大陸全土を支配できる』と思う馬鹿者も現れて当然か。

「仕掛ける時期は？」

「わからん、調査中だ」

うーん、ネーベリックが既にいないんだけど、下手に知らせない方がいいよね。

「イミア、ロカさん、ヘカテ、我々偵察側からは何もしてはいけない。迂闊《うかつ》な行動が、大きな波紋《はもん》を生むことになる。行動には、細心の注意を払うように」

「「わかった」」

「……わかりました」

四人とも現状を再確認したことで、余計怒りが蓄積したようだ。その中でも、ザンギフさんは冷静に仲間たちの心境を考え、諭《さと》してくれている。

「我々からは以上だ。シャーロットの方は、何か帰還するための手掛かりは見つかったのか？」

張り詰めた空気を変えるためか、ザンギフさんは話題を変更してくれた。

「こっちは成果なしですね。今日は転移について色々と調べたんですが、長距離転移は無理そうです」

「……微妙《びみょう》な言い方、短距離転移は？」

おお、ヘカテさん、鋭い意見です。

「短距離転移なら……多分できます」

「「「なに～～！！！」」」

「ちょっとシャーロット、あなた図書館では、転移は無理と言っていたじゃない‼」

「図書館では言えないですよ。短距離転移が可能かは、いくつか実験しないといけません。やろうと思えば、ここでもできますよ」

「いや、しなくていい‼　危険過ぎる‼」

ザンギフさんに盛大に断られた。

「シャーロット。ちなみに、実験の内容は？」

ロカさん、内容次第でやってもいいということなのかな？

「簡単ですよ。そこのコップを移動させるだけです」

「ねえ、勝算はあるの？　物でも複雑な構造をしたものだってあるのよ」

「ユニークスキル『構造解析』を使います。『構造解析』は、あらゆる情報が記載されていますから、転移が可能かを判断できるはずです」

全員、私の意見に驚き、コップを見ている。

「……とりあえず、『構造解析』をやるべきだ」

おお、ヘカテさんが後押ししてくれた!!

「そうだな、『構造解析』の結果次第か。シャーロット、ひとまずはコップに『構造解析』をやってみてくれないか？」

やった、ザンギフさんからの許可が出た!!

「わかりました、『構造解析』」

解析結果から、条件を転移に設定して検索だ。

ガラスのコップ
非常に単純な構造であるため、転移可能。消費MPは距離に依存する。ただし、転移には、空間属性と『魔力循環《じゅんかん》』『魔力感知』『魔力操作』がレベル8以上と『無詠唱』が必要

むー、転移可能とはあるけど、どうやって転移させるかは記載されていない。でも、条件がわかっただけで充分だ。試しにやってみよう。

「空間属性、『魔力循環《じゅんかん》』『魔力感知』『魔力操作』がレベル8以上、あと『無詠唱』があれば転移可能です」

「「「嘘だろ!!!」」」

ザンギフさんがかなり熟考《じゅっこう》している。

「シャーロット、試しにやってみてくれないか?」

おー、ザンギフさんが許可を出してくれた。

「わかりました」

私の予想通りなら成功するはずだ。

まず、コップに触れ、全体を空間属性を付与した魔力で覆う。次に、転移座標を決める。おそらく、視認《しにん》できる距離なら目で見て強くイメージしたところが、座標に設定されるはずだ。そして、最後に魔法名を唱える。私の場合、必要条件を全て満たしているから問題なし。

「ロカさん、ヘカテさん、ベッドから離れてください。さもないと、身体にコップが――」

「「うお!!」」

言い切る前に、私の後ろに来た。

「ありがとうございます。転移のとき、少しでも雑念があった場合、多分暴走します。ですからみなさん、私の視界に入らないでくださいね」

「シャーロット、さらりと怖いこと言わないでよ」

イミアさん、すみません。でも、本当のことなんです。マンガとかでも転移に失敗して、壁に埋まるという事故があったはずだ。ここは全ての不安要素をなくし、慎重にやるべきだ。

「転移」

魔法名を言った途端、私の手からコップが消えた。机の上に置いてあったコップは……よし、私の指定したベッドの上に移動した。やはり短距離転移の場合、視認した場所を座標に指定できるんだ。消費MPは、なんと3だけ。

「ねえ、みんな。これ夢じゃないよね？　三メートルだけど、確かに転移したよ」

「信じ……られん。図書館の資料を見ただけで、短距離ながらも転移に成功するとは……」

「はは、夢じゃねえや」

ロカさん、自分のほっぺをつねっている。この成功が、どれほど画期的《かっきてき》なことなのかがわかる。

「……シャーロット、凄《すご》い」

ヘカテさん、表情には出ないけど、驚いているんだよね？　あ、ステータスの魔法欄《らん》に短距離転移が追加された。

「ステータスの魔法欄《らん》に短距離転移があります。魔法習得条件は、『構造解析』の結果と同じですね。あと消費ＭＰは、転移距離によって増大するようです。……ふむふむ、どうやらスキルや適性を満たさずに魔法を唱えた場合、暴走の恐れありと記載されていますね。千年前の転移事故の原因は、おそらくこれですね。習得するための方法も記載されていますので、みなさん、どうしますか？」

「あーくそ！　俺、空間の適性がないぞ‼」ロカさんは無理。

「……『無詠唱』ない」ヘカテさんも無理。

「私、全て満たしてる。嘘、短距離転移を取得できるの⁉」イミアさん可能。

「私も大丈夫だ‼」ザンギフさん可能。

——その結果、習得方法を教えたことで、イミアさんとザンギフさんは、短距離転移を獲得《かくとく》した。

「あはは、身体にある魔力にも属性付与ができるし、ステータスの魔法欄《らん》に短距離転移がある。ザンギフさんはどうですか？」

「私にもある。夢ではないな。まさか、転移も習得できる日が来るとは」

「……おめでとう。俺は、属性付与だけできた」

「ヘカテ、お前は鍛錬《たんれん》すれば『無詠唱』を取得できるからいいが、俺の場合は適性がない。適性は生まれ持ったものだから、属性付与はできても、転移習得は不可能だ」

ヘカテさんは、ロカさんの左肩に手を置いた。励《はげ》ますのかな？

「……残念」

ヘカテさん、ロカさんを突き落としてどうするんですか⁉

「イミアさん、転移習得のお祝いということで、みんなでヤキタリネギリを食べましょう」

「そうだった‼　転移のことで忘れてたわ。ロカさんも、これを食べて元気出してください」

イミアさんは、でき立てのヤキタリネギリをテーブルの上に置いた。時間停止機能、本当に便利だ。

「なんで俺だけ……お、香ばしい匂《にお》い、これが？」

「シャーロットが考案した料理です。まずは食べてみてください」

三人とも、ヤキタリネギリを食べると――

「「「美味《うま》い！！！」」」

「おいおい、これがあのタリネギリなのか‼　信じられんぐらい美味《うま》い‼」

ロカさんは酒好きと聞いていたから、ヤキタリネギリを好きになると思った。

「これをシャーロットが考案したのか？」

「……凄《すご》い」

ザンギフさんとヘカテさんの評価も良い。ここで、もう一つの情報を教えてあげよう。

「ちなみに、このヤキタリネギリをお椀《わん》にのせ、そこにポー（緑茶）をかけると、味が変化して、さらに美味《おい》しくなるはずです」

「俺たち三人ともエールを飲んでいるから、ポーをかけた方がスッキリした味になるかもな」

そして、三人ともそれ――いわゆるお茶漬けを作った。さっきの話は前世の体験から基《もと》づいたことであって、ここでは試したことがないんです。ごめんね、実験台になってください。……三人とも、はじめはおそるおそる食べていたけど、急に豪快に食べはじめた。

「「「これはいい！！！」」」

「……エールの後の締《し》めに最高‼」

あのヘカテさんが目を見開き、凄《すご》いスピードで完食し、大声で絶賛したよ。

「ああ、身体を洗い流してくれるかのような味わいだ」

「ええ、疲れが回復した気がします」

おー、ロカさんとザンギフさんからも好評だ。

「うーん、私はエールを飲まないから、このままで食べよう」

イミアさんは、飲めない派なんだね。初日の偵察結果でみんな怒りが蓄積されたけど、これで少しは緩和できたかな。

15話　構造編集の欠点

翌朝、朝早くから私たちは、誰もいない王都郊外にやって来た。自分自身の転移を試みるためだ。慎重に進めたおかげか、三十分ほどで私、ザンギフさん、イミアさんが特に苦もなく成功し、拍子《ひょうし》抜けしてしまった。実験の結果、十メートルの移動で消費MP3であることがわかった。また、短距離転移の説明欄《らん》を見て、注意すべき点も見つけた。

「ザンギフさん、イミアさん、必ず視認できる範囲で転移を使用してくださいね。解析の結果、たとえ短距離でも、視認できない位置は長距離転移と判断されるそうです。あと、消費MPは距離に依存するので、ステータス欄《らん》にも表示されません」

「わかった、気をつけよう。それで長距離転移の座標設定については、短距離転移の欄《らん》に記載されていないのか？」

「残念ながら記載されていません」

ヒントだけでもあればよかったんだけど……仕方ない。諦《あきら》めずに探していこう。

「ねえシャーロット、『構造編集』で『短距離転移』を『長距離転移』に編集すれば、すぐに帰れるんじゃないの？」

それは私も考えたけど、すぐに断念《だんねん》した。なぜなら、『構造編集』のスキル説明を詳細に調べると、ある記載があったからだ。

『構造編集』でスキルや魔法、称号などを変更した場合、変更前のものは二度と手に入らないので注意すること
つまり、イミアさんの方法で長距離転移を習得した場合、短距離転移が二度と手に入らないことになる。正直、家族と早く会いたい。でも、短距離転移を使う機会は、今後頻繁《ひんぱん》に訪れるだろう。それに、長距離転移を取得したとしても、エルディア王国の座標位置を知らない以上、使用できないと思う。

「イミアさん、『構造編集』で短距離から長距離へ編集することは可能です。しかし、その代償として、短距離転移が二度と手に入らなくなります」

「嘘、そんなデメリットがあるの⁉」

「早く家族と会いたいですが、今後のことを考えると、自力で長距離転移を習得した方がいいです。焦《あせ》らず頑張《がんば》っていきますよ」

「短距離を失うのは痛いわね。なら、長距離を習得するまでは、私たちと行動をともにしましょう」

「はい、そうさせてもらいます」

……一息ついたところで、ザンギフさんたちは偵察任務に移った。

「シャーロットは、今日はどうするの？」

「イミアさん、聖女メルティナを知っていますか？」

「誰それ？　そんな聖女、聞いたこともないわよ」

ということは、聖女メルティナはアストレカ大陸限定での有名人か。そういえばラグト神父、世界全土で病気が広がったと言っていたけど、その後、聖女メルティナはアストレカ大陸全土を歩き回って、病気を治療したと話していたよね。ランダルキア大陸やハーモニック大陸では、別の聖女が治療したのかな？

「エルディア王国の三百年前に実在した聖女で、世界中に広まっていた病気を根絶《こんぜつ》した救世主と言われています」

「三百年前の病気？　ああ、聞いたことがあるわ。アストレカ大陸の国家間で大きな戦争が起こって、多くの国の生活環境が最悪になったのよ。同時に衛生環境も悪くなって、病気が広がったらしいわね。どの国もこのままでは滅亡すると思って、会議が開かれ戦争が収まったのよ。確か、徐々に病気も収束《しゅうそく》していったと聞いているわ。聖女が絡んでいるとすれば、病気の収束ね。世界中じゃなくて、アストレカ限定よ」

そんなことだろうと思ったよ。衛生環境の悪化となると、コレラや破傷風《はしょうふう》とかが蔓延《まんえん》したのかな？　深刻な病気を完治させるには、リジェネレーションとマックスヒールが必要だ。この二つは、外傷性《がいしょうせい》のものと、内から蝕《むしば》む病気、両方の治療が可能だ。聖女なら、自分の膨大《ぼうだい》な魔力量を利用して、リジェネレーションを使用すれば治療できる。

「アストレカ限定ですか。五歳のとき、教会の神父さんから聞いたんですが、世界中と言っていましたし、ましてや戦争のことなんか一言も触れていませんでした」

「まあ、五歳の女の子相手だからこそ、生々《なまなま》しいことを言いたくなかったのよ」

う〜ん、そういうことにしておこう。

「私の国では、国々で蔓延《まんえん》した病気を根絶したのが聖女メルティナとなっています。もしかしたら、長距離転移で国家間を移動して治療を行《おこな》ったのかなと思ったのですが、アストレカ限定となると、メルティナに関する資料はないかもしれませんね」

「一応、メルティナも含めて、聖女たちの資料を図書館で探してみましょう」

期待薄だけど、調べるだけ調べてみよう。図書館に行く途中、タリネギリのお店を訪問すると、昨日と同じく行列ができていた。イミアさんが店主に、ヤキタリネギリにポー（緑茶）をかけると、味が変化し、エールを飲んだ後の締《し》めの一品になることを教えた。このとき、すぐに試食し評価されたこともあって、ちゃっかりヤキタリネギリ五個をただで貰《もら》っていた。

〇〇〇

図書館に到着し、昨日と同じくイミアさんが受付の人と応対した。

「昨日はありがとうございました。次は、聖女の文献を探しているんですけど」

「聖女でしたら、1‐Fにありますよ」

1‐Fか。

「イミアさん、メルティナだけじゃなくて、全ての聖女で長距離転移に関して探してみようと思います」

「確かに聖女の魔力量は極めて高いから、転移を使っている可能性もあるか。かなりの数があるから、分担して探しましょう」

イミアさんが1‐F‐1から探してくれるから、私は逆側の1‐F‐6から探そう。少し薄暗いのが気になるけど問題ないかな。

……うーん、数冊見終わったけど、転移に関係するものが全くない。最悪、自力で開発かな。

――カタ。

うん？　今、床から音がしなかった？

――カタカタカタ、ゴト。

え、薄暗くてわかりにくいけど、床の板が動いてる!?

――ゴト、ズズズズ。

床板が、少しずつ横に動き出した。この気配は……魔物じゃなくて、人だ。あ、誰か出てきた。フードコートを着て、口にマスクを着けている。わかりにくいけど、多分女性だと思う。

「どうも、何をしているんですか?」

「へ……あ……」

この声、やっぱり女性だね。相手が凄《すご》く驚いてる。なぜか、周りをキョロキョロしている。そして私を捕まえて、床の下に潜《もぐ》っていった。――え、なにこれ? もしかして誘拐《ゆうかい》されたの? 咄嗟《とっさ》のことで、動けなかったよ。

「どうしようどうしようどうしよう……」

この人、完全に混乱している。これなら小声で話しても気づかれないね。とりあえず簡易型通信機を使って、イミアさんに連絡だ。

『イミアさん、イミアさん、緊急《きんきゅう》事態発生です』

『え、通信機から? どうしたの?』

『床から人が出てきたと思ったら、急に私を抱きかかえて床の下に潜り込んで、どこかに逃走しています。通路自体、魔導具で明るいですから、ここは隠し通路というものですね』

『は？　床の下から？　それって誘拐されたってこと？』

『うーん、誘拐と言えるのか正直微妙です。床から出てきたら、たまたま私と目が合ったんです。そうしたらこういう状況になりました』

『ふーん、何かあるわね。シャーロット、そのまま誘拐されておいてね。えーと……これか!!　ちょっと、板がズレたままじゃないの!!　まあ、いいわ。私も、この隠し通路を使って、そっちに行くわ。板に関しては、元の位置に戻しておくから。へえ、比較的明るい通路ね。シャーロット、どこかに出るだろうから、それまでは動かないでね』

『わかりました。とりあえず、じっとしておきます』

それにしても、なんでこんな隠し通路があるのかな？　やはり、私たちの知らないところで、何かが進行しているのかもしれない。

ふと思ったけど、私には『ダークコーティング』がある。外出時は、このスキルを常時発動している。物理だろうと魔法だろうと、攻撃とみなされるものは、私の魔力量を超えない限り吸収してくれる。

でも、現在の私は普通に抱きかかえられて誘拐中。相手から敵意を感じないから、スキル自体が発動していないのかな。とりあえず、どこで攻撃判定されて発動するかわからないから、いったんスキルを切っておこう。この人は、多分敵ではないと思う。短距離転移で逃走可能だから、安心して誘拐されましょう。どこに向かっているのかな?

16話　誘拐されました

私は、フードを被《かぶ》った女性に誘拐されてしまった。イミアさんが私たちを追っているけど、この女性が何者なのか、まずはそれを突き止めないといけない。

——あ、動きが止まった。どうやら、目の前にある梯子《はしご》から地上に上がろうとしているようだ。

「はあ、はあ、はあ、はあ、お、重い」

失礼な人だな。年齢相応の体重ですよ‼　でも、短い距離でも、私を担《かつ》いで全力疾走《しっそう》したら、さすがに疲れるか。

「あの……逃げませんので、そろそろおろしてくれませんか?」

「そ、そうします。も、もう限界です。はあ、はあ、はあ」

息も絶《た》え絶《だ》えだ。この声の感じからして、若い人かもしれない。

「なんで誘拐したんですか?」

「ゆ、ゆ、誘拐‼」

どうも様子がおかしい。

「立派な誘拐ですよ」

「そ、そ、そんなつもりはなかったんです。ただ、あの隠し通路を見られたから、咄嗟《とっさ》に担《かつ》いでしまったんです」

うーん、焦《あせ》って突発的行動をとってしまったということか。でも、なんでこんな真昼間に図書館に通じる隠し通路を使うかな？

「この真上に行くと、あなたの隠れ家《が》なんですよね。せっかくなので行きましょう」

「ダ、ダメです。アトカがあなたを家に帰してくれません。ひょっとしたら……」

うん、アトカ？　どこかで聞いたような？

とにかく、真昼間に図書館に通じる隠し通路を使用したこと、私を誘拐したこと、この上に隠れ家があるのを簡単に認めたこと――以上のことから察するに、この人は偵察部隊や冒険者でもない、ただのお馬鹿さんだ。ていうか、こんなドジっ娘を単独行動させるのはおかしすぎる。

「私をここまで連れてきたあげく逃してしまったら、そっちの方が危ないと思うんですが」

私が騎士団に通報したら、一発で隠れ家の位置がバレるよ。

「う……わ、わかりました。私のせいで、ごめんなさい。なんとか家に帰れるように、アトカを説得してみせます」

説得力が全然ない。

地上に上がると、何も家具が置かれていない小さな家みたいなところに出た。その家を出ると、寂《さび》れた建物が立ち並んでいる。

むー、これが貧民街という場所なのだろうか？　どこも似たような寂《さび》れた家ばかりだ。家の中から、私を見ている人もいる。

フードとマスクをとった女性は、十五歳くらいの女の子かな。魔鬼族の寿命は、人間とほぼ同じと聞いているから、精神年齢も見た目と同じくらいだね。

「ここは一体どこなんですか？」

「う、すみません。今は言えません」

まあ、大体予想つくけどね。あ、建物の一つから誰か出てきた。武装した三十代のおじさんだ。

「クロイス姫、今までどこにいたんですか！　探したんですよ」

「ごめんなさい。どうしても食べたいものがあったから、市場に行こうとしたの」

クロイス姫？　あ、思い出した‼　王族の中で、唯一行方不明になっている人だよ。

……あ！　アトカという人は、クロイス姫の護衛騎士だ！

「どうして一人で……まあいいです。それで、この小さな子は誰ですか？」

私はこの人たちの味方なんだけど、どう行動を起こそうか？

『シャーロット、ここは何も言わず静観《せいかん》しておいて。彼らがあなたにどういった行動をとるのか見ておきたいわ。あと、もし敵対行動を取られた場合、誰も殺さないようにしてね』

『わかりました』

イミアさんも通信機を通して事態を把握《はあく》済みだ。おそらく、イミアさんがあの隠し通路のある家から出てくれれば、全て解決する。でも、クロイス姫とアトカさんが、なぜ貧民街にいるのかが気になる。イミアさんは、このまま何もしなかったら彼らが何をしてくるのか知りたいのだろう。通常の子供にはありえない選択だけど、私だからこそ許せる手段だよね。

「えーと、怒らないで欲しいんだけど、A地点からの隠し通路を出た瞬間、この子がいてね。つい、担《かつ》いでここまで来ちゃった。てへ」

なぜだろう？　この子を殴《なぐ》りたい気分なんですけど。

「はあ⁉　A地点の隠し通路は図書館に繋がっているはず、なんでこの真昼間にA地点を使うんですか⁉　じゃあ、この子供は王都の一般人‼　しかも、隠し通路がやつらに察知された可能性がある。大変だ、アトカ様に知らせないと」

そう言って、その人はA地点の隠し通路のある家からほど近い建物に入っていった。

「ごめん、なんか大事《おおごと》になってきた」

「どう考えても、あなたのせいですよね？　しかも、姫なのに口にマスク、フードを被っただけの軽い変装で市場に向かおうとするのは、自殺行為です。ある意味、私に見つかって良かったと思います」

「う、返す言葉もございません。一応、髪や瞳の色とかも変異させているんですよ」

「現時点で、敵か味方かわからない私に、それを言ったらダメでしょうが」

「あ……すみません」

聞いた通りのドジっ娘だよ。

今度は同じ建物から、さっきの男性と二十歳くらいの男性が出てきた。この人がアトカさんかな？　茶色い髪、茶色の瞳、人相の悪い顔、髪と瞳は魔導具で変異させているのだろう。

「クロイス〜〜〜〜」

あ、そういえば図書館に行く途中、似たような人物とぶつかった気がする。クロイス姫が小走りになって、アトカさんの方へ向かった。

「アトカ、すみません。この女の子に見つかりました」

「軽い変装だけして、独断《どくだん》でこの真昼間にA地点の隠し通路を使う馬鹿がいるか‼　……

それで通路を出た途端、この子供に見つかったから咄嗟《とっさ》に連れてきたと？」

「はい」

　アトカさんが私を見て、鋭い眼力を放ちながら、少しずつ歩を進めてきた。

「お前……俺にぶつかってきたガキか。恨《うら》むなら、クロイスを恨《うら》め。この隠れ家を知られるわけにはいかない。たとえ子供であっても、どこで情報が漏れるかわからん。それに、七歳くらいのガキが、なぜ俺を見ても怯《おび》えん。俺の人相は、自分でも悪いと認識しているんだよ。ガキと初見《しょけん》で話そうとしたら、必ず泣かれる」

　自分の人相の悪さを自覚しているのは良いけど、こうも堂々と言い放つとは……凄《すご》い人だ。

「お前から、怯《おび》えが一切感じられない。それに……俺自身が、どこか得体の知れない奇妙《きみょう》な不安を感じている。こういった場合――」

「ちょっとアトカ‼　あなた、まさか……」

「殺すことにしている‼」

　そう言ってアトカさんは剣を抜き、容赦《ようしゃ》なく私を一閃《いっせん》した。普通の子供なら、間違いなく死んでいる一撃だ。『ダークコーティング』を切っているけど、ノーガードで受け止めよう。ただし、レドルカに注意されたように、相手の強さに関係なく、必ず『身体強化』を発動させておこう。

　――バキ‼

アトカさんの渾身《こんしん》の一撃、剣は私の防御力に耐えうる耐久性能を持ち合わせていなかったようだ。当たった瞬間、剣の中間あたりで折れ、折れた剣先が宙を舞った。

「な⁉　アダマンタイトの剣だぞ⁉」

アトカさんの判断は、正しいと思う。彼が感じたのは、得体の知れない恐怖だろう。私が圧倒的強者であることを、身体が感じ取ったんだ。

「誰であっても、私を殺せませんよ。あと、ここを外部の人に知らせるつもりはありません」

「お前……ただのガキじゃねえな。魔導具にも反応がない。……ちっ、どうやらクロイスは、とんでもない化物を連れてきたようだな」

そのクロイス姫はというと、アトカさんが出てきた建物近くで呆然《ぼうぜん》としていた。私が殺されたと思ったのかな？

「……あなた、頭は大丈夫なの？　アトカの剣がなんで折れたの？」

「全くの無傷です。剣の耐久性能が、私の防御力より大きく下回っていたのでしょう。あと……イミアさん、そろそろ出てきてください。周囲の人たちが不安がっています。彼らを安心させてあげてください」

「へ……イミア？」

「イミアだと⁉」

A地点の隠し通路がある小さな家の扉から、イミアさんが出てきた。

「まったく、いきなりシャーロットに斬《き》りかかるとはね。正直、驚いたわ」

「「イミア!?」」

イミアさんの登場で、クロイス姫もアトカさんも驚いている。まあ、当然だよね。本来なら、ケルビウム大森林にいる人物なのだから。

「アトカもクロイス姫も久しぶりね。言っておきますけど、本物だからね」

「そんな馬鹿な!?　お前……ネーベリックはどうした？　地雷地帯は？」

うんうん、アトカさん、言いたいこともわかりますよ。

「訳は中で話しましょう。ここだと何事かと思って、騒がしくなるわよ」

「ああ、そうだな。まあ、クロイスの見つけたガキが、イミアの知り合いなら、間違いなく味方だ。おい、味方だから何も心配するなと周囲に伝えておけ。イミアは、俺とクロイスのダチだ。何も心配はいらん」

「は、わかりました」

はじめに私とクロイス姫を見つけた人が、周りでひそかに見守っていた人たちに伝えにいったようだ。まずは、こちら側の状況を教えてあげよう。

○○○

建物のアトカさん専用の部屋に入り、ソファに座った。建物自体はボロかったけど、部屋内の家具類は何箇所も修理された形跡《けいせき》があるものの、比較的立派に見えた。アトカさんもクロイス姫も、こうして身を隠しているってことは、何か相当な事情があるのだろう。

まず、私から自己紹介しておこう。

「まだ、私の名前を言ってませんよね。シャーロット・エルバランと言います」

「アトカ・ロッテルトだ」

アトカさん、今は魔導具『変異の指輪』を使用中だから、白髪、茶色の瞳と茶色のツノを持った魔鬼族に見えるけど、実際の姿はダークエルフなんだよね。

「クロイス・ジストニスと言います」

クロイス姫を改めて見ると、髪色は茶色、長さはセミロング、黒の瞳、茶色のツノという容姿か。比較的地味に見える。魔導具『変異の指輪』で、あえてそう変装しているのだろう。いつか、実際の髪色と瞳の色を拝見《はいけん》したいね。

「まず、クロイス、独断で行動した理由を教えろ‼」

「昨日聞いたヤキタリネギリをどうしても食べたかったんです」

——ガン！　ガン！　ガン！

イミアさんとアトカさんと私による三人同時ツッコミがクロイス姫に炸裂《さくれつ》した。

「痛いです。なんで、シャーロットも叩《たた》くんですか‼」

「単独行動の理由が、あまりにもお馬鹿だからです」

「はっ、お前とは気が合いそうだな……って、そうじゃない‼　クロイス、お前のお馬鹿な行動が原因で、この隠れ家が発見されたらどうするつもりなんだ。まだ味方も少ない状況でやつらに攻め込まれたら、全員殺されるぞ‼」

やつら？　誰のことを指しているのだろうか？　同じ王族のエルギス国王のことかな？

「うう、すみません。A地点の出口が一番距離的に近かったので」

ヤキタリネギリを食べたいがために、単独行動を起こすとは……残念なお姫様だ。

「クロイス姫、シャーロットを誘拐するとき、隠し通路の板を元に戻してなかったでしょ？」

イミアさんの発言で、クロイス姫の顔色が真っ青《まさお》に変わった。

「あ……ああ‼」

「はあ～……私が元に戻しておきました。周囲には私以外、誰もいなかったから、隠し通路に関しては見つかっていないわ」

「良かった～」

「良かったじゃねえよ⁉　あれだけ単独行動はするなと言っておいただろうが‼　もしイミアとシャーロットがいなかったら、完全に見つかってるぞ‼」

「本当に申し訳ありませんでした」

一応、反省しているようだ。クロイス姫には、必ず護衛をつけておいた方が良いね。単独行動をさせてはダメだ。

「イミア、そろそろ聞かせろ。なぜ、お前がここにいる？」

クロイス姫も反省したことだし、ケルビウム大森林の状況を教えてあげないとね。

「クロイス姫、アトカ、今から話すことは、全て真実よ。シャーロットがケルビウム大森林に来たことで、全ての状況が一変したの……」

イミアさんから、まず私がケルビウム山山頂に転移されてから、偵察で私、ザンギフさん、ロカさん、ヘカテさん、イミアさんが王都に来たことまでを話した。

話のスケールがデカ過ぎて、二人とも、困惑している。アトカさんはソファーに座り、右手で額を押さえ、天を仰《あお》いでいる。クロイス姫は、口を大きく開け、ポカーーンとしている。

「待て待て、つまりだ……シャーロットはケルビウム山山頂に転移されて、スキルの効果もあって、ネーベリックよりも強い身体を手に入れたということか？　しかも『構造解析』と『構造編集』とかいうユニークスキル持ちで、それを利用して地雷地帯を突破したと？」

「ええ、そうよ」

「そんなことがあるのかよ。頭が追いつかん。クロイスなんか、完全に動きが停止してるぞ」

うーん、普通に考えたらありえないことばかりだもんね。

「二人とも、まだ全てを話していないわ」

「まだ、何かあるのかよ⁉」

すみません、まだ短距離転移について話していません。

「私たちはシャーロットのおかげで、強力な魔法を習得することに成功したわ」

「強力な魔法だと？　その魔法は攻撃系か？」

「いいえ、短距離転移よ。今の私たちにぴったりの魔法だと思わない」

「「短距離転移‼」」

動きの止まっていたクロイス姫が復帰した。

「ちょっと待ってください。転移の魔法は、千年前の事故で開発禁止になったはずですが」

「そう、転移は危険過ぎるから、私たちも研究開発をしていなかった。でも、シャーロットのユニークスキルのおかげで開発に成功したのよ。短距離転移の必要条件もわかったわ」

「イミア、その条件を教えてくれないか？」

「短距離転移について話す前に、あなたたちの話を聞きたいわ。ザンギフさんたちも、偵察任務で情報収集しているところなのよ」

短距離転移は、誰だって使いたいと思うはずだ。でも、とりあえず私たちのことはこれで終了。次は、クロイス姫のことを聞きたい。

「……わかった。正直、あのネーベリックが討伐されたこと自体が、いまだに半信半疑なんだが。イミアたちがここにいるということは、間違いなくやつは討伐され、地雷地帯が一部無効化されたことも事実なんだろう。……今度は、俺たちの過去を話そう」

クロイス姫のお馬鹿な行動が原因で、状況が一変した。五年前、クロイス姫とアトカさんの身に何が起こったのか、いよいよ本人たちの口から語られるのか。

17話　五年前の出来事

まさか王都に到着して二日目で、クロイス姫とアトカさんに出会えるとは思わなかった。彼女のドジっ娘には感謝だね。

五年前、二人に一体何が起こったのだろうか？

「少し待て。警備の連中や周辺の住民たちを安心させないといけねえ。つうか、クロイス、お前も来い。元はと言えば、お前が原因だろうが。貧民街総出《そうで》で探していたんだぞ。顔を見せた方が、みんなも安心するからな」

クロイス姫の雰囲気《ふんいき》が変わった。散々みんなに心配をかけたことを、きちんと自覚したようだ。

「そうですね。みんなを安心させないといけません。シャーロット、イミア、少しの間、待っていてください。私が、『ヤキタリネギリの考案者がシャーロットで、彼女の保護者がイミア、その二人が図書館で探しものをしている』という情報を偶然《ぐうぜん》知ったため、単独で図書館に行き、出会いを果たしたということにしておきましょう」

「お前……こういうときには、知恵が働くよな」

悪知恵のような気がする。クロイス姫との出会いは、本当に偶然だったからね。

「まあ、その方が都合が良い。行くぞ」

「はい」

フォルテム村で、クロイス姫のことを聞いたとき、みんなが苦笑いしていたけど、その意味がわかったよ。凄《すご》い人なのか、よくわからないけど。

「イミアさん、クロイス姫って、もともとあんな性格だったんですか？」

「ええ、大きく変化してないわ。ドジっ娘は悪化しているけどね。でも今回に限って言えば、そのドジっ娘に感謝しないといけないわ。彼女のお馬鹿行動が原因で、アトカとも会えたし」

『災《わざわ》い転じて福となす』という言葉があるけど、今の状況がそうだね。二人は、五年も貧民街に身を隠している。その理由も、もう少しでわかる。

「クロイス姫は王族ですよね？　隠れているということは、城内で余程のことが起こったんでしょうか？」

「ええ、裏で相当な何かが隠されているとみていいわね」

そういえば、ネーベリックの過去情報を全て見ていなかったよね。アトカさんたちの過去話を聞いてから、辻褄《つじつま》が合っているかどうかチェックしてみよう。

——十分ほどで、クロイス姫とアトカさんが戻ってきた。

「シャーロット、イミア、お待たせしました。五年前に起きた出来事を話しましょう」

「待て！　クロイスにとって、かなり衝撃的な事件でもあるから、俺から話す」

衝撃的な事件か。まずは、話を聞こう。

「起こったことを順に話していく。まずネーベリックだが、やつは国立研究所の敷地に突然現れた。俺自身、そこにいなかったから詳しいことはわからんが、情報を集めた結果、当初狂ったように研究員を食いまくったらしい。そして研究員を食べつくすと周辺の人々を食べながら、王城にまっすぐ突き進んだ。冒険者たちがネーベリックの凶行《きょうこう》を防ぐべく立ち向かったが、ことごとく返り討ちにあう。王城到着後、やつは自分のサイズを縮小させ城に侵入、そのときに王や王妃、第一王子や大臣たちも食われた」

「サイズ縮小⁉　そんなことが可能なの？」

「イミアさん、やつは『無詠唱』『暴食』『サイズ調整』という三つのユニークスキルを持っています。『サイズ調整』は、自分の本来の全長を最大として、自由自在に拡大縮小できるんです。ちなみに『暴食』というスキルは、食べた生物のステータスの一部を自分の数値に加算することができます。大勢の人を食べて、お腹いっぱいにならないのは、このスキルが関係しています」

「まさに化物ね。全長の割に、食欲がありすぎるから、おかしいと思ったのよ」

「そうか、シャーロットはネーベリックも構造解析したんだな。俺や部下たちが集めた情報が間違っていた場合、後で教えてくれ」

「わかりました」

ネーベリックが、どうして王都の研究所に突然現れたのか説明していない。アトカさんも知らないのかもしれない。後できちんと解析結果を調べて、みんなに教えてあげよう。

「俺はクロイスの護衛の一人だが、当時別任務で城から少し離れた場所にいた。話を聞きつけ、急いでクロイスのもとへ駆けつけたときには……酷い有様《ありさま》だった。王や王妃、第一王子、護衛たちも全員食われ、その残骸《ざんがい》があちこちにあり、しかもネーベリックがクロイスを食べようと、距離を縮《ちぢ》めていた。どういうわけか、やつは俺を見ようともせず、クロイスだけを見ていた。おかげで、俺がやつの死角に入り、目の前で強烈《きょうれつ》な光魔法『ライト』を使用し、目を眩《くら》ませたんだ」

ネーベリックの説明欄《らん》にあった最後の一人というのは、クロイス姫のことを指していたのか。そういえばあの説明欄《らん》、不自然な箇所があった。『構造解析』は、解析された相手の視点から見た経験を基に記載される。だから、その者が理解できない何かをされた場合は、解析内容も不自然に記載されると書いてあった。もしかしたら……

「なんとかクロイスを救出したのはいいが、ネーベリックは執拗《しつよう》にクロイスを狙《ねら》ってきやがった。だが途中、素通りされている者がいるのに気づいた。俺が不審に思ったのは、このときだ。そして決定的となったのが第二王子エルギスだ。クロイスと逃走中、エルギスと側近《そっきん》たちに出会ったが、ネーベリックがすぐそこまで来ているというのに、やつらには焦燥感《しょうそうかん》というものがまるでなかった」

『なぜか特定の魔鬼族だけは食べてはいけないという感覚に襲われる』と記載されていたはず、それに該当する人物の一人が現エルギス国王なんだ。

「あのときのお兄様の言葉は絶対に許せません」

「クロイス姫、第二王子はなんと言ったんですか？」

私は、クロイス姫から続きの言葉を待った。

「お兄様はこう言ったんです。『クロイス、お前も父上たちのところに早く逝《い》け。そもそもライラとの結婚を反対したお前らが悪いんだ。ついでだから、俺に歯向かう連中はネーベリックに食われるようにしておいたぞ。あははは、この国にいる民は魔鬼族以外皆殺しだ。これからは、俺の時代だ。この手に入れた力を使って全世界を征服《せいふく》してやる！　新生ジストニス王国が始まるのだ‼　殺《や》れ、ネーベリック』……私は、許せません。必ず、みんなの仇《かたき》を取りたいんです」

ふーむ、第二王子が言った『手に入れた力』とは、ネーベリックのことなのだろうか？　それとも、別のものを指しているのだろうか？　一つ言えるのは、クロイス姫はお馬鹿だということだ。

「仇討《かたきう》ちの意気込《いきご》みは凄《すご》いんですが、なんで先ほどのような不用意な単独行動をとったんですか？」

「う……食欲に勝てなかったんです。ここ最近、あまり良いものを食べてなかったので」

反旗《はんき》を翻《ひるがえ》す強い意志が、食欲に負けるの⁉

「アトカ、つまり全ての発端《ほったん》は、第二王子エルギスなのね」

「そうだ。ネーベリックが、なぜ研究所の敷地に現れたのかはわからんが、やつはそれを利用した。あれほどの強者であるネーベリックが、どうしてエルギスの命令を聞いたのか……おそらく、スキルで洗脳《せんのう》されたと考えていいだろう。王都に鳥人族や俺たちの同胞がいないのは、ネーベリックが食べたからだ」

うーん、そういうことだったのか。ただ、ネーベリックのステータスを見たとき、洗脳とか催眠《さいみん》とかではなかったから、おそらく一時的なものだったんだろう。それなら、あの不自然な記載も納得できるね。イミアさんを見ると、アトカさんと同様に激怒していた。

「エルギス、絶対に許せないわ。ケルビウム大森林に誘導させた本当の理由も、国内にいる他種族を滅ぼすためだったのね‼」

表向きは、国土を魔剛障壁で覆い、ネーベリックはケルビウム大森林に封印する。しかし実際は、ケルビウム大森林に住んでいる他種族たちの排除が目的か。仮にネーベリックが死んだとしても、その頃には大勢の被害が発生しているだろうから、そこを攻め込み、余裕で制圧するという案かな。

「そういうことだ。ネーベリックや他種族が来られないように、ご丁寧《ていねい》にケルビウム大森林の少し手前に魔導兵器『地雷』を広範囲に敷き詰めやがった。おかげで、俺も村に報告できなかった。だがシャーロットのおかげで、希望の光が見えてきたぞ」

アトカさんが力強く語る。クロイス姫も頷《うなず》いた。

「ネーベリックに関しては、戦い自体を見ていないからなんとも言えないけど、地雷対策に使用したこの子のユニークスキルの効果は絶大よ」

「全く、ネーベリック以上のとんでもないガキだな。シャーロット、もうわかっていると思うが、俺とクロイスはクーデターを起こすつもりだ。お前の力を利用することを前提で言わせてもらう。俺たちに協力してくれないか？」

「シャーロット、私からもお願いします。できる限り、あなたの手を煩《わずら》わせないよう配慮《はいりょ》します。どうか私たちに力を貸してください」

一国の王族が頭を下げた。

互いに何かを協力し合うときは、色々な思惑《おもわく》が絡んでくる。クロイス姫の場合、私の強さとスキルを利用して、クーデターを成功させるのが目的だ。しかも、前もって私を利用するとまで言っている。実に潔《いさぎよ》い。そして私も、クロイス姫に協力して国宝の転移石をもらおうと思っている。クロイス姫が女王になれば、それが可能だ。利害は一致している。

「クロイス姫が女王になったとき、私に転移石を一つ与えてくれるなら協力しましょう」

「一つだけなら構いません。シャーロットの事情も知りましたし、ここは互いに協力し合いましょう」

「交渉成立ですね」

私はクロイス姫と握手した。必ずクーデターを成功させて、転移石を貰《もら》おう。そのためにも、私が知り得たネーベリックの情報を教えておかないとね。

「それでは、早速ネーベリックに関して、私からも情報を提供します。これについては、ケルビウム大森林にいるザウルス族とダークエルフ族にも話しています」

ネーベリックの生《お》い立ち、国立研究所で実施されていた種族進化計画について話したら──アトカさんもクロイス姫も驚いていた。この件に関して全く知らなかったようだ。

「国立研究所で、そ……そんな計画が実施されていたなんて……ネーベリックは被害者だったの……だから……」

「……ちっ、どうりでジストニスを目の仇《かたき》にするはずだ。俺も、そんな計画は聞いたことがないぞ。王族もしくは高位の貴族の誰かが主導して、百年も闇で行われてきたのか……エルギスも大きく関わっているな。シャーロット、ネーベリックの情報にやつの名前は？」

再度、ネーベリックの情報を確認したけど、エルギスの名前はなかった。

「いえ、記載されていませんね。『構造解析』は、解析された者の視点を基に記載されるので、ネーベリック自身が、接触した人物の名前に興味を持っていなかったんでしょう」

「そうか……だが間違いなく絡んでいるな」

エルギスを構造解析すれば、ハッキリするだろうね。

〇〇〇

しばらく休憩《きゅうけい》を取った後、アトカさんから驚くべき情報がもたらされた。

五年前のネーベリック事件以降、魔鬼族だけが魔法を使用できなくなったのだ。

おそらく、ネーベリックを外界に解き放ってしまったのが原因だ。あの強さから考えて、そのまま放置すれば、間違いなくハーモニック大陸の生態系に多大な影響を与えていただろう。だから精霊様が怒り、種族全体に魔法封印を施したにちがいない。

山頂に降り立ってからは一度も精霊様と遭遇《そうぐう》していない。明らかに異常だと思っていたけど、ネーベリックの件で怒っているから姿を見せないのか。

でも、エルギスにとって、この魔法封印は些細《ささい》なことらしい。アトカさんたちが集めた情報によると、彼は子供の頃から魔法が苦手《にがて》だった。だから学生のとき、魔法が使えない者たちのために、学友たちとともに魔導兵器の開発に着手している。まずは王族や貴族たちに認めてもらうべく、卒業論文に魔導兵器『地雷』を発表した。魔物が大量発生する場所を予測し、そこにあらかじめ仕込んでおけば、大勢の村人たちを救えると考えたようだ。

そうした経緯もあって、エルギスは今回の魔法封印をむしろ好機と捉《とら》えた。騎士団や冒険者にとって、魔法が使えないのは相当な痛手《いたで》だ。だから彼主導の下《もと》、魔石を使って魔導銃や魔榴弾《まりゅうだん》といった魔導具を開発した。また、騎士団には専用の魔導バズーカや魔導戦車を与えたことで、不安定だった王都情勢を一気にまとめあげたという。

そして、次に取りかかるのはネーベリックとの再戦だ。騎士団も、魔導兵器の威力を見て、自信がついたらしく、現在急ピッチで魔導兵器を大量生産しているようだ。再戦時期に関しては調査中だとか。

それにしても、魔導兵器について聞けば聞くほど、地球で使用されている兵器ばかりなのがわかる。エルギス自身もしくは周囲の人物に、近代兵器の製作技術に長《た》けた転生者がいるんだろう。……でも、地球の兵器はこの世界に存在しない方がいい。

「それらの魔導兵器は危険ですね。もしそれを使って戦争が起こったら、この大陸の環境が激変しますよ。私のスキルでなんとかしましょうか？」

「シャーロット、できるのか⁉」

「はい、破壊ではなく、編集なら可能です。王都のどこで魔導兵器が生産されているのかなど、そういった情報があれば、多少時間はかかると思いますが可能です」

「シャーロットなら可能ね。なにせ、地雷を緑地に編集して、緑の道を作ったんだから」

「よし、王都にある魔導兵器の生産拠点《きょてん》に関しては調査中だ。全ての場所が特定され次第、シャーロットに教えよう。それと、さっきも聞いたが、地雷から緑地への編集、普通じゃ考えられないことなんだが、一度その道を見たいところだ」

「私も見たいですね。その魔導具があれば、砂漠化《さばくか》した場所を緑化させることが可能ですから」

クロイス姫なら、緑地を有効利用してくれるだろう。しかし、まず私が行うべきことは、魔導兵器の構造編集だ。

クーデターを完遂《かんすい》させるには、四つの条件を達成させる必要があることがわかった。

一つ目は情報収集。クロイス姫がケルビウム大森林の各種族の族長と出会い、何が起こったのかを説明し、クロイス姫の行動に納得してもらう必要がある。そのためには、全ての情報を知らないといけない。

二つ目は協力者。ただ、一つ目がうまくいけば、大勢の人たちが協力してくれるはずだ。

三つ目は魔導兵器の排除。これに関しては、私が全面的に動かないといけない。

四つ目はクーデターの具体的な立案。クロイス姫の要望もあって、極力《きょくりょく》一般市民への被害を最小限に抑える方法を考えないといけない。

——これらの条件を満たさないと、クーデターは完遂できない。焦《あせ》らず、じっくりと進めていくしかない。さて、話も落ち着いたから、簡易型通信機と短距離転移について話そう。

あれから予備に何セットか作っておいてよかった。

「クロイス姫とアトカさんにこちらを渡しておきます」

「シンプルなイヤリングですね」

「これは簡易型通信機です。効果範囲は魔力感知のスキルレベル次第ですが、8以上だと半径三百メートルですね」

「「なにーーー‼」」

「アトカ、シャーロットが作った通信機は、サーベントのものよりも遥《はる》かに優秀よ。偵察任務やクーデターを起こすときに便利よ」

イミアさんの言葉を受けて、アトカさんたちが通信機の効果を確認すると——

「七歳児が作るとは……天才だな。これで、クロイスが迷子《まいご》になっても大丈夫だ」

「うっ、それを言わないでください」

クロイス姫は少しお馬鹿なところがあるけど、なかなか憎《にく》めない性格だよね。こんな人が女王になったら平和になるだろうな。

「それでは、次に短距離転移ですね。習得条件は、必要スキルが『魔力循環《じゅんかん》』『魔力感知』『魔力操作』レベル8以上と『無詠唱』、必要魔法適性が空間です」

「よし‼　俺は取得できるぞ‼」

「やった、私もできます」

「クロイス姫は無理です」

「えーーなんで〜〜」

「現在、精霊様が怒っていて、魔鬼族全員が例外なく魔法を使えません」

「あ、そうだった〜〜〜」

これればかりは、どうしようもない。

アトカさんはダークエルフのため、問題なく短距離転移を習得できた。

この後、貧民街の人たちに屑肉《くずにく》とヤキタリネギリの調理方法を教えた。イミアさんが屑《くず》肉《にく》とタリネを多めに買ってくれていたので、外で夕食を作り、みんなで食事会をした。これまでの食事が余程質素でまずかったのか、クロイス姫は泣いて喜んでいた。屑肉《くずにく》もタリネも安価のため、これで食生活も大幅に改善するだろう。

18話　偵察任務終了

……でも、ここまで賑《にぎ》やかな食事会をして大丈夫なんだろうかと不安になった。アトカさんに聞いたら、この広場自体が貧民街の中心近くにあるため、たとえ騒いでも、建物が音を吸収してくれるらしい。おかげで、私も気兼《きが》ねなく、食事を楽しむことができた。

食事会終了後、私とイミアさんは隠し通路Bを通って宿屋に戻ってきた。ザンギフさんたちは、私たちの帰りが遅いこともあって、凄《すご》く心配してくれていた。早速、イミアさんが今日起こった重大な出来事を話す。

「……と、こんな感じです。王族の生存者は、現国王のエルギスと、クロイス姫の二名です。クロイス姫も、昔通りのドジっ娘で健康体でした。シャーロットがヤキタリネギリを開発してくれたおかげで、王都滞在《たいざい》二日目でアトカとクロイス姫の安否、現在の状況がほぼわかりました」

全ての情報を話した頃には、ザンギフさんもヘカテさんもロカさんも、嬉しいような悲しいような複雑な表情を浮かべていた。

「お前ら、俺たちが本来やるべき仕事を、実質一日で終わらせたのか。はあ～、クロイス姫のお馬鹿っぷりは相変《あいか》わらずか。まあ、アトカも無事だし一安心だな」

「……シャーロットお手柄《てがら》」

「あの姫様は全く……ヤキタリネギリに釣《つ》られたおかげで、アトカとも再会できるとは……天は我々を見離していないようだ」

その天にいるガーランド様とは知り合いなんです、とは言えない。

「こちらも、ヤキタリネギリのおかげで成果があった。ヤキタリネギリの匂《にお》いがする貴族の屋敷にヘカテが侵入したら、三人の貴族どもがそいつを食べながら、戦争の話をしていた」

うーむ、ヤキタリネギリがそこまで影響するとは。ヘカテさんが得た情報を整理すると――

・魔導兵器を大量生産し、半年後にネーベリックと再戦する予定。

・ネーベリック撃破《げきは》後、より強力な魔導兵器を開発し、魔剛障壁を解除後すぐに、南西に位置する隣国バードピアに戦争を仕掛ける予定。

・魔導兵器開発は、国王エルギスの学生時代からの友人、ビルク・シュタインが主導している。

——以上の三点だ。

バードピアへの侵攻《しんこう》は、二年から三年後になるとも言われている。エルギス国王は、国民の前では良い王様を演じているらしいけど、世界征服のため、着々と力を蓄《たくわ》えているようだ。現在、『ネーベリックを葬《ほうむ》って、魔導兵器の性能を国民にアピールしよう作戦』を進行中というわけだ。

そのビルク・シュタインが、転生者なのかな。イザベルのようにスキルを悪用しているわけではない。あくまで、私と同じように前世の知識を活用しているだけだ。ネーベリックの件で魔法封印となったせいで魔導兵器が大量生産されるとは、ガーランド様も思っていなかっただろう。もし、ここにガーランド様がいたら、『シャーロットに任せた』とか言いそうだ。

今は、まだ比較的威力の低いものばかりだけど、いずれは長距離弾道ミサイルや核《かく》爆弾とか作りそうな気がする。現在、魔鬼族以外の奴隷に、攻撃魔法や回復魔法が付与された魔導具を作らせているらしい。奴隷を使えば、魔法と科学の融合兵器を作れるんだよね。

危ない芽は、早めに摘《つ》んでおこう。

「イミア、地雷以外の魔導兵器を直接見ていないのか？」

ザンギフさんの話が一段落したところで、ロカさんから質問がきた。

「アトカに聞いてみたんですけど、警備が厳重過ぎて盗めなかったそうです。現在までに知り得た魔導兵器は、魔導銃、魔榴弾、魔導バズーカ、魔導戦車。その中で実物の威力を見たのは、魔導銃のみです。目で追えない弾速だったとのこと。ただ威力に関しては、鋼鉄の鎧を凹《へこ》ますことはできても、貫くまでには至らなかった、と」

私も、魔導兵器の実物を見たい。魔導銃の形状を紙に描いてもらったら、地球のオートマチックのハンドガンと酷似《こくじ》していた。おそらく、他の兵器も似ていると思う。

「魔導銃か……生身でくらえばヤバイな」

私も、生身の状態で当たりたくない。ていうか、私の場合、カンカンとかキンキンと音が鳴って、弾を弾《はじ》くかもしれない。まあ、それ以前にダークコーティングがあるから効かないか。

「ザンギフさん、アトカさんにも言いましたけど、今のうちに私が無力化しておきましょうか？　王都の生産拠点がわかれば、『構造解析』を広範囲で行い、『構造編集』で無効化が可能になると思います。ただ広範囲なので、かなりの時間を必要としますが」

「……そうだな。クーデターを起こす際、魔導兵器はかなり厄介《やっかい》な武器になる。シャーロット、やってもらえるか？」

よし！　許可が下りた。徹底的《てっていてき》に排除してやる。

「はい、編集内容に関しても考えておきますね。あと、生産拠点とは関係なく、王城全体も構造解析しておきます。騎士たちも魔導兵器を装備しているでしょうから、クーデター直前にでも構造編集しておけば、混乱がおこり、こちらの死傷者《ししょうしゃ》も激減《げきげん》すると思います」

「そうだな。かなりの広範囲だが大丈夫なのか？」

「そこはなんとも言えません。『構造解析』に関しても、もう少し調べておきます。おそらく、これだけ広範囲となると、消費ＭＰや解析時間を事前に教えてくれるかもしれませんから」

「わかった。半年の猶予《ゆうよ》がある。負担がかからないやり方でやればいいだろう」

私のやるべきことが決まった。生産拠点がわかり次第、行動開始だ。

「明日、我々もアトカとクロイス姫に会いに行き、再度状況を直接聞いておこう。その後、我々三人は村に戻り、族長たちに報告しておく。ザウルス族や鳥人族、獣猿族《じゅうえんぞく》と会議を行う必要がある。シャーロットとイミアは王都に残り、アトカたちと行動をともにしてくれ」

「「はい！」」

ザンギフさんは判断が早い。それだけ事態が深刻ということだね。明日から忙しくなりそうだ。

○○○

翌朝、ザンギフさんたちと一緒に再度市場に行き、タリネや屑肉《くずにく》などの食料品を買った。ケルビウム大森林にいる村のみんなから頼まれた食材をザンギフさんたちに渡し、全員で隠し通路Bを通って貧民街に行く。アトカさんとクロイス姫がいる建物に入り、ノックをしてから部屋のドアを開けると――クロイス姫がアトカさんに頭を叩《たた》かれる瞬間だった。

「痛い‼」

お仕置きされる瞬間を見たせいか、せっかくの感動の再会が台なしだよ。

「なんつうか……五年経っても、クロイス姫はクロイス姫だな」

「……同感、変わっていない」

ロカさんもヘカテさんも呆《あき》れているし、ザンギフさんに至っては、右手で顔半分を隠し、項垂《うなだ》れている。

「クロイス姫、魔法が使えるかもと思って、短距離転移の練習をしているときに、何かヘマをやったってところですか？」

「え～～、なんでわかるの――」

――ゴン。

「痛い‼　うう、いたずらで、アトカの昼食を少しだけ位置をずらそうとしたんです。でも、何度やっても魔法が使えなかったので、手を色々と動かしたりしていたら、アトカの昼食のトレイに当たり、そのまま床に落下しました」

この姫は、何をやっているんだ。

「今は精霊様が怒っているので、魔鬼族である以上、例外なく魔法は使えません」

「うう、やはりそうですか。お兄様許すまじ‼」

結局、落ちた昼食の残骸《ざんがい》を掃除《そうじ》してからの感動の再会（?）となった。

「結局、ゆる〜〜い再会になったな、アトカ」

「ロカさん、申し訳ない」

全員がソファーに座ったことで、やっと話が始まった。

「こんな再会も面白いじゃないですか」

「クロイス、お前のせいで、こんな状態になったんだろうが‼」

あはは……ほのぼのとしていて良いんだけど、これから重要な話をするんだよね。

「まあ、クロイス姫もアトカも無事で良かった。イミアとシャーロットから、ネーベリックのことは聞いたか?」

そういえば、ザンギフさんとヘカテさんとアトカさんは、年齢が近いこともあって、親友と呼べる間柄だと、昨日言ってたっけ。それもあって、偵察部隊に志願したんだよね。

「ザンギフもヘカテも久しぶりだな。ネーベリックのことは聞いたよ。正直、今でも信じられんのだが、お前たちと再会して、やっと実感してきた」

ここから話も進みそうだ。続けてクロイス姫が口を開いた。

「ネーベリックの討伐、私の悲願《ひがん》の一つが叶《かな》ったんですね。みなさん、イミアたちから聞いていると思いますが、ネーベリックを世に解き放ったのは我々魔鬼族で、しかも王族が関与していた疑いが強いです。種族進化計画、私はそんな神に背くような計画を全く感知していませんでした。痛恨《つうこん》の極みです。まだエルギスとネーベリックの関係、魔導兵器に関する情報も集めきれていないので、今すぐケルビウム大森林には行けませんが、近いうちに必ず王族代表として謝罪に伺《うかが》います」

謝罪か……いくらクロイス姫にカリスマ性があっても、森にいる全ての人が王族を許すとは思えない。事の発端は、種族進化計画から始まっている。どう考えても、王族が絡んでいる。中途半端な情報だけで森に行って謝罪しても、誰も納得しないだろうし、クーデターにも協力してくれないだろう。森の全種族たちを仲間に引き入れるには、誠意《せいい》を見せる必要がある。

「この五年で、多くの方々がネーベリックと戦い、亡くなったと聞いています。今の私が森に行っても誰も許してくれないでしょうし、協力もしてくれないでしょう。こういった悲劇を二度と繰り返さないためにも、そして私の理想の国を作り上げるためにも、みなさんが納得してもらえる情報を集めて、きちんとした形で参ります。ザンギフ、ロカ、ヘカテ、森の族長たちにもそう伝えてもらえないでしょうか？」

「「「は、わかりました。お任せください」」」

さっきまでのチャラけた雰囲気《ふんいき》が全くない。普段からこうであったら良いのに。

「クロイス姫、私とロカさんとヘカテは、このまま村に帰還しますが、イミアとシャーロットをここに滞在させてもらえませんか？」

「もちろん構いません。ここの方々にも、昨日の食事会で二人も仲間だと認めてもらえましたからね」

よかった。これからの寝泊りは、貧民街になりそうだ。普通の公爵令嬢とかだったら、文句を言いそうだけど、転移して一ヶ月、もう貴族感覚が消失しているから全く問題ないね。

「イミアは、シャーロットとともに行動してください。魔導兵器の無力化などで、王都を広く歩き回ることになると思います。さすがにシャーロット一人だと、怪しまれますから」

「わかりました、クロイス姫」

そして、この五年間に起きた森林での出来事や王都での出来事を話していき、互いに納得したところで、ザンギフさん、ロカさん、ヘカテさんの三人は王都を離れていった。私とイミアさんは王都入口まで見送りしたかったけど、結局貧民街の外れで別れることとなった。そして、アトカさんの部屋に戻り、今度は四人で話し合うことに——

「さて、情報では半年後に、国王がネーベリックと再戦する予定だから、シャーロットにも早めに動いてもらわないとね。今後はアトカの指示に従《したが》うわ」

「あの～ここのリーダー、一応私なんですけど」

イミアさんの一言で、クロイス姫が悲しんでいるよ。クロイス姫自身もなくてはならない存在なので、フォローしてあげますか‼

「リーダーにも色々なタイプがあります。クロイス姫は癒《いや》しのリーダーですね。あなたがいてくれるからこそ、みんなが一致団結して、今の王家を倒そうとしているんです。この結束力《けっそくりょく》は、あなたにしか生み出せません。戦争に関わる作戦関係は、参謀《さんぼう》のアトカさんに任せれば良いんです」

「おお～、癒《いや》しのリーダー、良い響きですね」

クロイス姫の笑顔が眩《まぶ》しい。完全にやる気が戻ったようだ。

アトカさんが、お礼の代わりに親指を立ててくれた。

「アトカさん、まずは王城の構造解析だけでもやっておきます。どれだけの作業時間がかかるのかを把握《はあく》したいです」

「そうだな。他の生産拠点はまだわかっていないから、王城だけやっておいてくれ」

「シャーロット、私がついていっても大丈夫？」

「風魔法『ウィンドシールド』で、浮きながらやるので大丈夫です。『隠蔽』は持ってますか？」

「ええ、『気配遮断』も『隠蔽』もレベル8だから、まず問題ないわ」

それだけあれば、大丈夫だろ。

「シャーロット、イミア、気をつけて行ってください」

「万が一見つかったら、短距離転移で逃げろよ」

私たちは頷《うなず》き、『気配遮断』と『隠蔽』を使って、王城に向かった。

○○○

「……ねえ、シャーロット、『構造解析』と『構造編集』は城の外の敷地からでもできるのよね？　なんで、こんな高い場所を選ぶのよ～～～」

イミアさんが絶叫《ぜっきょう》している。はじめは余裕だったけど、途中から声がしなくなったと思って、彼女を見ると、顔が真っ青になっていた。ここは城の真上、上空三百メートルだ。

「城の正確な大きさを知るには、真上からの観察が一番です。上空一万二千メートルは、もっと凄《すご》かったですよ」

「想像したくないわ」

「それでは、『構造解析』を始めますね」

一メートル×一メートル×一メートルで、消費ＭＰは5だった。城の場合、地上だけでなく地下も必ずあるはずだ。もの凄《すご》く時間かかるな～、やるしかないか。『構造解析』を詳細に調べたおかげで、効率的な調査方法もわかったけど、それでもかなりの時間がかかりそうだ。

さあ、やりますか‼　手順としては――

一）城の外側を私の魔力波で囲う。

二）囲んだ後、城のてっぺんよりも少し高いところまで魔力波を伸ばし、城全体を囲う。

三）地下三十メートルまで魔力波を伸ばし、地下空間も囲う。

四）解析プログラムを設定する。

　検索条件『魔導兵器』。

　解析開始↓魔力量が二割以下となる↓中断、ＭＡＸになるまで回復を待つ↓解析再開（これを繰り返す）。

五）解析が終わるのを待つ。

うん、これでいいね。これで『決定』をタップだ。

《この条件ですと、解析終了は二百三時間後となりますが、よろしいですか？》

二百三時間⁉　約八日もかかるんだ‼

「イミアさん、王城だけの解析で、二百三時間かかりますね」

「あの敷地全部の解析だと、そりゃあ時間もかかるわよ」

王城は確かに広くて大きいけど、解析速度が遅すぎる。『構造解析』の処理速度が説明欄《らん》に記載されていたけど、ここまで解析時間が遅いとは思わなかった。説明には——

レベル1～10　処理速度☆
レベル11～20　処理速度☆☆
レベル21～30　処理速度☆☆☆

という感じで、レベル100で星十個だった。現在の私のレベルは7、星一つだ。星が増えるごとに、解析速度も二倍ずつ向上するようだから、早急にレベルを上げないといけない。

「ですが、今後も他の生産拠点を構造解析しますから、レベルは上げた方が良いですね。レベルが10上がるごとに、解析速度が倍になるんです」

「現在のレベルは？」

「ネーベリックを倒したことで、レベル7となりました」

「レベル7か、かなり低いわね。解析中でも、速度が上がるの？」

「はい。ただ、現時点ではレベルが低いので、構造解析中は別の物質を解析できません」

『構造解析』の弱点はこれだね。単体のものなら、一度に複数を解析できる。けれど、これだけ広範囲となると、処理速度の問題もあって、こちらの解析に全ての力が注がれて、その間他のものが解析できない。

「いくらユニークスキルでも限界はあるわ。シャーロットにかかる負担は？」

「解析中、常にMPが減り続けます。ただ、残量がMAXの二割を下回った場合、解析を一時中断して、MPをフル回復させてから再度解析に入ります。あとは、その繰り返しですね。この条件なら、身体に大きな負担はかかりません。ただ、広範囲の魔法の使用は避《さ》けたいです」

今の私だと、リジェネレーションの使用は避けたいかな。

「わかったわ。じゃあ、まずは解析をお願い。解析中に、ダンジョンとかでレベルを上げておけばいいわ」

「わかりました。解析開始‼　これで大丈夫です。あとは、待つだけですね」

さて、王城にどの程度の魔導兵器が揃えられているのかな？　騎士団が装備しているものだけでなく、保管庫とかにもあるはずだ。解析後、全てがわかるね。

「待つだけ……相変わらず、とんでもないユニークスキルね。とりあえず、どこかの店で飲みものでも飲みながら、冒険者登録やダンジョンの話をしましょう」

ついに、冒険者登録するときがきたーーーー‼

異世界転生して、すべきことの一つは、冒険者登録だよね‼

19話　騎士団たちの家宅捜索

というわけで、私たちはニャンコ亭という喫茶店《きっさてん》でくつろいでいる。私はポンポンジュース、イミアさんはミックスジュースを注文したのだけど、ポンポンジュースは見た目通りのオレンジジュースだった。

「なぜかしら？　凄《すご》く任務をサボっている気がするわ」

「周りからは、完全に任務を放棄《ほうき》しているように見えますね」

軽食でもあると思ったけど、メニューにはドリンクしか記載されていない。近くにいる十八歳くらいの女性店員に聞いてみよう。

「すみません、この店に食べものはないのでしょうか？」

「ごめんね、うちは元々飲みものだけだったのよ。それだけじゃだめだと思っているんだけど、食べもののメニューは今、開発中なの」

市場にはタリネとペイルがあったから、ピラフやカレーライスができるはずだし、近くにあるという湖で採《と》れた貝類などを使用すればパエリアも作れるはずだ。試しに提案してみようかな？

「それなら、私が開発した料理を見てくれませんか？　四種類あるんですが？」

「え、いいの⁉」

「はい、気に入ってくれれば、そのまま採用してください」

「店長に相談してみるわ。あ、私はマヤっていうの。よろしくね」

マヤさんか。薄い紫色の髪をポニーテールにしてまとめている。魔鬼族だから、前頭部付近に、小さい二本の茶色いツノがある。どこか素朴《そぼく》で可愛《かわい》い人だ。

「シャーロット、開発してたのなら教えてよ」

「あの村では具材が足りなかったので、王都の市場で購入してから発表するつもりでした。私が買った分は、ザンギフさんに渡していませんからね。ここで実験できます」

どうせなら器材が整っているところで調理したいしね。

「呆《あき》れた。この店を利用する気ね」

「その分、開発した料理の権利を差し上げますよ」

あ、店長さんは黒髪なんだ。髪がややボサついていて、四十歳くらいの渋《しぶ》いおじさんだ。

「新作料理を開発したという人は、そこの小さな子供さんかな？」

「はい、シャーロットと言います。具材は揃っていますので、調理させてくれませんか？」

「……わかった、許可しよう。うちは周りの店と比べて狭いし、軽食をメインにするつもりだが、大丈夫か？」

「私が考案したのも軽食です。問題ありません」

カウンター席が五つ、テーブル席が四つと、小さなお店だ。軽食をメインとするのなら、これから調理するピラフ、カレーピラフ、カレーライス、パエリアは、最適な料理になると思う。

○○○

ピラフ、カレーピラフ、カレーライス、パエリアの順で、料理を調理した。ここにいるのは私たちも入れて四名、まずはピラフの評価からだ。

「うむ、このピラフは美味《うま》いな。急いでいるお客にいいかもしれん」

「これにサラダをつけたら、栄養も大丈夫そうですね」

「今までのタリネと違った味わいだわ、美味《おい》しい」

店長、マヤさん、イミアさんの評価は、私の予想通りだ。次にカレーピラフ。口に入れ少し食べた瞬間、三人とも目を見開き驚いた。

「えー、ピラフにペイルがほんの少し入っただけで、ここまで味が変化するの!?」

「……信じられん。ジストニスではペイルの調理方法が確立されていない。現状、サーベント王国が観光事業を発展させるため、技術を独占《どくせん》している状態だ。ジストニスでは、誰も知りようがない調理方法を……こんな子供が開発するとは……」

サーベント王国では、ペイルの技術が確立されているんだ。それなら、料理の技術もジストニスより発展しているかもしれない。

「基本の味付けはさっきと変わらないのに……ペイルを入れただけで……驚きだわ」

「店長、これ凄《すご》いですよ。ピラフもカレーピラフも、この手狭《てぜま》な店でも簡単にできます‼」

イミアさん、マヤさんからの評価も高い。ならば、さらに驚かせてあげよう。次に、カレーライス。ピラフを作る前からタリネを調理していたので、あとは具材を炒《いた》め、ペイルを入れるだけだ。さあ、実食といきましょう。

「これがあの屑肉《くずにく》だと⁉　それになんて柔《やわ》らかさだ‼　カレーピラフとは別物で美味《うま》い‼」

「シャーロット、これ美味《おい》しい‼　子供たちが喜ぶ味よ‼」

「店長、美味《おい》し過ぎて、味を上手く表現できません」

よしよし、どんどん評価が上がってきている。でも、問題はここからだ。パエリアに関しては、ここで初めて調理するから、味覚が合うかどうか、正直わからない。いざ、調理開始‼　そういえば、湖で採れた具材を使うから、塩分は少ないはず。少し塩を多めに足しておこう。

「最後はパエリアです。四品の中でも、私はこれが大のお気に入りです。どうぞ」

　みんな、一口食べると目を見開いた。

「こ……これがパエリア……ピラフと根本的に違う。タリネと一緒に食べることで、多くの具材が一体となった味がする」

「店長、このタリネも凄《すご》いです。軽く味付けがされていて、炒《いた》めてできるお焦《こ》げが絶妙《ぜつみょう》な味です」

　――ガチャ。

　最後の一口になったところで、三人のスプーンがぶつかった。三人ともお互いを見合っている。

「マヤ、店長、ここはお客にお譲りするところでは？」

「店長として最後まで味を確認しないと」

「店長、従業員に譲っては？」

　なんか、火花が飛び散っているんですけど？　仕方がないので、私が食べておこう。

「「「あ〜〜」」」

　いつでも食べられるんだからいいでしょう？　その後、四品全てのレシピを教えることになった。そこには、ペイルや屑肉《くずにく》の調理方法も含まれている。

「シャーロット、本当にありがとう。まさか、ここまで美味《おい》しいとは思わなかった」

「店長、これでお店大繁盛《だいはんじょう》間違いなしですよ‼」

うむうむ、四品の評価は上々だ。みんなのお気に入りも、パエリアのようだ。

「気に入ってくれてよかったです。でも本当にお勘定《かんじょう》は良いんですか？」

「ここまで美味《おい》しい料理を教えてくれたんだ。タダで構わん」

「「ありがとうございます」」

気に入ってもらえて良かった。これからは、ニャンコ亭にちょくちょく寄らせてもらおう。

「あ、イミア、シャーロット、途中大勢の騎士と鉢合《はちあ》わせするかもしれないから注意してね」

「大勢の騎士？　マヤさん、何か事件でも起こったんですか？」

ザンギフさんたちからは、何も聞いていない。昨日今日で、何か起こったのだろうか？

「へっへっ～、実は私の知り合いが騎士団にいてね。内緒で教えてくれたんだけど、これから王都の全ての地区で、クロイス姫の一斉捜索が行われるんだって」

なにいいぃぃぃー!?　イミアさんも驚いているはずだけど、動揺が表に出ていない。さすがだ。

「マヤ、クロイス姫の捜索依頼が、懸賞金付きで出されているのは知っているけど、罪人として指名手配されているわけじゃないんでしょ？」

「王族の中でも、彼女だけが行方不明。なんらかの病気で、外に出られないかもしれないから一斉捜索するってさ。手始めに、貧民街から行われるらしいよ。しかも、ビルク様が新型魔導具を秘密裏《ひみつり》に開発したらしくて、建物に隠れていても見つけることができるんだって。『隠蔽』や『気配遮断』も効果なしときた」

貧民街から!? いや、クロイス姫は目立つから、隠れるとしたら貧民街と思うのが妥当《だとう》か。

「なんなのよ、その反則じみた魔導具は……」

そんな魔導具が秘密裏に開発されていたとは。エルギスは、クロイス姫以外の王族を、ネーベリックを使って殺した。指名手配こそされていないけど、もし見つかったら、冤罪《えんざい》を押しつけられて処刑される可能性が高い。貧民街にいるクロイス姫に急いで知らせないと、大変なことになる。

「私も詳しく聞いていないからわからないけど、かなりの性能らしいよ」

「クロイス姫、見つかるといいわね。それじゃあね」

「また、寄ってよ～～」

ニャンコ亭を出て、しばらく歩いた後、人通りが少なくなってきたところで、私たちは周囲の気配を窺《うかが》った。

「騎士たちは、周囲にいないようね」

「これからしばらくの間、隠し通路を使えませんね」

「マヤの言った通りの性能なら、隠し通路を通っているときに魔導具を使われたら、一発で探知《たんち》されるわ。私たちは隠し通路を使わず、周囲の気配を窺《うかが》いながら貧民街に入りましょう。どこで見られているかわからないから、ここで焦《あせ》って走ったらダメよ」

「はい」

そう、焦《あせ》ってはいけない。甲冑《かっちゅう》を装備していなければ、騎士団員も平民や冒険者と見た目がほとんど変わらない。どこに潜んでいるかわからない以上、いつも通りの行動を心がけよう。

○○○

私たちは、どうにか貧民街まで戻ってくることができた。貧民街に入ってからは、クロイス姫たちがいる建物まで走る。部屋に入ると、二人は何かの書類を真剣に見ていた。

「イミア、シャーロット、お疲れさん……なんだ、何かあったのか？」

「二人とも、そんな真剣な顔してどうしたんですか？」

アトカさんとクロイス姫も、私たちを見て何かを察したようだ。

「とんでもない情報が手に入ったわ。騎士団が総出でクロイス姫の居場所を探しはじめることになったの。しかも、捜査《そうさ》範囲は王都の全地区。秘密裏に開発した探査魔導具を使って、建物にいる全ての人々まで洗い出すそうよ。おまけに、『気配遮断』や『隠密』が効かない」

「はあ⁉」

「なんですって⁉」

「おい、それはいつから開始されるんだ⁉」

「今日からよ。そして、最初の地区が……ここ貧民街」

「「な⁉」」

驚きで固まっている。確かに、あまりにも突然すぎる大規模な家宅捜索だ。

「運が良いのか悪いのか、私たちが貧民街に入ろうとしたとき、周囲に妙な冒険者風の連中をチラホラ見た。おそらく騎士よ。……既に、貧民街は包囲されつつあると思った方がいい」

「そんな……あ、私は隠し通路に隠れていれば？」

「ダメよ。その魔導具は、建物に隠れている人物を探し出せるのよ。たとえ、地下の隠し通路に隠れても察知されるわ」

万事休すというやつだね。このまま何もしなければ、クロイス姫は確実に確保されてしまう。

「くそ、今から逃げても手遅れか。短距離転移で逃げる方法もあるが、既にこのあたりも魔導具で捜索している可能性がある。迂闊《うかつ》に使えば、周囲の連中が捕まり、拷問《ごうもん》されるかもしれん」

うーん、この緊急事態をどう打開しようか、何か良い手はないだろうか？

「アトカ、私をダークエルフに変異できないのですか？」

「無理だ。この魔導具は、装着者を魔鬼族に変異させるものだ」

魔導具『変異の指輪』。確か幻惑魔法『幻夢』を簡略化《かんりゃくか》したもの。幻夢……そうか‼

「私なら、なんとかこの事態を打開できるかもしれません」

「シャーロット、本当ですか⁉」

「どうする気だ？」

「幻惑魔法『幻夢』を今すぐ習得します」

これは、一か八《ばち》かの賭《か》けだ。失敗すれば最悪クロイス姫は確保される。

「「はあ⁉」」

「シャーロット、私たちは一つの幻を魔石に組み込んで魔導具化させることで精一杯《せいいっぱい》よ。幻を自在に扱える幻夢は魔物専用だから使用できないわ」

イミアさんだけでなく、アトカさんもクロイス姫も、完全に誤解している。

「まず、その思い込みをなくしてください。前に調べたことがあるんですが、幻夢は、光属性の魔法適性があれば、誰でも習得できます」

「「「はあ⁉」」」

うーん、実際に見せた方が早いね。ただ、幻夢を成功させるには、強く明確なイメージが必要だ。そうなると――

「今から実際に幻夢を……」

そのとき、大勢の人の気配が、この建物周辺に近づいているのがわかった。ここは、貧民街のほぼ中心にある。おそらく周囲を包囲してから、徐々に内側に向かって確認しているんだ。

「くそ、最悪のタイミングで乗り込んで来やがった⁉」

「あわわわわわわわわ……」

本当に、最悪だ。どう対処する？

20話　クロイス姫、危機一髪《ききいっぱつ》

多くの人たちが、少しずつ近づいてきているのがわかる。周囲も騒がしくなってきた。

アトカさんも緊急事態とあって、かなり動揺している。クロイス姫なんか、あわわわとしか言ってない。

「俺とイミアが時間を稼《かせ》ぐ。シャーロットは、クロイスに幻夢を使用してくれ。もう、それに賭《か》けるしかない」

「アトカ、時間を稼《かせ》ぐって、どうやって⁉」

クロイス姫も我に返ったか。

「顔に傷があって外に出たくないとか、色々言っておく」

「まだ隠れている人もいるはずだから、そっちを優先して行かせるようにするわ。クロイス姫は、ギリギリまでここから出ないように」

アトカさんとイミアさんが頑張《がんば》ってくれても、もって十分くらいかな？

「待ってください。アトカは大丈夫なんですか？　アトカほど人相が悪い人はそういませんよ。すぐバレるんじゃあ？」

「お前なあ、俺の場合は、髪と肌の色を変化させているし、魔鬼族に変異しているから問題ない。『アトカに似ていて、人相悪いでしょ？　俺も困っているんです』とでも言っておけばいい」

それを自分で言うんだ。ある意味、アトカさんも凄《すご》いよ。

「とにかく、シャーロット、任せたぞ‼」

「アトカさん、イミアさん、簡易型通信機を使用しながら騎士に話してください。私も、クロイス姫に変異箇所を話していきます」

「『わかった（わ）』」

部屋には、私とクロイス姫だけが残された。ここを乗り切れば、騎士団は二度と貧民街に来ないはずだ。

「シャーロット、幻夢を習得できそうですか？」

クロイス姫も、不安そうに私を見ている。ここは嘘を言わない方がいい。

「先程も言いましたが、幻夢の習得には、強く明確なイメージが必要とされます。中途半端なイメージだと絶対に成功しません。クロイス姫は騎士団に呼ばれ、最後の最後で渋々《しぶしぶ》外に出ていくという形をとりますから、アトカさんが言ったように、顔に大きな傷があることにしましょう。その傷があまりに酷く、外に出るとみんなが怖がるため、貧民街の人たちもあなたのことをほとんど知らないという設定にしておきましょう」

問題は、どういった傷を与えるかだ。騎士団たちが納得するほどの大きな傷をつけないといけない。中途半端なイメージでは、リアリティーに欠けてしまい、薄い傷となってしまう。全員が引くぐらいのインパクトのある傷にしなければだめだ。

そうなると……あれしかない。

「クロイス姫、今から幻夢を使用します。変異した後、騎士団のもとへ行き、顔を見せる際、視線を騎士団たちの足先から頭の方へと徐々に移してください。その後、低い声で次のセリフを言ってください――」

こうした方が、多分怖がるはずだ。

「そのセリフって、言う必要があるのですか？」

「顔に酷い傷を負った女性が勇気を出して、騎士団に顔を見せるんです。そんな風に話しても不自然ではありません。クロイス姫は、この役柄を演じてください。あと髪の毛ですけど、長い黒髪にしておきます。そこまでしておけばバレませんよ」

「わかりました。シャーロットを信じます‼　与えられた役柄を演じてみせましょう」

よし、わかってもらえた。ここからは幻夢を成功させるためにも、あのイメージを強く強く強く、頭に焼きつけるんだ。

〇〇〇

あれから十五分ほど、私たちのいる建物の外が騒がしい。アトカさんたちの時間稼《かせ》ぎも限界のようだ。幻夢の魔法は、成功している。この顔なら、騎士たちもどうして外に出たくないのか納得してくれるはずだ。

「クロイス姫、まずは私が外に出ます」

「気をつけて。それにしても、この幻夢という魔法、本当に現実であるかのように感じます。この長い黒髪、『魔力操作』を使えば、私自身も触れることができるんですね」

幻夢で、クロイス姫の顔を若干《じゃっかん》変化させた。そして、私のイメージ通りの黒髪と顔になったのはいいけど、真正面《ましょうめん》で近くから見ると……怖い怖すぎるよ……なんかやり過ぎた気がする。

「シャーロット、どうかしましたか？」

「いえ……幻夢という魔法は、ただの幻ではありません。イメージが強いと、『魔力操作』を使用すれば、触ることも可能なんです。それでは行ってきますね」

玄関に行くと、アトカさんと五十歳くらいの魔鬼族の男性が話し合っていた。風貌《ふうぼう》からして騎士団のお偉いさんかな？　髪の毛はウェーブがかかっていて、長いどじょう髭《ひげ》が印象的だ。目も眉《まゆ》も鋭く、プライドが高そう。

「いい加減、中にいる二人を見せてくれんか？」

「一人は子供だからいいんだが、もう一人は待ってくれ。その子が説得しているところなんだ」

「その言葉は聞き飽きた。さすがにもう限界だ。ネーベリックに顔を傷つけられたのは気の毒に思うが、ほんの数秒でいいから顔を見せて欲しい」

あれ？　見た目と異なり、優しい口調《くちょう》だ。私も外に出よう。

「みなさん、お待たせしました。なんとか説得できました」

騎士の男性は驚いていたものの、私を見て微笑《ほほえ》んでくれた。

「なんだ、一人は本当に子供だったのか。お嬢ちゃん、もう一人の女性の説得はできたかな？」

「はい、ただ顔を見ても怖がらないでくださいね。顔の傷が酷くて、回復魔法が付与された魔導具でも治らないんです」

「ただの傷で治らんとは……ネーベリックめ、何か特殊な攻撃をしたのかもしれん。お嬢ちゃん、連れてきてもらえないか？」

ここからが正念場《しょうねんば》だ。クロイス姫の顔を見て、どんな反応を示すのだろうか？

「はい、少し待ってくださいね」

私は再び部屋に戻り、手を繋ぎながら、クロイス姫を外に連れてきた。クロイス姫自身は、顔を見られないよう、うつむいて小刻《こきざ》みに震えている。騎士団の方はというと、黒い後髪が腰まであり、顔を覆うほどの長い前髪を見て、明らかに落胆《らくたん》の色を隠せていない。もしかしたらと思っていたんだろう。騎士たちには申し訳ないけど、クロイス姫をここで確保させるわけにはいかない。

「……そこのお嬢さん、事情はこの子から聞いている。すまないが、顔を見せてもらえないか？」

幻夢の弱点、それは声が変化しないことだ。いくら幻で姿を変化させたとしても、声だけは変えられなかった。

「……私の顔を見て、悲鳴をあげないでくださいね？」

うん、声を低くしている。

「そんな失礼な態度は取りません」

「わかりました。あなた方を信用します」

クロイス姫は、下から上へゆっくりと顔を上げていった。そして、彼女が両手で長い前髪を左右に分けたとき、みんなは彼女の顔の全貌《ぜんぼう》を見た——

「ねえ……私、綺麗《きれい》？」

現在のクロイス姫は、後髪が腰まで届くくらい長く、前髪は顔全体が覆えるほど、そして青白い顔、鋭い目、口がこめかみあたりまで大きく裂《さ》けており——そう、口裂け女だった。そこに、さらなる恐怖を与えるため、とある映画のあの人をモデルにして、黒い長髪にしたのだ。しかもクロイス姫は無表情で、かつ口を大きく開けて喋《しゃべ》ったため、周囲に与える恐怖感は計《はか》りしれないだろう。

この瞬間、本当に一瞬だけだが静けさが漂った。そして……

「「「「うわあぁぁーーーーー化物〜〜〜〜」」」」

すみません。やり過ぎた。こうなるよね。貧民街の子供たちは、大泣きしているし、どんな顔になるか教えてなかったアトカさんとイミアさんも化物と罵《ののし》ってたよ。

クロイス姫も、仲間たちまで化物と罵《ののし》ってくるとは思わなかったのか、カタカタと震えている。……これは怒っているのかな?

「ちょっと‼　こっちは勇気を出して外に出たのに、見た瞬間に化物はないでしょう⁉
だから外に出たくなかったのよ‼」

ああ……彼女も大泣きしてしまった。これは演技ではなく、本気で泣いている。

その後、ここにいた騎士全員がクロイス姫に土下座で謝罪した。通常ならありえないことだけど、顔を見た瞬間に化物と言ったからね。クロイス姫がなんとか泣きやみ、騎士団の謝罪を受け入れたことで、騒ぎは収まった。騎士は貧民街の住民たちに平謝りしながら、王城へと帰っていく。

クロイス姫はというと、自分の姿がどうなっているのか気になったらしく、イミアさんから手鏡を借り、自分の姿を確認すると……「化物～‼」と大きな悲鳴をあげて気絶《きぜつ》した。

エピローグ　貧民街の大食事会

『騎士団による貧民街一斉捜査』という危機的状況を乗り越えることに成功した。

しかし、私はアトカさんとイミアさんから感謝されたものの、「あれはやり過ぎだ」と怒られてしまった。あの後、大人たちは魔法という説明で納得してくれたものの、泣き叫《さけ》ぶ子供たちには通じなかった。そこで、口裂け女さんはクロイス姫のお友達で、本当は良い人で、その証拠としてあの人が新作料理を開発し、それを夜に振る舞ってくれるんだよと説明したら、意外にも泣きやんでくれた。

現在ではウキウキと料理ができるのを心待ちにしており、今は気絶から復帰したクロイス姫と遊んでいる。

外での食事会が始まるまでの間、私は女性陣に、ニャンコ亭で調理済みのピラフ、カレーピラフ、カレー、パエリアを試食してもらった。高評価だったのでレシピを伝え、早速食事会に出すべく、私も手伝いながら調理している。途中で、

「あとは私たちに任せて、外にいるみんなのところに行ってあげて」

と言われたので、クロイス姫のところへ行った。子供たちはドッジボールをしているらしく、彼女は建物の壁近くにあるベンチに座ってその光景を見ていた。

「シャーロットのおかげで、危機を乗り越えることができました。まさか、あんな姿になっているとは思いませんでしたが、騎士団も完全に別人だと思ってくれたようですね」

「相手が騎士団なので、生半可《なまはんか》な幻だと見破られると思ったんです。ただ、やりすぎました。アトカさんやイミアさんにも凄《すご》く感謝されたんですけど、最後に少し怒られました。申し訳ありません」

「あれは……怖すぎですね。子供たちにはトラウマを植えつけたかもしれません。でも、今日の料理で満足してもらえると思うので、後日また変異して子供たちと仲良くできるようにしておきます。アトカとイミアは、幻夢を習得できましたか？」

「はい、お二人とも経験豊富であったので、難《なん》なく習得しました。それに関しては、物凄《ものすご》く感謝されました。あと、あの口裂け女ですが、アトカさんやイミアさんにとっても強烈な印象だったらしく、私がいなくても変異可能です」

二人とも、見た瞬間に化物と罵《ののし》っていた。今後、口裂け女の印象を少しでも良くしておかないとね。

「それは良かったです。魔法封印が解除されたら、私も学びたいですね。そして口裂け女、あれは幻でしたけど、実際にそういった傷を受けた女性もいるかもしれません。子供たちには、そんな差別的な言葉を言わせたくありませんので、私自らが変異して、子供たちと仲良くしていきます」

子供というのは、思ったことをストレートに言ってしまう傾向がある。ここにいる子供たちには、そういった発言をさせたくない。

「あと一時間ほどで、タリネを使った新作料理が完成します。あと、屑肉《くずにく》の炒《いた》めもの、屑《くず》肉《にく》のステーキ、ジャガガサラダ、ニンニンスープなど、他にも色々と用意しています。どれも絶品の味ですよ」

「おお‼　ありがとうございます。シャーロットが来てくれたことで、貧民街の食事環境が劇的に向上しました。新作料理、早く食べたいですね」

クロイス姫の目が、キラキラと輝いていた。多分、今回の料理を食べれば、単独で市場に行くようなお馬鹿な行動は二度としないだろう。

食事会は、賑《にぎ》やかなものとなった。

普通なら、騎士団の一斉捜索の話題で盛り上がるところなんだけど、大人も子供も口裂け女のことばかり話していた。

大人は「あの裂け方は見事だよ。幻とは思えん」「俺は、クロイス姫の顔の出し方が絶妙だと思ったね。あれは、夢に出てくるくらい怖かった」「あんな女性は見たことないけど、顔に傷を負った女性は現実にいるんだよな。今後、注意しないとな」などなど。

子供たちは「なあ、この料理、口裂け女さんが提供してくれたんだって」「私たちに、こんな美味《おい》しい料理を作ってくれたのに化物なんて言っちゃった」「俺もだ。あの後、シャーロットがあの人を説得してくれたから良かったけど、俺たちは謝ってないし、感謝の気持ちも伝えていない」「明日、全員で謝りに行こうよ。クロイス姫が居場所を知ってるんだって」「うん、行こう」などなど。

なんとかフォローを入れたことで、子供たちに良い影響を与えたようだ。

ただ、今日は乗り切ることができたけど、明日からも気が抜けない。魔導兵器の探索時間を少しでも短縮させるため、私のレベルアップが早急に必要だね。現在のレベルは7。ダンジョンとかに行ってレベルを上げよう。

今後、冒険者ギルドやダンジョンに行くことになるから、色々な出会いがありそうだ。防御力999といっても油断しちゃいけない。もし『内部破壊』が使用不可となった場合、拉致《らち》されても物理的に反撃できないし、何より水に沈《しず》められたら環境適応する前に溺死《できし》する可能性だってある。『内部破壊』以外の攻撃方法を考え、もっともっと実戦経験を積《つ》んでいこう。

マリル編　1話　エルディア王国では

……今のこの状況が信じられない。シャーロットお嬢様がメイドの私――マリル・クレイトンたちの目の前で消えた。追いつめられた偽聖女イザベルの策謀《さくぼう》により、転移石を発動させられたのだ。

「お嬢様……シャーロットお嬢様!? どこにおられるのですか?」

お嬢様が先ほどまでいたはずの学園の保健室にも、姿はなかった。

「無駄よ。今頃は……遠いところに転移しているわ。息もできないから、数分で死ぬ。……はは、いい気味だ‼　……私とシャーロットが出会わなければ、こんなことにならなかったんだ‼　……あいつが、シャーロットが悪いんだ‼」

駆けつけた学園生たちに取り押さえられながらも、イザベルはまだ悪態《あくたい》をつく。

あれ、おかしい。お嬢様がいたときに比べて、イザベルの顔が青白い。

「ラルフ、シャーロットを探すぞ‼　イザベルは『転移石発動』と言ったが、あれは王城の宝物庫にしかない代物だ。なんらかの魔法で移動したに違いない」

「はい‼」

「——待ちなさい」

冒険者のオウル様とお嬢様の兄ラルフ様が移動しようと動いた瞬間、闇の奥底から聞こえてくるようなおぞましい声がした。まさか……エルサ様？

「母さん、シャーロットを探さないと‼」

「ラルフ、周囲を探しても無駄よ。あれは、間違いなく国宝の転移石だった。イザベル、あなたがどうして転移石を持っているの？」

エルサ様は、あれがどんなものなのか知っているんだわ。だからこそ、今までに見たことがないような鬼の形相《ぎょうそう》で、イザベルを睨《にら》んでいる。国宝の転移石……それじゃあ、シャーロット様はイザベルの言葉通り、どこか遠い場所に転移されたということ？

「きひひ、あははは、宝物庫から盗んだに決まってるじゃん‼」

「なんてことを‼　――はっ、イザベルを取り押さえている学園生たち、急いで彼女から持ち物を引き離して、衣服全てを脱《ぬ》がしなさい‼」

エルサ様、急に何を言っているんですか？　学園生たちも戸惑《とまど》ってますよ⁉

「もう遅いよ。こんなこともあろうかと、衣服に縫《ぬ》いつけておいて正解だったわ。この国じゃあ、私は死刑確定だからね。他の国に行くことにするわ。さようなら、お怒りの貴族様」

縫《ぬ》いつけてるって……まさか⁉

「「イザベル‼」」

「「「「え……消えた？　うわあああぁぁぁーーーーーー」」」」

学園生たちに取り押さえられているにもかかわらず、イザベルだけが消えた。エルサ様はこれに気づいて、衣服を脱がせと言ったのね。突然消えたせいで、学園生たちはバランスを崩して倒れた。

「あ……ああ……遅かった。あのとき、真っ先にイザベルを始末していれば……こんな結末になるなんて……あああ……シャーロットー‼」

エルサ様がその場で崩れ落ちて、泣き出してしまった。オウル様やラルフ様、周囲の学園生たちは、何が起こったのかを完全に理解していないから、呆然《ぼうぜん》と立ち尽くしている。

落ち着け、冷静に考えないといけない。これまでに習ってきたことを思い出せ。転移石、この単語は、シャーロット様から教わったわ。確か……所持者の思い描いた場所ならば、どこにでも転移できる便利な石……でも、とても希少性のある石で、オーパーツの一つだったような……でも……欠点があったはず……そうだわ‼

「エルサ様、しっかりしてください。転移石は、所持者の魔力を石に通すだけで、どんな場所にも転移されると言われていますが、遠ければ遠いほど、魔力の消費量が多いはずなんです。至急、イザベルの魔力量を教会に聞きましょう。それに、シャーロット様を転移させた後、彼女はＭＰをほぼ使い切っていました。おそらく、イザベル自身は近距離にしか転移できないはずです」

転移石の説明は、これで合っていたはず。

「マリル……あなた……どうしてそんなに詳しいの？」

「私は精霊様を見られませんが、シャーロット様から、訓練だけでなく、精霊様より教わった多くの知識を学んできました。そこには、転移石のことも含まれています」

「なんですって⁉」

そういえば、シャーロット様との訓練はジーク様やエルサ様にお伝えしていたけど、知識に関しては内緒でやっていたんだった。

「マリル、私と一緒に王城に行くわよ‼　オウルは、ラルフとともに屋敷に戻りなさい。

私たちが戻るまで、屋敷の警護《けいご》をお願いするわ」

「「は、はい‼」」

先程までの悲愴感《ひそうかん》が嘘のように、エルサ様の目に光が戻った。私も王城に行くということは、私の持つ知識が役に立つのだろうか？

「学園生たち、ここまで協力してくれてありがとう。本来の聖女であるシャーロットは、イザベルが持っていた転移石によって、別の場所へ転移してしまったわ。このことは近日中に、国王自らが公表します。余計な混乱を避けるため、それまでは伏せておいてください」

やっと状況を理解した周囲の学園生たちも頷《うなず》いてくれた。私とエルサ様は、ここで起きた出来事を至急、国王陛下やジーク様に伝えないといけない。あの偽聖女イザベルの潜伏《せんぷく》場所と、シャーロットお嬢様の転移場所を、一刻も早く特定しないと‼

〇〇〇

あの事件から、二日が経過した。

私は、王城に隣接《りんせつ》する国立研究所にある研究室の一つを掃除《そうじ》している。はあ〜、お嬢様が危険に晒《さら》されているかもしれないのに、こんな悠長《ゆうちょう》なことをしていていいのだろうか？

事件直後、私とエルサ様は王城に出向いた。王城で案内された客室には、既にジーク様がいた。エルサ様が学園で起こった重大事件を説明すると、ジーク様も大変激昂《げきこう》する。

どうやら転移石に関しては、その希少性もあって、ここ百年間使用された形跡がなく、効果については王城の資料室に保管されている文献でしかわからないようだ。しかも、それが正しいのかどうかも不明で、ジーク様やエルサ様だけでなく、王族の方ですら把握《はあく》していない。

だから、正しい情報を持っている私が来ることになったのだ。

私が転移石の情報を伝えると、ジーク様はすぐに国王陛下に謁見《えっけん》し、事件の全容と転移石のことを報告した。偽聖女イザベルは、すぐさま多額の懸賞金付きで指名手配され、本物の聖女であるシャーロット様の捜索依頼も、冒険者ギルドを通して手配された。

そして、私は教わった知識を最大限に活《い》かすため、急遽《きゅうきょ》国立研究所内にある転移魔法学研究室の助手をすることになってしまった。期間は、シャーロット様が戻ってくるまで。

これを研究所の大型通信機でエルバラン領の屋敷にいるメイド友達に伝えると、『こっちは私たちに任せて‼　弟のブルーノ君には、私から伝えておくわ』と言ってくれたので、一安心した。

ただ、周囲から給与泥棒《どろぼう》と言われたくないし、イザベルの潜伏場所とシャーロット様の転移場所を早く特定したいこともあって、翌朝早くに研究室へ向かい、研究室の責任者であるハサン・プロミス先生に挨拶《あいさつ》しておいた。結局、初日はハサン先生自身が国王陛下やガーランド教の教皇様との謁見《えっけん》などで忙しかったので、なんの進展もなかった。

「はあ～」

「なんだ、大きな溜息《ためいき》だな」

「あ、ハサン先生、おはようございます」

物思いにふけっていたせいか、入口のドアが開いたことに気づかなかった。私の目の前にいるのが、現在の上司、ハサン・プロミス先生。四十歳前後の男性で、国王陛下専属の医師兼魔法使い。学生の頃から転移の研究をしているため、エルディア王国一の転移研究の専門家だった。

「溜息《ためいき》もつきますよ。早くシャーロット様の転移位置を特定したいです」

「焦《あせ》るな。昨日、エルバラン公爵が、私や冒険者たちにリジェネレーションの習得方法を伝授してくれた。イザベルやシャーロット様の転移場所を知ることも重要だが、イムノブースト後遺症《こういしょう》患者がゼロになったわけではない。私たちの目の前に患者が現れて何もできなかった場合、自分自身が悔《く》やむことになる。何事も用意が肝心《かんじん》なのだ」

うっ、そう言われると反論できない。

「まあ、その用意も整ったがな。では君の要望通り、今日からイザベルとシャーロット様の転移場所を探していくぞ」

「本当ですか⁉　シャーロット様のためならば、どんなことでも成《な》し遂《と》げてみせます」

転移先が遠方なら、私自身が強くなり、お迎えに行くまで。

「イザベルとシャーロット様の転移位置だが、君が持っている情報次第で大きく変化するだろう。まずは、イザベルと対峙《たいじ》したときのことを事細かに教えてくれないか？」

私は頷《うなず》き、当時のことを思い出し、話していった――

マリル編　2話　シャーロットとイザベルの行方

シャーロット様が保健室でイザベルと何を話したのか、そして私たちが駆けつけた後、何が起きたのか、詳細な内容をハサン先生に教えた。
・本来の聖女はシャーロット様であること。
・イザベルがユニークスキルを使って、自分の『鑑定』とシャーロット様の称号『聖女』を交換し、これまで聖女として過ごしてきたこと。
・イザベルはイムノブーストの後遺症で大勢の怪我人《けがにん》が発生したのを知り、保健室に忍《しの》び込んで、聖女の称号をシャーロット様に戻し、これまでの罪を全て被せようと試みた。

けれど、ガーランド様のお怒りを受けて、スキルや魔法が使えない状態となっていたため、失敗したこと。
・転移石使用の際、息ができない遠いところに飛ばすと言ったこと。
・転移石使用後、イザベルの顔が青白くなり、MP枯渇《こかつ》症状が出ていたこと。
・シャーロット様に転移石を使用した後、自分も転移石で逃走したこと。
「転移場所は、水中だと少しおかしいか。そうなると……空かもしれんな」

「空ですか?」

「高い山に登っていくと、徐々に息が苦しくなっていくのは知っているな」

「はい」

「アストレカ大陸の中で、最高峰《ほう》は七千メートルもある。その山頂に到達した者によると『七千メートルはかなり高い位置に相当するが、それでも空には届かない』らしい。そして、呼吸することがかなり辛《つら》いそうだ」

「え……それならシャーロット様は、標高七千メートル以上の場所に転移したのですか!!」

「可能性は高いと思う。精霊様は何か言ってきたのか?」

「シャーロット様が転移されて以降、姿を見せたという話は聞きません」

「精霊様は陸、海、空の全てを網羅《もうら》している。ということは、精霊様もシャーロット様の位置を見失ったのかもしれん」

「そんな場所が存在するんですか？」

「わからん」

シャーロット様は一体どこに転移されたのだろう？

「マリル、転移石について教わったのだろう？」

「全てというわけではありませんよ。あくまで、基本的なことだけです」

「転移に関する資料は極端《きょくたん》に少ない。約千年前、ハーモニック大陸で起きた事故の影響でこの地に転移した人々から聞いたことや、少量の研究資料しか残っていない。少しでも情報が欲しい」

千年前に起きた事故のことは聞いていない。あくまで、転移石についてだけだ。

「わかりました。知っている限りのことを話します」

転移石の長所は、所持者のイメージした場所なら、どこにでも転移可能であること。短所は、遠距離であればあるほど、魔力の使用量が多いこと。一度使用すると、石自体が崩壊すること。過去、短距離転移と長距離転移の魔法が開発されたのか質問したとき、精霊様はあるともないとも言わなかったこと――を伝えた。これらの情報は、シャーロット様が複数の精霊様たちから聞き出したことも話している。

「……シャーロット様は、本当に七歳なのか？」

「あはは、私もそう思います。精霊様は基本的なことしか教えてくれませんでしたから、その後ジーク様にそれとなく質問していましたね」

シャーロット様は納得いかないことがあれば、誰にでも質問する。あの貪欲《どんよく》さは凄《すご》いと思う。

「内容は、資料室に記載されているものとほぼ同じか。だが、精霊様からの話ということで、資料の正しさが立証《りっしょう》された。これは大きな一歩だ。過去、王族で使用した者もいるらしいが、使用後二度と国に戻ってこなかった。資料室に記載されている内容は、そういった結果をもとに推測したにすぎない」

うーん……これだけでは、抱えている問題は何も解決していない。

「あの、楽観的《らっかんてき》な推測なんですが、所持者のイメージしたところなら、どこにでも行ける……それって、イザベル自身が行ったところにしか行けないのではないかと。つまり、イザベルは国外に行ったことがありません。シャーロット様も、国内にいるのでは？」

「確かに、楽観的な推測だな。魔法を扱うにあたって、イメージは重要だ。しかし、それ以外にも、術者の心が大きく作用してくる」

「心、ですか？」

「そうだ。魔法を放つとき、術者が持つ相手への印象が大きく影響してくる。相手が友達ならば、イメージが強くても手加減してしまう。逆に憎い者なら、通常よりも威力が大きくなることがある。魔法は、イメージと心の強さが大きく関与してくるのだ」

　心の強さ……あっ‼

「そうだ。イザベルはシャーロット様を逆恨《さかうら》みした。その憎しみの心がプラスされているのだ。昨日、教会本部におられる教皇様と謁見《えっけん》し、イザベルの魔力量は336であることがわかった」

　336⁉　称号『聖女』がつくと、魔力量が増大するとは聞いていたけど、通常の人間の限界であるとされる250を大きく超えてる。

「枯渇《こかつ》症状が現れるのは、最大魔力量の十パーセントを下回ったときだ。つまり、シャーロット様の転移には、MPが300ほど使用されたことになる。そこに憎しみの心もプラスされているとなると、イメージに近い場所に転移されているかもしれん。空よりもさらに高い――宇宙に」

「……すみません。宇宙ってなんですか？」

「そうか、マリルは天文学を知らないのか。夜空に光る星があるだろう？　その星々を覆う空間が宇宙だ」

　は⁉　夜空の光る星々、あれも惑星ガーランドと似たようなものだったんだ。そして、それらを包み込む空間が宇宙？

「話は戻るが、オーパーツである転移石は、過去の人々が作り出したものだ。なぜ作り出したのか、それは転移魔法を使用できる人間が限られているからだと、私は考えている。もっと多くの者に転移を使用させられないかと考え、開発されたのだ」

なるほど、逆に言えば、千年以上前には転移魔法が存在していたわけね。

「これは私の仮説だが、転移石には惑星ガーランドの全ての座標が組み込まれているのではないかと考えている」

「座標？」

「場所を示す数値だ。過去の人間は、惑星ガーランドの全域にその座標を定め、転移石に組み込んだ。だからこそ、イメージしただけでどこにでも転移することが可能となったのではないかと考えている」

確かに、ハサン先生の言うこともわかるけど……

「そこに、宇宙は？」

「入っていないだろう。宇宙は広大すぎる。座標を定めることなどできんだろう」

「待ってください。その考えだと、シャーロット様は惑星ガーランドの中にいて、ここから遥《はる》か遠い場所に転移されたと？」

「そうだ。イザベルの魔力量を度外視《どがいし》して考えると、ここから最も遠く離れた場所……ハーモニック大陸のどこかと考えるのが妥当《だとう》なんだが」

イザベルはハーモニック大陸に行ったことがない。いくら憎しみの心が強くても、行ったことがない場所だと、イメージしようがないはず。……息ができなくて、アストレカとハーモニック大陸において、イザベルでもイメージできる場所となると……

「まさか……ハーモニック大陸の上空七千メートル以上のどこか？」

「その可能性が高い。ただし、魔力量の関係でハーモニック大陸ではなく、途中にある海の上、もしくはランダルキア大陸になるかもしれん」

最悪だわ。でも……どうしてだろう？　シャーロット様なら、私たちには到底思いつかない方法で生き延びているかもという期待がある。

「ハサン先生、私はシャーロット様の生存を信じます。生きているからこそ、精霊様は何も言ってこないんです」

「なるほど、逆に考えるとそうなるか。現状、シャーロット様に関してはどうすることもできない。よし、先にイザベルを確保するぞ。残量が30しかなく、疲労困憊《こんぱい》の状態なら、必ず国内にいる」

「でも宝物庫に侵入して、転移石を盗んだとなると、エリクサーといった他の貴重品も盗まれているのでは？」

「昨日点検した限り、盗まれたのは、転移石、幻惑魔法で姿を変化させる指輪、時間停止機能が付いたマジックバッグであることがわかった。バッグの中身は空《から》だ。金貨類やエリクサー、マジックポーションが盗まれていれば万事休すだったが、宝物庫に全て残っていた。指名手配されている以上、イザベルも迂闊《うかつ》なマネはしないだろう。魔力枯渇《こかつ》症状に陥《おちい》ると、身体のバランスを保つことが優先されるため、しばらくの間、一日の魔力回復量は1だけとなる。また、体調のことも考えると、一ヶ月ほどは同じ場所に留《とど》まるだろう」

猶予《ゆうよ》は、約一ヶ月ということね。

「ハサン先生、私に何かできることはありますか？」

「私の学説を立証するためにも、短距離転移を二人で完成させるのだ。イザベルの確保は、細心の注意を払わねばならない。変装を解いた彼女を見つけたとしても、監視《かんし》だけに留めておいてもらう。そして、我々が急行し、短距離転移で彼女の持ち物を瞬時に引き剥《は》がす」

言っていることは理解できるけど、短距離転移なんて習得できるのかしら？

「ハサン先生、そもそも転移魔法の研究は禁止されいるのでは？」

「国から許可さえ出れば、転移魔法の研究は可能だ。そこは問題ない。だが、イザベルがまだ転移石を持っている以上、どんな屈強な冒険者であっても正面から確保することは非常に難しい。国王陛下や教皇様も、イザベルを生きたまま確保するよう厳命《げんめい》された。私のこれまでの研究知識をフル活用させて、なんとしても短距離転移を習得する」

イザベルの生存が絶対条件。それなら、どんな冒険者であっても不可能かもしれない。彼女は衣服に転移石を縫《ぬ》いつけるほど、用心深い性格だった。確実に確保するためにも、ハサン先生と協力して、短距離転移の習得方法を探るしかない。

マリル編　3話　マリル、短距離転移を取得する

シャーロット様が転移され、今日で三日が経過した。ハサン先生は昨日の段階で、イザベルの魔力残量と精神状態から、王都からそう遠く離れていないことを国王陛下に伝えた。会議の結果、周囲五十キロメートル圏内《けんない》にある街や村には、イザベルが潜んでいる可能性が高いことを大型通信機で通達し、厳重な警備が敷かれることになった。

私とハサン先生は、今日から本格的に短距離転移の研究に取りかかることになったものの、研究内容は極秘《ごくひ》で行われるため、誰にも言わないよう厳命された。研究といっても、研究室で話し合うところからのスタート。早く外に出て、イザベルと対峙したいところだわ。

「ハサン先生、短距離転移の習得条件はわかっているのですか？」

「千年前の事件の資料をもとに研究しているが、習得条件はわかっていない。私なりに仮説を立てているが、事故のことを考えると、その先に進めんのが現状だ」

仮説か……。転移ともなると、スキルや資質、全てにおいて相当高レベルが要求される

はず。

「マリルはどう考えている？」

えっ⁉　私に意見を求めるの？　これまでに教わったことを考慮すると……

「まず、空間を自由に行き来できるのですから、魔法適性には空間が必要だと思います。詠唱内容もわからないので、『無詠唱』も必須《ひっす》ですね。あとは、複雑な魔力の操作が必要でしょうから、『魔力感知』『魔力循環《じゅんかん》』『魔力操作』のレベルが最低でも5以上は必要と思います」

「うむ。私の仮説に近い。魔法やスキル関連の知識も、精霊様から教わったのか？」

「はい、全てシャーロット様から教わりました。精霊様に教えてもらったことを、ラルフ様と私に教えてくれたんです。ジーク様やエルサ様を驚かそうと思って、三人で隠れて訓練したりもしていました。まあ訓練といっても、基礎である『魔力感知』『魔力循環《じゅんかん》』『魔力操作』の三つを磨《みが》き続けただけですけど。精霊様曰《いわ》く『どんな強者になろうとも、基礎を磨き続けろ』だそうです」

今思えば、恐ろしく地味な訓練だったわね。でも、それを約二年間毎日やり続けたおかげで、いつの間にかスキルレベルが全部8になっていて、自分でも驚いたわ。

「今は三つともレベル8です。あと攻撃魔法のアイスボールとファイヤーボールを訓練し続けたおかげで、一ヶ月ほど前に私だけ『無詠唱』を習得できました。あのときは、シャーロット様もラルフ様も悔しがってましたね」

ちょっとだけ優越感《ゆうえつかん》に浸《ひた》ってしまったのは、内緒だ。

「なんだと‼　『魔力感知』『魔力循環《じゅんかん》』『魔力操作』のレベルが8で、『無詠唱』を習得した⁉」

え、どうしたの？　基礎訓練をしていれば、誰だって習得できるのでは？

「そんなに驚くことですか？」

「我々人間の場合、ステータス限界が通常は250のせいか、どんなに訓練を積んでも、『魔力操作』などの基礎スキルは7が限界だった。それに『無詠唱』は、たとえ多くの訓練を積んでも、習得できない者の方が多いのだ。現に、私の魔力関係のスキルは6で、『詠唱省略』までしか習得できていない。エルディア王国において、『無詠唱』の所持者は、おそらく百人にも満たないだろう」

えーー、私はステータスレベル5しかないのに、『無詠唱』を習得したわよ‼

「みなさん、詠唱を意識しすぎなのでは？　詠唱は、術者の魔法イメージを補完《ほかん》するためのものです。詠唱なんかなくても、イメージさえしっかりしていれば、誰にでも『無詠唱』を習得できますよ？　実戦経験がほとんどないレベル5の私ですら習得したんですから。ハサン先生も攻撃魔法を使用する際、詠唱のことは考えず、イメージだけで放ってみるべきかと」

「レベルが５⁉　詠唱はただの補完？　理屈はわかるが……そうか長年、詠唱を使用し続けていたせいで、必要だと心と身体に刻み込まれているのかもしれん。マリルの場合、精霊様から正しい知識を学んだため、ステータスレベルが低くても、基本スキルのレベルが上がり、『無詠唱』も習得できたのだろう」

正しい知識か。これまで学園生や冒険者の人たちは、何を基に学んでいたのだろう？　凄《すご》く気になるわね。

「マリルなら短距離転移を習得できるかもしれん」

「え、私がですか⁉」

私が短距離転移を習得できるとは思えないけどな〜。

「いや、私の長年の研究が正しければ、おそらく習得できるはずだ。問題があるとすれば、必要適性を満たしているかだな」

ハサン先生、「おそらく」はやめてください‼

「早速、この箱で試してみよう。サイズも小さいし、短い距離であれば消費ＭＰも少ないはずだ」

「今、ここでやるんですか⁉」

「そうだ、イザベルの確保には、短距離転移が必須だ。一度でも確保に失敗すると、国外に転移され、二度と出会えん可能性がある」

可能性があるのなら試してみたい。でも、暴走しないかな？

「……わかりました、挑戦してみます」

私の魔法適性は、闇以外の八属性。転移の必要魔法適性に、闇が入ってないといいけど。

この小箱なら、すぐに中断すれば暴走も起きないわよね？

「よし、その意気だ!!　いいか、まずは小箱を自分の魔力で覆った後、目視できる範囲で、どこに転移させるかを見定め、『転移』と言うんだ」

いくらなんでもそれは簡単過ぎるでしょ!?　だとしたら、誰でもできるような気がする。

とにかく余計な雑念は捨てて、小箱を転移させることに集中しよう。

転移なんだから、身体に空間属性を付与する。その後、小箱に触れ、属性付与した魔力で全体を覆う。覆い方にしても、必要最小限に、そっと丁寧にフンワリと包むように。次に、転移場所は……あの机の上がいいわね。あそこを強くイメージして――

「転移」

あれ？　消えた。小箱は、どこに行ったのかな？

「信じられん……本当に成功した」

ハサン先生が口を大きく開けて、机の上を指差している。そこを見ると……さっきの小箱があった。私の指定した転移場所に移動している。これが短距離転移？　あ、まさか!?

ステータス魔法欄《らん》を見ると……短距離転移があった。

「ハサン先生、短距離転移、習得できたみたいです」

「やったぞ～～‼　初めて成功したぞ～。マリルのおかげだ。習得条件はどうなっている？」

わっ、急に抱きついてこないでください‼

「えーと、必要適性は空間、必要スキルは『魔力感知』『魔力循環《じゅんかん》』『魔力操作』のレベルが8以上と『無詠唱』です。消費MPは、距離に依存するとなっています。今回の小箱の転移は3です」

「そうか、やはり空間か。私の場合、適性は満たしていたが、スキルレベルを満たしていない。だから発動しなかったのか」

先生、自分で試したことあるんですね。

この日から、私はハサン先生の短距離転移の論文作成を手伝いはじめた。シャーロット様が大変なときに、自分だけ転移の研究に没頭《ぼっとう》することになり、凄《すご》く心苦しい。

ジーク様とエルサ様にだけはこの成果を知らせたい、とハサン先生にお願いしたところ、シャーロット様のご両親ということで、特別に許可を与えてくれた。

早速、王城にいたジーク様とエルサ様に、こちらの状況をお伝えすると、物凄《ものすご》く褒《ほ》めてくれた。短距離転移はイザベル確保に必須だろうし、シャーロット様を見つけるにあたっても十分役立つと賞賛《しょうさん》の嵐だった。

ここまで言われると、私としても、俄然《がぜん》やる気が出てきた。

絶対に短距離転移を使いこなしてやるわ‼

マリル編　4話　マリル、試練を言い渡される

シャーロット様が転移して、十日が経過した。ここ最近、短距離転移と属性付与の研究ばかりしている。

「転移を行う上で、自分自身や転移させる物体に属性付与を行うことは必須です」

私がそう伝えると、ハサン先生が怪訝《けげん》そうな顔で言う。

「属性付与は武器にするものだろ？」

「何を言ってるんですか？　自分自身にもできますし、全ての物体に属性付与は可能ですよ。武器に関しては、属性付与だけでなく、『武器強化』という上位スキルも存在します」

すると、ハサン先生は目を光らせて、属性付与と『武器強化』の研究まで始めてしまった。

まず始めたのが、自分自身の転移。研究の結果、十メートルの移動で消費ＭＰ３であることが判明した。ただ、少しでも雑念があると、発動しないか、移動場所が狂ってしまう。

初めて失敗したときは、正直焦《あせ》った。短距離転移で二十メートル移動しようと集中し、転移と言おうとしたとき、ハサン先生が躓《つまず》いて私のお尻を触ったのだ。

そのとき、瞬間的に空を見てしまい、私は二十メートル上空に転移した。咄嗟《とっさ》に風魔法を唱えたことで事なきを得たけど、危《あや》うく死ぬところだった。

ハサン先生を引っ叩《ぱた》こうとしたら、既に土下座で謝っていたから怒るに怒れなかったし、今回限りということで、謝罪を受け入れた。

この実験で、二十メートル移動の場合、消費MPは6。その後の研究から、十メートル間隔で、消費MPが3ずつ増加していくという結論に至った。

次の実験は、自分だけでなく、他人を短距離転移可能かどうかだ。ハサン先生と二人で試した結果、相手に触れていれば成功するけど、触れていない場合、何度やっても成功しなかった。そして、二人で移動する際の消費MPは、十メートルで10、二十メートルで20だった。順調にデータを得ることができたけど、ここから先の研究を行う上で、問題が発生した。

それは、私自身の最大魔力量が43と少ないせいで、二人で短距離転移すると、すぐにMPが尽きてしまい、実験に支障が生じてしまうのだ。

そして十日目の朝、ハサン先生の研究室に行くと、開口一番《かいこういちばん》――

「今のステータスレベルでは、すぐに魔力が尽きてしまう。君に必要なのは、実戦経験だ。

今日から、ダンジョンに入ってもらう。何か目標があった方が捗《はかど》るだろうから、一週間以内にステータスレベルを20に上げ、Cランク冒険者になること」

正直、自分の耳を疑った。実戦経験のない私が、一週間でCランクになれるわけがない。

「正気ですか？」

「無論だ。君は、自分の能力を過小評価《かしょうひょうか》している。ステータスレベルに比して、基礎スキルのレベルが異様に高い。それだけ真面目《まじめ》に訓練を行《おこな》っていたのだろう。ならば、レベルアップ時の成長率もかなり高いはずだ（まあCランクは冗談《じょうだん》だが、高い目標があればいいだろう）」

ハサン先生の仰《おっしゃ》ることも一理ある。

「一人で行くのですか？」

「三人の護衛をつける。君に死なれたら、イザベルの確保が困難になる」

「わかりました。私も気にしていたので、死にものぐるいになって、レベルを上げてきます」

「剣は女性用のミスリル製レイピア。あと身軽に動ける冒険服一着、ポーションとマジックポーションを十本ずつ支給しよう。剣術に関しては、三人の護衛に習えば問題ない」

無茶なことを言う人だと思ったけど、きちんと私のことを考えてくれている。そこまで期待してくれるのなら、私も覚悟を決めよう。

私のステータスレベルは5、まずは護衛の人たち（三十歳前後の男性一人、二十五歳前後の女性二人。三人とも人間だ）と一緒に冒険者ギルドに行き、冒険者登録をした。当然、Fランクからのスタートになる。

ダンジョンは冒険者ランクに合わせて、S、A～Fと振り分けられている。王都近辺には、B、C、D、Eランクダンジョンが一つずつ存在しており、全てが踏破《とうは》されているため、冒険者のランクアップ試験にも使われている。

試験では、試験官が冒険者とともに行動し、自分たちだけでダンジョンを踏破すれば、ダンジョンと同じランクの力量があると認められ、試験合格となる。

ちなみに私の場合、ハサン先生の計《はか》らいで、特別にこの護衛三人が試験官も兼ねている。

私の課題は、一週間以内にCランク冒険者になること。護衛たちは、あくまでただの付き添《そ》いで、危険なときのみ助けてくれる。ただし、助けが入った場合は、入口からやり直しとなる。

私は護衛とともに、Eランクダンジョンからのスタートとなった。

「――地下の浅い区域はゴブリンばかりで、まず死なない――」

と言ってくれたけど、正直不安だわ。護衛たちはCランクのため、Dランク以下のダンジョンには基本入れない。今回は冒険者ギルドで発行された特別試験官許可証を警備員に見せ、Fランクの私には一切関わらないことを条件に、ダンジョンに入ることができた。

ダンジョンは、湿度の高い、道幅が三メートルほどの狭い洞窟《どうくつ》だった。ここまで来た以上、シャーロット様から教わったことを全て出して、魔物に立ち向かうしかない。

しばらく歩き続けると、前方の道から禍々《まがまが》しい何かが近づいてきているのがわかった。

これが、魔物の気配なんだ。はじめに現れたのは、ゴブリン二体。

「ギギギ」

「ギギギャ」

落ち着け。シャーロット様に教わった通りのやり方で、魔法を行使するのよ。

『マリル、そのファイヤーボールとアイスボールは弱過ぎる。こんな感じでやるの』

あのときのイメージを思い出して、右手からアイスボールを出し、氷を尖《とが》らせて高速に回転させる。左手からはファイヤーボールを出して、炎の熱を逃さないよう圧縮させせつつ高速回転させせる。

「行きなさい‼」

――ヒュッ！

という風切り音がすると、氷が一体のゴブリンの身体に大きな風穴《かざあな》を開け、そのまま後方にいたコボルトにも突き刺さり、二体とも死んだ。残る一体は炎に焼かれて絶命《ぜつめい》する。

「やった‼　でも、ゴブリンやコボルトって弱いわね。これなら魔法を使わなくて良いわね」

まずは剣術スキルを身につけよう。

進み続けると、今度はマッドマウス一体とゴブリン二体が現れた。こいつらは火属性が弱点だったはず。ならば――

『マリル見て～、全身と短剣に氷の属性を付与させたんだ～。お兄様の強化に、ピッタリな属性付与だよね～。精霊様に聞いてみたら、属性付与は簡単にできるから、スキルとして記載されないけど、上位スキルである「武器強化」の方は、スキルとして記載されるんだって～』

いくらミスリル製でも、何度も使用すれば耐久力が減少していく。だから『武器強化』で攻撃力と耐久力を上げればいい。私はレイピアを抜き、炎を武器の外と内に無駄なく纏《まと》わせた。そして、襲ってくるマッドマウスやゴブリンを斬った。ただ……なんの抵抗もなく、スパッと斬れてしまい、魔物たちは一撃で死んでしまった。

「ええーーー!?　みんな、弱くない？　これじゃあ、剣術スキルが身につかないわ‼」

襲ってきた魔物たちをなんなく撃破できたのはいいけど、レイピアって突き専用の剣だったような……こんな簡単に斬れていいのかしら？

結局、地下五階からなるEランクダンジョンを、二時間ほどで怪我《けが》一つなく突破できた。最下層にあるガーランド様の像にお祈りし、ダンジョンの入口に戻った。一応、護衛たちにお礼を言おうと振り向いた瞬間――

「「ダンジョンで使った魔法とスキルを教えてください‼」」

なぜ敬語？　なんでも、私が使った魔法や『武器強化』を見たことがないらしい。『武器強化』に関しては論文発表のこともあるので言えないけど、魔法関連については教えてあげた。

魔法がファイヤーボールとアイスボールを少し応用させたものだと知ると、三人とも驚いていた。当初はイメージすることに苦戦していたけど、一時間ほどで習得できたわね。でも、私が護衛に魔法を教授《きょうじゅ》するという、おかしな関係になってしまった。

時間が余ったので、Dランクダンジョンにも行くことになった。ここからは罠《わな》が設置されているため、慎重に行動した。魔物も、ゴブリンやゴブリンメイジやゴブリンソルジャー、コボルト、ウィークウルフ、ウィークトレントなど、多種多様なやつらがいた。

途中までは調子が良かったけど、疲労のせいか、かなりストレスが溜《た》まってきて、動きが悪くなってきた。このままだとまずいと思い、シャーロット様から教わったストレス発散法を実践《じっせん》する。

『マリル～、ストレス発散方法には色々あってね。大声で叫《さけ》びながら魔物たちを討伐していくと、気持ちいいと思うよ～』

魔物をイザベルと思い、羞恥心《しゅうちしん》を捨てて叫《さけ》びつつ戦っていくと、不思議とかなり楽になった。護衛たちを無視し、自分の思うように行動し、魔法も色々アレンジして、魔物たちを叩《たた》き潰《つぶ》していく。どんどん前に突き進んでいったら、気づくとダンジョンを踏破していた。

結局、一日でDランク冒険者となってしまう。

次のCランクダンジョンは、地下三十階もある。護衛たちと相談した結果、必ずダンジョン内での寝泊まりになるから、明日一日は装備を整えたら休息に使うことにした。護衛たちによると、Cランクからは魔物も一段階以上強くなるので、慎重に行動した方がいいと忠告された。ここは、ベテラン冒険者の意見を尊重《そんちょう》しよう。

〇〇〇

二日後に訪れたCランクダンジョン。串刺し落とし穴や、宝箱からの毒煙噴出《ふんしゅつ》など、卑《ひ》劣《れつ》な罠《わな》があると聞いていたので慎重に行動しよう……と心がけていたのに、早速宝箱の罠《わな》に嵌《はま》り、毒に侵《おか》されてしまった。

初めて毒に侵されたけど、頭が朦朧《もうろう》とし、思考力がかなり低下している。

『──シャーロット様、毒に侵され、意識が朦朧《もうろう》としていると、毒消しなどのアイテムを使用することできないときがありますよね？　そういった状態異常からの回復はどうするんですか？』

『アイテムが使えなければ、イムノブーストを使えばいい。本来、ヒールは物理的損傷《そんしょう》用の治療、イムノブーストは病的損傷用の治療として使用するものなの。軽い毒や麻痺《まひ》なんかは、イムノブーストを使えば、副作用もなく治療可能だよ。ただし、イムノブーストを扱うときは要注意だからね。大きな傷を負っているときは、必ずヒールを使ってから、イムノブーストを使用すること』

試しにやってみると、簡単に治った。治った直後に、護衛たちから質問攻めにあう。そこで、シャーロット様に言われた方法を教えてあげると──

「「「イムノブーストに、そんな使い方があったのか～‼」」」

と叫《さけ》んだ。この人たち、私が何か行動を起こす度に、驚くのよね。

護衛の人たちが警告した通り、魔物もかなり強い。新たに獲得した『身体強化』も、まだレベルが低いこともあって、当初はかなり苦戦した。でも、属性付与と『身体強化』を同時に使用すれば、なんとか対処できた。

またもや護衛たちに、どうやって全身に属性付与をやるのか問い詰められたので、もう面倒くさいから全部教えてあげた。ただし、ハサン先生の論文が発表されるまでは秘密にしておくよう、強く言っておく。

期限はあと四日、この四日をフルに使わせてもらおう。とことん魔物を狩りまくって、四日目に最下層に挑戦すればいい。


――四日後。

今日まで魔物を狩りまくって、ステータスレベルが27まで上がった。Cランクにしては高いせいか、地下二十九階で魔物と遭遇《そうぐう》した瞬間、魔物の方がビクついて、私から逃げていくようになってしまった。

ああー限界だーー、ストレスが溜《た》まるわ〜。昨日あたりから、ずっとこんな感じだ。魔物を狩りまくりたいのに、魔物が逃げていく。『威圧』や『殺気』だって使ってないのに、なんでよ⁉　あ〜ムカつく〜〜、これも全部ハサンのせいよ‼　この胸に溜《た》まるストレスをボスに発散させてやる‼　ボスをハサンに見立てて、ボコボコにしてやる‼

最下層のボスがいる部屋の扉を開けると、ゴブリンナイト三体、ゴブリンソルジャー三体、ゴブリンメイジ三体と……ボスが多かった。

「「「「「「「「「があああああぁぁぁぁーーー」」」」」」」」」

「煩《うるさ》いわ、ボケーーー‼　死にさらせや、ハサーーン、ダイヤモンドダストーーーー」

魔物たちが雄叫《おたけ》びを上げながら、ダイヤモンドダストという魔法の猛吹雪《もうふぶき》の中、徐々に氷漬けになっていく。これまでの鬱屈《うっくつ》した気分を全て魔法に使ってやる‼　私の怒りのエネルギーで、全ての魔物を駆逐《くちく》してやる。でも、ゴブリンナイト一体だけは残す‼

「ふふふふ、いい具合でカチンコチンに凍《こお》ったわね。仕上げよ、ウィンドストーーーム‼」

いくら魔物を多く配置しても、広範囲の上級魔法ダイヤモンドダストで完全に凍《こお》らせ、防御力がほぼゼロになったところを、中級魔法のウィンドストームで全身を斬り刻めば、一掃《いっそう》できるのよ。

さあ、残るは体長三メートルのゴブリンナイト一体のみ‼

「は……は、が、があ」

「ごめんね、あなただけわざと残したの。ほら、さっきまでの威勢《いせい》はどこに言ったの？」

私は、やつの懐《ふところ》に入り――

「死にさらせやーーー、アイシクルノヴァ‼」

ドオオォォォーーーーンという轟音《ごうおん》とともに、ゴブリンナイトのお腹にデカイ風穴があいた。この上級魔法に、全ての恨《うら》みや怒りをこめてやったわ。

「やったーーＣランクになったーーー」

さすがに気が抜けたわ。あ、護衛の人たちにはお礼を言っておかないと。振り向いて声をかけようとしたけど、なぜか後ずさって怯《おび》えられた。

冒険者ギルドに行き、Cランクダンジョンを踏破したことを伝えると、全員が祝福してくれた。冒険者登録後、たった一週間、しかも一人でCランクダンジョンを制覇《せいは》した者は、私が初めてらしい。なんか期待の新人だと、周囲から褒《ほ》められた。多くの人に褒《ほ》められたということは、強さも認められたということだ。これで転移の研究を進めていくことができる。

晴れてCランクとなり、研究室にいるハサン先生のところへ報告に行った。

「なに〜〜本当にCランクになったのか⁉」

「はい、これが証拠です」

ハサン先生にギルドカードを見せた。

「ほ、本当だ。……一人で達成するなんて（冗談《じょうだん》で言ったのに）」

「今、何か言いましたか？」

「い、いや、なんでもない」

様子がおかしい。自分から言ったくせに、もっと他に言うべき言葉があると思うのだけど。

「「ハサン先生、ちょっとこっちに来て」」

「マリル、少し待っていてくれ」

ハサン先生が護衛の人たちと一緒に、隣の部屋に移動したわ。怪しい。『聴覚拡大《ちょうかくかくだい》』はレベル3だけど、少しは聞き取れるかもしれない。

『マリル……成長率……高すぎるわ』

『Cランクだけど、もう俺たち……強い。実質……ランク』

『後半……あれは……もはや殺……鬼』

『そんな馬鹿な……そこまで……』

私のことを言っている？　あ、ハサン先生が戻ってきた。

「あの……顔色が悪いですよ？　大丈夫ですか？」

「だ、大丈夫だ、うん、大丈夫だ。マリルも疲れただろう。私の無茶な課題をクリアしたのだから、今日と明日は休養を与える」

なぜ、そんなに狼狽《うろた》えているの？

「ありがとうございます。私もかなり消耗《しょうもう》しましたので、休ませてもらいますね。でも、ハサン先生の無茶な課題のおかげで、魔力量が43から263になりました。二日後からは、しっかりとお手伝いさせていただきます」

「げ、263‼　人間のステータス限界を超えた⁉」

私が人間のステータス限界を超えて以降、ハサン先生は妙に優しくなった。

マリル編　5話　マリル・クレイトンの過去

現在、私は王都から北に三十キロほど離れたルリビアの街にいる。

Cランクになってから四日後、この街にイザベルに似た子供がいるという報告が入り、その後の調査で、イザベルであることが確定した。ただし監視だけに留め、確保には至っていない。

私とハサン先生、六名の王城騎士が街に到着する前日、監視していた騎士の不手際《ふてぎわ》でイザベルを見失ってしまう。それを聞いた私たちは、イザベルに勘《かん》づかれないよう、手分けして探すことになった。私が担当する区域は街の東側、そこには貧民街も含まれている。

イザベル、必ず見つけ出してやるからね‼

そもそも彼女の心は、捻《ね》じ曲《ま》がっている。どういう教育を受けたら、ああなるんだろうか？　自分のせいで大勢の人が死んだということを、理解しているはずだ。にもかかわらず、彼女には全く罪悪感がなかった。

あんな理不尽《りふじん》なやつがいるから、弟のブルーノも殺されかけたんだ。シャーロット様がいなければ、確実に死んでいた。

――私と弟のブルーノは、小さな村に生まれ育った。お父さん、お母さん、村人たち、みんな優しくて力持ちで、毎日が楽しかった。でも、そんな幸せな生活は長く続かなかった。

盗賊団《とうぞく》が村を襲ったのだ。みんな必死に応戦したけど、次々と殺されていった。私と弟は、殺されていく村人や大切な友達を家の中からただただ呆然《ぼうぜん》と見ていることしかできなかった。

外で応戦していたお父さんとお母さんが戻ってくると、盗賊たちに見つからないように、私たちを地下の物置部屋に入れた。そのときの両親の顔は、はっきりと覚えている。

「あなたたちは生きて。私たちは、盗賊の数を少しでも減らしておくわ」

「お前たちを死なせはしない。いいか、静かになるまで、絶対にここから出るなよ‼　そして……外に出たとき、何も憎んではいけない。これが自然の摂理《せつり》なんだ。いいな、俺たちの可愛《かわい》い娘と息子よ。お前たちは生きるんだ」

そして、扉が閉じられた。

このとき、私は十歳、ブルーノは六歳だった。どのくらいの時間が経過したのか覚えていないけど、外が急に静かになった。私たちはそっと物置部屋の扉を開け、家の中から外を窺《うかが》う。

すると、村人の死体があるというのに、それらを完全に無視して、盗賊たちは宴会を開いていた。

周囲を見渡すと、友達や隣のおばさんに……お父さんとお母さんの死体もあった。このとき、私は心の中にドス黒い何かが生まれたような気がした。仇《かたき》を討とうと思ったけど、ブルーノが私の手を握り締《し》めていたので、我に返ることができた。

両親の言葉を思い出し、私は家の中にある食料を集めた後、弟と一緒に必死で逃げた。逃走二日目までは覚えているものの、そこから記憶がボヤけている。食料も尽きて、ふらつきながら歩いているとき、一台の馬車と馬に乗った大勢の騎士たちがやって来た。あのときは気づいていなかったけど、知らない間に隣のエルバラン領に入っていて、偶然、領地を視察中だったジーク様たちと出会ったのだ。

ジーク様は、私たちを優しく包み込んでくれた。落ち着いた私は、村で起きた出来事を伝える。するとジーク様は、私と弟を屋敷に連れ帰り、私たちの村の領主に事件のことを話した。両親の仇《かたき》である盗賊団は、ジーク様の騎士団の協力もあって、すぐに捕まった。

事件解決後、ジーク様とエルサ様は私たちの後見人《こうけんにん》となってくれて、私はメイドの教育を、ブルーノは執事《しつじ》の教育を、ジーク様の邸宅《ていたく》で受けるようになった。

「君たちはまだ若い。十二歳になる頃には、ある程度の技術を身につけているだろう。その後の進路は君たち二人で決めなさい。ここで働いている間は、衣食住が揃っている。安いが給料も支払おう。教育を身につけ、稼《かせ》いだお金を貯《た》めておきなさい」

この言葉を聞き、私は嬉しかった。盗賊のような非道な人間もいれば、ジーク様のような優しい人間もいる。私もブルーノも救われ、普通に笑えるようになった。

そして私が十二歳になったとき、エルバラン家の正規メイドとして雇《やと》われることとなり、私もブルーノも幸せな日々が続いた。

でも、理不尽な不幸は突然訪れた。

去年、ブルーノが十二歳となり、新たな勤《つと》め先を見つけたときのことだ。

エルバラン家は、当然エルバラン領の領都にある。ブルーノの勤め先は、同じ領都にあるティエラム子爵家《ししゃくけ》だった。以前、エルバラン家でお茶会を開いたとき、ティエラム子爵家のお嬢様がブルーノを気に入り、執事として雇いたいと願い出てきたのだ。ブルーノ自身も、視野を広げたいと言っていたこともあって、雇用《こよう》契約が成立した。

ブルーノが子爵家に移ってから二ヶ月後、互いに休みをもらえたので、有名な喫茶店で待ち合わせをすることになった。でも、そこにいたのは——泣き叫《さけ》ぶティエラム子爵家のフィリル様と、「お前が悪いお前が悪い」と尻餅《しりもち》をつきブツブツ言っている見知らぬ十四歳くらいの男の子。そして、血塗《ちまみ》れになって仰向《あおむ》けで倒れているブルーノだった。

ブルーノの脇腹からはおびただしい量の血が流れ出ており、顔色も青白かった。

「な……ん……で、ブルーノ‼」

当時でも致命傷《ちめいしょう》の傷にイムノブーストを使えば、寿命を大幅に縮めると言われていたので、誰も使わなかった。だからこそ、必死に傷口を押さえている人、ブルーノが絶望に陥《おちい》らないよう話しかける人など、多くの人たちがブルーノを助けようと必死に動いてくれていた。

そばにいた男の子がブルーノを刺したらしいのだが、彼は、

「お前のような汚《けが》らわしいやつが、フィリルの婚約者《こんやくしゃ》とかありえん‼　フィリルは私のものなんだ。私の婚約者になるべき女なんだ。お前が悪いんだ、お前が悪いんだ」

とぶつぶつ言っていた。だが、彼に味方する者は誰一人いない。

この状況だけで、何があったのかおおよそわかった。何もできない自分に無力さを噛《か》みしめているとき、喫茶店の扉がバーンと開き、ジーク様とシャーロットお嬢様が現れた。

「ジーク様……ブルーノが、ブルーノが……」

「わかってる。事の顛末《てんまつ》は、とある方から全て聞いている。あとはシャーロットに任せるしかない」

このとき気が動転していて、何を言っているのかわからなかったけど、全てが解決した後になって、ジーク様の言った『とある方』が精霊様のことだとわかった。事件発生後、精霊様が真っ先にシャーロット様に伝えてくれたのだ。

「この出血量……大動脈が切れてる？　このままだと出血多量で、ブルーノが死んじゃう。……あれは使えない。そうなると……あっちをやるしかない。お父様、試していいです

か？」

シャーロット様が言うあれというのが、『構造解析』と『構造編集』だと今では理解している。

「ああ、構わん。だが、可能なのか？」

「できるはずです。ただ、完治しないと思うので、すぐに医者に診《み》てもらわないといけません」

「わかった。頼む」

「お嬢様、お願いします。ブルーノを、ブルーノを……」

私は、ブルーノが助かることだけをひたすら願った。このときの光景は、今でも鮮明に覚えている。

「かの者の傷を癒《いや》せ……ヒール」

お嬢様がヒールと言った瞬間、刺し傷が緑色の温かな光に包まれ、少しずつ出血量が減少していった。そして、三十秒ほどで出血がほぼ止まる。

「信じられん。奇跡《きせき》だ」

「イムノブーストではない回復魔法？」

私も奇跡だと思った。ブルーノの顔色もわずかに回復していて、生きているのがわかる。

「……あれ？　シャーロットお嬢様？　どうしてここに？」

よかった!!　ブルーノが意識を取り戻した!!

「「「オオォォーーーー」」」

「ブルーノ、まだ喋《しゃべ》らないで。出血はほとんどないけど、傷口は塞《ふさ》がっていないの。この魔法は、失った血液までは補充《ほじゅう》してくれない。すぐに診療所《しんりょうじょ》に行って、お医者様に診《み》てもらわないと」

このときシャーロットお嬢様は、初めてヒールの発動を成功させた。騒動《そうどう》が落ち着いてから、ジーク様は先程の魔法について、開発途中であることを話し、外に漏らさないよう、みんなに厳命した。

お医者様が到着後、ブルーノを診《み》てもらったけど、致命傷だった内部の傷は塞《ふさ》がっているものの、まだ内出血があった。だがそれも、粘着性《ねんちゃくせい》ポーションを塗《ぬ》ったことで治った。ただ、重度の貧血状態となっているため、診療所に二日だけ入院することになった。

私は、フィリルお嬢様とともに担架《たんか》で運ばれるブルーノに付き添い、診療所に向かっている途中で、彼女から事情を聞いた。

事件を起こした貴族は、バルジエル子爵の令息で、名をレイドと言う。これまで幾度もフィリルお嬢様との婚約を執拗《しつよう》に求めてきた。

しかしフィリルお嬢様はその要請《ようせい》を断り続け、今日偶然あの有名喫茶店で遭遇《そうぐう》したそうだ。このとき、フィリルお嬢様の護衛はお手洗いに行っていたため、数分間、ブルーノとフィリルお嬢様だけとなった。ブルーノは初対面で自己紹介しようとしたところ、レイドが激昂《げきこう》し、所持していた剣でブルーノを刺したのだ。

話を聞いたとき、レイドは馬鹿だと思った。大方《おおかた》、ブルーノをフィリルお嬢様の婚約者と勘違《かんちが》いし、衝動的に刺したんだろう。貴族として、いや人として、ありえない行為だ。

ブルーノは剣術や体術の訓練を積んでいたけど、貴族が公共の場で、いきなり自分を刺してくるなんて考えるはずがない。こんな理不尽なことがあっていいのかと、あのときは本気で怒ったわ。

その後、ジーク様から事件の顛末《てんまつ》を聞くと、正直呆《あき》れた。レイドは、ジーク様が同席しているにもかかわらず、治安部隊の騎士に事情聴取《ちょうしゅ》されても、

「平民が、フィリルのそばにいるから悪いんだ。あいつのそばにいていいのは俺だけだ‼」

と叫《さけ》ぶばかり。父親のバルジエル子爵が到着し、息子のそばにいるジーク様を見て、顔が真っ青になったらしい。レイドは、ジーク様が何者であるかを父親から教えられると、気絶したそうだ。

結局、レイドは貴族籍を剥奪《はくだつ》され、平民となるも、数日後、死体となって発見されたらしい。父親が刺客を差し向けたとかではなく、冒険者に喧嘩《けんか》を売って、そのまま殺されたそうだ。

盗賊たちに殺された両親、レイドに殺されかけたブルーノ、こういった理不尽な事件は、いつどこで起こるのかわからない。イザベルを逃してしまったら、またどこかで理不尽な事件を起こし、多くの死者を出すことだろう。

ハサン先生は「イザベルを見つけたら、まず説得しろ。短距離転移は切り札として、ギリギリまで使用するな」と言っていたけど、彼女が説得に応じるとは思えない。でも、彼女は私と同じ平民だ。何か特別な事情があって、ああいう捻《ひね》くれた性格になったとも考えられる。彼女の話を聞こう。全ては、そこからだ。

マリル編　6話　イザベル確保！

指名手配中のイザベルは用心深いだろうから、冒険者に変装している騎士団を見抜く可能性があると判断し、私は単独行動を取ることになった。

私は騎士に見えないから警戒もされにくいだろう。顔は見られていても、あの状況では覚えていないと信じたい。

この二日、担当された地区を探索し、情報を収集した結果、最近窃盗《せっとう》事件が多発し、しかも犯人が不明であることがわかった。事件とイザベルの発見時期が重《かさ》なっているので、この窃盗《せっとう》事件から探ってみよう。

時間は、お昼前。そろそろ窃盗犯《せっとうはん》が動き出すかもしれないわね。市場周辺を見回ろう。

市場へ移動すると、大勢の人たちがいて、かなり賑《にぎ》やかだった。これだけ多いと、窃盗《せっとう》しているかどうかもわからないわね。あれ？　ここから五十メートルくらいかしら？　野次馬が集まってる。何かあったんだろうか？

「すみません、ちょっと通してください」

野次馬をかきわけて中心部に行くと、七十歳くらいのおばあさんが倒れていた。えっ、細い尖《とが》った棒が足首に刺さってる‼　棒を抜いて、回復魔法を使用しないと‼

「『ヒール』。おばあさん、大丈夫ですか？」

「あ、痛みが……あ、ありがとう。もう大丈夫よ」

うん、きちんと立てている。これなら大丈夫ね。

「誰にやられたんですか？」

「わからないわ。五分くらい前、急に足に鋭い痛みがしたのよ。あまりの激痛で、買い物袋を地面に置いて足を押さえていたら、気づくと財布と食材の入った買い物袋がなくなっていたのよ」

市場に来て早々、窃盗《せっとう》事件と遭遇《そうぐう》できるとは、幸先がいいわ。

「この中で、犯人を見た人はいませんか？」

野次馬は揃って首を横に振った。諦《あきら》めかけたとき、一人の初老の男性が前に出た。

「おい、儂《わし》が見たぞ。顔まではわからないが、薄汚れた小さな子供だった。追いかけたが見失ってしまった」

子供!? もしかしたら、イザベルかもしれない。

「どちらへ逃げたか、わかりますか?」

「ああ、向こうの貧民街の方だ」

私は急いで、その方向へ走った。五分程度なら、追いつけるかもしれない。それに、相手も焦《あせ》って走っているはずだから、気配を探れるかも。

……集中して『気配察知』を行うと、一つだけ乱れた気配があった。それも、急速に動いている。多分これね。さすがに距離があって、イザベルかは判断できない。とりあえず、追いかけよう。

○○○

周囲の光景が変わってきた。雰囲気《ふんいき》も暗くなってきたから、貧民街に入ったのかもしれない。このあたりに犯人がいるはずなんだけど……建物の陰《かげ》からゴロツキが五人ほど出てきた。服装から察すると、貧民ね。敵が何人いるかわからない以上、『気配察知』を全開にしておこう。

「さっきここに来た子供を探しています。知りませんか？」

仕切っているのは、目の前に立った六十歳くらいの毛むくじゃらの男性のようだ。

「はっ‼　ここには子供も数多くいる。わかるわけないだろ‼」

「それでは、イザベルを知りませんか？」

ここで彼女の名前を出したのは賭《か》けだ。彼女が動揺して気配に変化が出ればいいのだが、すでに多少は魔力が回復していて、この機に転移石を使われる可能性もある。そうなったときは、実際に使われる前に、短距離転移で取り押さえないといけない。

「イザベル？　そんなやつが、ここにいるわけないだろうが‼」

その男が言った瞬間、死角から何か飛んで来た。私は軽く避けつつ、それを観察する。

正体は細い針だった。多分、毒か麻痺《まひ》薬でも塗られているのだろう。

「なぜ攻撃してきたのですか？　私は、ただイザベルの居場所を知りたいだけなんですが？」

「ちっ‼　俺の命令じゃねえ。ここにいる連中は、騎士を憎んでいる者もいる。そいつらがやったんだろう」

イザベルの行方を探しているのは騎士だから、誤解されたわけか。

なんらかの理由で、貧民に落とされた人がいるのね。でも、私にはそんなの関係ないわ。

「彼女がここに潜伏していて、みなさんが私の邪魔をするのであれば、誰であろうと容《よう》赦《しゃ》しません。……叩《たた》き潰《つぶ》します‼」

ダンジョンで習得した『威圧』を軽く使おう。

「ぐううぅーー、ま、待ってくれ。……そ、その『威圧』を……解いてくれ」

これで全員が、私の強さを理解したはず。もちろん、イザベルがいるなら彼女にも。

「ふー……お前のイザベルに対する気概《きがい》はわかった。だが、そんなやつがここにいたら、俺らでもわかる。すまんが、他を当たってくれ」

……いや、イザベルはいる。周辺を探ると、一つ気になる気配があった。さっき針を放ったやつだわ。シャーロット様を転移させた者の気配にそっくりだ。そいつに対して、『威圧』を全力で放ってやる。

「お、おい、あんた何やっているんだ?」

「グ、グア、ギヤ、や、やめ」

そこか‼　私の左後方にある建物の三階の窓枠《まどわく》付近から声が聞こえた。窓が開いており、人が落下してきた。そのまま地面に激突《げきとつ》したら死ぬ可能性もあるから、受け止めてあげよう。

「ふふ、やっと捕まえたわ」

え、男の子⁉　いや、この気配と魔力は絶対イザベルだわ。あら、気絶してる。ちょうどいいわ、短距離転移を使わずに所持品全てを私のマジックバッグに入れよう。あとは……あった‼

「やっぱり、衣服に転移石を縫《ぬ》い込んでいたわね」

縫《ぬ》い込んでいた場所は、お腹付近か。女の子だし、衣服をちぎらず、縫《ぬ》い目に沿って、転移石だけを外そう。他は……ないわね。一応、逃げられないよう、私の左腕と彼女の右腕を紐《ひも》で縛《しば》っておこう。風魔法の応用で楽にできるわ。

「イザベルを発見しました。この子供です」

「ちょっと待て‼　そいつは男の子だぞ‼　それに顔も似ていない‼」

「いえ、こいつがイザベルで間違いありません。気配は一緒ですから。大方《おおかた》、魔導具で変装しているんでしょう。おそらく……この指輪ですね」

外見は完全に男だ。指輪を外すと――雰囲気《ふんいき》が変化した。髪が短く、服装が学園で見たときとは違う。男の子っぽい服装だけど、間違いなくイザベルだわ。

「本当だ！　こいつは……イザベル‼　……ところで、あんたは何者なんだ？」

「自己紹介が遅れてしまい、申し訳ありません。私は聖女シャーロット様の専属メイド、マリル・クレイトンと言います」

「なにーーー‼　アンタ、屑肉《くずにく》が最高に美味《うま》くなる調理方法を開発し、かつ、カレーライスの開発者の一人でもある、俺たちの女神様の専属メイドだったのか⁉」

え、シャーロット様が女神様⁉　貧民の方々には、女神として崇拝《すうはい》されていたんだ。

「イザベルはシャーロット様を逆恨《さかうら》みして、転移石でどこか遠くに転移させたんです。現在でも、シャーロット様は行方不明です」

「なんてこった‼　俺たちは知らなかったとはいえ、女神様の敵を匿《かくま》っていたのか」

あ、騒ぎを聞きつけて、多くの人たちがやって来た。さっきの男性がみんなにイザベルのことを説明すると、全員が怒り出した。この街の貧民たちは、シャーロット様と会ったことがないのに、ここまで怒ってくれるなんて……

「あ、嬢ちゃん気をつけろ。イザベルが起きたぞ‼」

顔をキョロキョロ動かし、自分の状況を理解しようとしているわね。自分の荷物や指輪だけでなく、縫《ぬ》いつけた転移石がないことも理解したか。ここからが、本当の戦いね。

「あんた、なんで私がイザベルってわかったのよ‼　こっちは魔導具で完璧に変装していたのに‼」

「あなたの気配と魔力はわかりやすい。姿を変化させていても、すぐにわかったわ」

「何よそれ‼　そんなんでわかるって、どこのアニメよ‼」

アニメ？　なにそれ？　この子、人を怒らせる天才ね。いちいち構っていたら、ストレスが溜《た》まる一方だわ。

「イザベル、観念しなさい。騎士団のもとへ連行するわ」

「ふん、捕まるわけにはいかないのよ。どうせシャーロットの転移場所を白状させてから、死刑にするんでしょ‼」

——ガブ。

「痛っ‼」

この子、苦し紛《まぎ》れに腕を噛《か》んだわね‼

「無駄よ。私の左腕とあなたの右腕を紐《ひも》で縛《しば》ってあるわ。絶対に逃げられないわよ。マジックバッグも転移石も、全て没収《ぼっしゅう》したわ」

「……くそ‼　それならこれで‼」

な⁉　ネックレスの宝石部分を外し、針に変形させて襲ってきた。

「死ね‼」

「転移」

まったく危ないわね。宝石を転移させたわ。得体の知れない液体が針に付いていたわ。猛毒かもね。宝石の転移場所は私の足下、宝石部分を掴めばいいわね。

「こんなもの……宝物庫になかったはず。どこかで盗んだのね」

「え……宝石が……そんな、いつの間に⁉」

短距離転移を覚えていなかったら、死んでいたわ。

「あのね、あなたが治療を全部イムノブーストでやったせいで、王国全土が大混乱に陥《おちい》っているのよ。しかも、逆恨《さかうら》みでシャーロット様を転移させるし、宝物庫から国宝を盗むし、それだけ多くの大罪を犯していたら、死刑になるに決まってるでしょ‼」

「うるさい、私に説教するな‼」

この逃げられない状況で、よくもギャアギャア騒げるわね。

「イザベル、どうして自分が悪いことをしたと認めないの？　もしかして、認めることが怖いの？　あなたは自分の犯した行為から、ただ逃げているだけに見えるわ」

「な⁉　あんたに、私の何がわかるのよ‼」

「何もわからないわ。自分でやったことは、自分で責任を取りなさい」

そもそも、自分の犯した過《あやま》ちを償《つぐな》うという気持ちが、この子からは全く伝わってこない。

「前世や今世の両親と同じことを言うな‼　あいつらは、私の行動に注意しかしない。私は、自由に生きたいだけなんだ」

前世て何？　今世て何？　とにかく、両親からは注意されているのね。それなら、まだ愛されているということかな？　彼女を説得する前に、彼女の心を落ち着かせよう。

「アイスストーム」

極小《ごくしょう》のアイスストーム（バケツ一杯分の氷水）をイザベルにぶっかけた。

「冷たっ‼」

「どう、少しは落ち着いた？　なぜ、両親が注意してくるのか？　そりゃあ、あなたが両親に愛されているからよ。あなたが誤《あやま》った行動をしようとしたら、注意して正しい道に行かせようとしているの。注意されるということは、それだけ両親に愛されている証拠なの」

あれ？　また反撃がくると思ったけど、どうしたんだろう？　なぜか目を見開き固まっている。

「そんな……愛されてる……わけない。あいつらは……注意ばかり……でも少ないけど褒《ほ》めることは……前世はともかく、今の両親は……」

何をぶつぶつ言っているんだろうか？　私の言葉が、イザベルの心に響いているのかな？　一応、もう少し話しておこう。

「イザベル、あなたはもっと両親のことを知った方がいい。自分だけを見ずに、相手も見なさい。たとえ注意されてもすぐに反発せず、あなたがどうしてその行動を取ったのかをきちんと話し、そしてどうして両親があなたを注意したのか、落ち着いて理由を聞いてみなさい。両親は必ず答えてくれるわ。あなたは、まず他者の気持ちを知ることが大切よ」

「……両親を知る……愛されている……相手の気持ち……」

なぜか、急に落ち着いたわね。イマイチこの子の心情が理解できない。でも私の言った言葉で、彼女の中の何かが変化しているのかもしれない。

イザベルと話をしながら、騎士団のところに連れていこう。

「みなさん、お騒がせしてすみませんでした。ここにいる方々は、イザベルとわからなかったのですから、罪はありません。私からも、騎士団の人たちに言っておきます」

「あ、ああ。知らなかったとはいえ、すまん。ここにいるみんなは、聖女シャーロット様に救われたんだ。これまで、クソまずい屑肉《くずにく》ばかり食べて暗くなっていた。そこに、あの調理法とカレーライスだ。あれだけ安価なものを美味《うま》く調理してくれたおかげで、俺たちは救われた。子供たちの笑顔も増えた。もし何か困ったことが起こったら、いつでも言ってくれ。俺たちに金はないが、情報は持っている。シャーロット様に繋がる情報もあったら、あんた――マリルに伝えるよ」

なんだ、みんな良い人たちだわ。

「ありがとうございます。私としても助かります。私は、今は王都の王城に隣接している国立研究所にいます。何かあったときは、相談させてください」

「俺は、このあたり一帯を仕切っているバーナード・ブレメンだ」

こうやって話してみると、バーナードさんは温和で優しそうな人に見える。当初、私に敵意を見せていたのは、仲間を脅《おびや》かす存在と思ったからなんだわ。

私はバーナードさんと握手をし、イザベルとともにその場を離れた。

マリル編　7話　イザベルの変化

現在、イザベルを騎士団のいるところへ連行中だが、彼女はぶつぶつ呟《つぶや》いているだけで、全く抵抗してこない。なんだか拍子《ひょうし》抜けだわ。今の彼女を見ると、とても弱々しく感じる。

「ねえ、私の両親は、本当に私を愛してくれているのかな？」

え、急に何？

「お腹を痛めて産んだ自分の子供を愛さない親は、いないでしょう。あなたが風邪《かぜ》を引いて高熱を出して苦しんでいるとき、両親はどうしていた？　高熱でフラフラし、意識が朦《もう》朧《ろう》としながら助けて助けてと思っているとき、そばに誰かいなかった？」

「あ……ああ‼　いた、誰かがいて何か囁《ささや》いていた‼　そ、それじゃあ、あのときの言葉は……あれは夢じゃなかったんだ」

何か思い出したようね。もしかして、イザベルは誰からも愛されていないと思い込んでいたんじゃないだろうか？　これまでの行動は、誰にも頼らず、一人で生きていくしかないと思ってのことだったのかな？　誰かから注意されても、意固地《いこじ》になってそれを聞き入れず、自分だけが生き残ることを最優先に考え、他人を蔑《ないがし》ろにするようになったのかもしれない。

「マリルの両親はどうだった？」

「私の両親？　父と母は、お互いを思いやり、私と弟のブルーノのことを常に考えてくれていたわ。まさに、理想の夫婦だったわね」

「なんで、過去形？」

イザベルは心を開こうとしているのかな？　じゃあ、少し私の過去を話そうか。

「私が十歳のとき、村が盗賊に襲われたの。そのとき、父と母は私と弟を守るために、私たちを地下の物置部屋に入れたわ。静かになってから、そっと外の様子を窺《うかが》うと、私の両親や友達、多くの村人たちの死体があった。そして盗賊たちは、村人や両親の死体を無視して談笑《だんしょう》していたの。あのとき、私は盗賊たちを刺し違えてでも殺そうと思ったわ。でも、両親の言葉と、そばに弟がいることを思い出して踏みとどまった。最後に両親は『誰も憎むな。自然の摂理《せつり》と思うんだ。お前たちは生きるんだ』と言っていたのを忘れられない」

イザベルを見ると、身体を震わせ、目を見開いていた。

「そ、そんなことが……」

「私たちはなんとか逃げのびて、シャーロット様の父親であるジーク様に拾われたの。今でこそ、こうやって普通に話せているけど、一時期人間不信に陥《おちい》り、人から注意されても無視して、全てに反発していた時期があったわ。でも、エルバラン公爵家の人たちが私たちを励まし、ずっと温かく見守ってくれたことで、私もブルーノも少しずつ心を開くようになった」

ふとイザベルを見ると、彼女の目から一筋《ひとすじ》の涙が流れていた。

「ジーク様の家で、私はメイド、弟は執事の教育を受けて、私も弟もなんとか笑顔を取り戻せた。私はエルバラン公爵家の正式なメイドとして雇われ、弟も去年十二歳になったから、同じ領内にあるティエラム子爵家の執事として雇われることになったの。でもね、世の中には理不尽なことが、たくさんあるのを思い知ったわ。弟が子爵家に雇われて二ヶ月後、久しぶりに会うことになったのよ。そしてその待ち合わせ場所に行ったとき、弟は貴族の男に刺され、血溜《だ》まりの中に倒れていた」

両親が殺された光景と、弟が死にそうになった光景だけは、今でも鮮明に覚えている。

「血溜《だ》まり……何が？」

「弟は、雇い主の子爵令嬢と一緒に喫茶店にいたの。犯人の男は子爵令嬢の知り合いで、以前から執拗《しつよう》に交際を求めていたけど、彼女は断り続けていた」

「まさか、店でバッタリ遭遇《そうぐう》して、弟さんを子爵令嬢の婚約者と勘違《かんちが》いしたとか？」

「ええ、そのまさかよ。しかも、弟が自己紹介しようとしたら、いきなり刺したのよ。弟は不意打ちということもあって、避けられなかった」

　あのレイドだけは、本当にムカつくわ。

「弟さんは死んだの？」

「いいえ、シャーロットお嬢様が駆けつけてくれたおかげで、弟は助かった。お嬢様は『精霊視』の力を宿しているから、精霊様とお友達なの。その精霊様が、お嬢様に知らせてくれたのよ。そこでお嬢様は、回復魔法ヒールに目覚めたの」

「そっか、シャーロットが助けたんだ……」

　ブルーノが生きていることを知って安心したの？　学園で会ったときとは、何か違う。言葉にするなら、イザベルの目から狂気のような何かが消えている。

「事件後、エルバラン公爵家やティエラム子爵家の使用人たちも、私やブルーノのことを気遣《きづか》い、仕事を早めに終わらせて診療所に駆けつけてくれたわ。そのとき、私もブルーノも、多くの人たちから愛されているんだな、と実感したわ。盗賊たちの襲撃、貴族による突発的行動、世の中、理不尽なことばかり……でも、それと同じかそれ以上に、優しさがあることもわかった。イザベルは誰かに注意されて以降、その人たちときちんと向き合ってきた？」

　イザベルの両目からは、大粒《おおつぶ》の涙が溢《あふ》れていた。私の言いたいことが、彼女に伝わったようね。

「……向き合ってない。私は……ずっと逃げていたん……だ。ご……ごめん……なさい。

ごめんなさい、ごめんなさい、ごめんなさい」

イザベルは私に抱きつき、ひたすら謝り続けた。この子の中で、何かが決壊《けっかい》したようね。

○○○

ひとしきり泣いたからか落ち着いたようね。この目を見る限り、多分改心していると思う。

「イザベル、起こってしまったことは変えられない。このまま何もせず王城に行くと、確実に死刑になるわ」

「私は……酷いことをしました。死刑でかまいません」

自分のしでかした大罪に、ようやく向き合ってくれたか。王都では、ジーク様、エルサ様、シャーロット様の活躍で死者は出ていないけど、王都以外では大勢の死者が出ているはずだ。

この子には、罪を償わせないといけない。私も前は死刑で当然と思っていた。でも今は……

「ダメよ。今、あなたが死んでしまったら、『聖女を騙《かた》った悪女イザベル』のままだわ。

そうなったら、あなたの両親は悲観《ひかん》したまま、この先の人生を生きていくことになる。最悪、多くの人々に虐《いじ》められ、殺される危険性もある」

「そ、そんな両親は悪くない。悪いのは、全部私なのに!!」

「人ってそういうものなの。あなたの処刑を止められるのは、精霊様かガーランド様しかいないわ。教会でガーランド様にお祈りして、許しを乞《こ》いなさい。あなたは多少なりとも精霊様と繋がりがあったのだから、ガーランド様も話を聞いてくれるはずよ。どうするかは、あなたが選択しなさい。このまま死刑を選ぶか、神に懇願《こんがん》して死刑を回避する道を探し、罪を償っていくかをね」

そう、全てはイザベルの選択次第よ。

「私は……今まで散々悪いことをしてきた。ガーランド様が許してくれるのなら……私は……私はみんなを救いたい!! 今まで悪いことをした分、善行を重ねたい」

えっ、イザベルが決断した瞬間、彼女の身体が光り輝いた!!

「ガーランドの様の声が聞こえた」

「え、ガーランド様の声!?」

「うん、今すぐ教会に来なさいって」

ガーランド様も見ていてくれたのね。

「それなら、まずは教会に行きましょう。そろそろ貧民街を出るから、この指輪をつけておいて。あの変装は、普通の人なら見破れないわ」

「はい。身につけておきます」

うん、これなら男の子に見えるし、まずバレないわ。


教会に到着すると、六十歳くらいの優しげな神父さんがいた。

「神父様、ガーランド様にお祈りしてもよろしいですか？」

「どうぞ。どなたでも歓迎いたします」

私とイザベルは、祭壇《さいだん》の中央に行き、お祈りを始めた。

『ガーランド様、どういうわけか、イザベルが改心したようです。目を見る限り、本心を言っていると思います。どうか、話を聞いてあげてください』

『マリル、感謝するよ。イザベルは君の言葉に耳を傾け、君の過去を聞いたことで、自分の過《あやま》ちに気づいたようだ。今からイザベルの話を聞き、その内容次第でイザベルのユニークスキル以外の封印を解くつもりだ。そして、エルディア王国に新たな神託《しんたく》を与えようと思う。君がいなければ、イザベルは改心しなかっただろう。お礼として、君のステータスの限界値を999にしてあげる。あと、ユニークスキル「千里眼《せんりがん》」も与えよう。君は、まだまだ強くなれる。鍛錬《たんれん》に励むように』

こ、この声は……ま……まさか……ガ、ガーランド様!?　あ、お礼を言わなければ!!

『あ、ありがとうございます。有効に使わせていただきます』

ステータスの限界値が999になったのなら、もっと魔力量を上げれば、長距離転移もできるようになるかもしれない。

『そうそう、お礼に、もう一つ教えてあげよう。シャーロットは生きている。場所は言えないが、今も元気にしていて、我が家《わがや》に帰るための方法を模索している。神託にも入れておこう』

『は……シャーロット様が生きている⁉ あ、ありがとうございます、ガーランド様‼』

それ以降、ガーランド様の声が聞こえなくなった。

シャーロット様が生きてる。そして、こちらへ帰る方法を模索している。

よかった〜生きてた〜。

マリル編　8話　イザベル・マインの過去

私——イザベル・マインの前世は、本当に最悪だった。前世での名前は、進藤真奈《しんどうまな》。両親は共働きで、いつも一人ぼっちだった。たまに両親が休日で家にいるときでも、言われるのは叱言《こごと》ばかり。テストで九十三点という高得点をとっても、二人とも褒《ほ》めてくれなかかった。

「九十三点？　次は百点目指せよ。それより、何か作ってくれないか？」

　百点とって、これでどうだと言わんばかりに点数を見せると――

「おーそうか。次も百点目指せよ」

「へー、そんなことよりも、あなたも早く高校生になって、バイトして欲しいわ〜」

「おい、それは俺への当てつけか!!」

　そして、いつもの喧嘩《けんか》が始まる。私は、親から褒《ほ》められたことがない。小学生のとき、テストで九十点以上とり続けてもダメ、陸上の百メートル走で優勝してもダメ、何をしてもだめだった。自分は、一体なんのために頑張《がんば》っているのだろうか、なんのために生きているのだろうか、常々そう思っていた。

　中学生になったら、生活環境が酷くなった。学校に行ってもいじめられるだけだった。クラスメイトに反抗したら殴《なぐ》られる。私も殴《なぐ》り返したら、必ず原因は私になって、担任に怒られる。担任は、この状況がおかしいとわかっているくせに、ずっと黙認《もくにん》している。はっきり言って、学校に行っても、何かを学べるとは思えなかった。

　唯一の楽しみでもある小学校時代の友達との外出。でも少し買い物しただけで「それで夕飯のおかずを買えただろ」と怒られる。悪いことをしていないのに、なぜか注意される。言い返しても言い返しても、また注意される。はっきり言って、会話が成り立たない。私の意見が、家でも学校でも通らない。

全てのしがらみから脱却するため、高校には行かず働くことにした。どうせ高校に行っても、注意されるだけの生活だ。家にも帰りたくないから、一人暮らしを始めた。意外にも、このときだけは、両親も許可してくれた。必ず、月三万は実家に仕送りすることが条件だったけど。

半年ほどして仕事に充実感を覚えてきたとき、突然両親がアパートに押しかけてきて、有無を言わさずものや有り金を全部持っていった。私は抵抗したけど、殴《なぐ》られて気を失った。

目覚めたら、あらゆるものがなくなっていた。このとき、私の中の何かが壊れた。信じられるものは何もない。自分で奪って勝ち取るしかないと思った瞬間だった。

まずは、どこかでお金を確保しないといけないと思い、外に出て信号待ちをしていると、子供が赤信号なのに飛び出した。

私は反射的に飛び出し、子供を助けてしまった。その結果、車に轢《ひ》かれて死んだ。

そして、女神ミスラテルと出会った。

子供を助けたから惑星ガーランドという場所に特別に転生させてくれるらしい。「スキルを二つあげましょう」と言われ、いくつか候補《こうほ》と、オリジナルのスキルもつけられることを教わった。そこで『強奪《ごうだつ》』と言おうかと思った。でも、どうせ難癖《なんくせ》つけられて無理と言われるのはわかっていたので、差し障《さわ》りのない『鑑定』と『バーターチェンジ』にした。

「これでいいの？　あなた、欲がないわね。特別に『鑑定』のレベルを10にして、生物のステータスを正確に見られるように改良しておくわ。そうすれば、あなたの考えたスキル『バーターチェンジ』もすぐに発動できる。ただし、『バーターチェンジ』で『鑑定』が他者に移った場合、通常の『鑑定』に戻るから注意してね」

この女神は、はっきり言って馬鹿だと思った。私がイメージした『バーターチェンジ』は交換の際、相手の了解をもらえないと発動しない。でも、お互いに交換する名称を言う必要がないのだ。つまり、私が『鑑定』を発動させて、交換対象を指定する。その後、相手を適当に言いくるめて何かの交換の了解をもらう。これで『バーターチェンジ』が成立し、交換できるというわけだ。

はじめは、私自身も訓練を重ねて、魔法やスキルを覚えていかないといけないけど、そこを乗り越えれば、私の望む魔法やスキルが手に入る。

転生先の異世界では、貴族、平民、奴隷といった身分制度もある。今後、どんなやつが相手でも、もう二度と人を信用しない。次の人生は自分の力で動き、欲しいものを奪い取ってみせると、自分自身に強く誓《ちか》った。

転生して最初に思ったのが、親がうっとうしいということだ。今は赤ちゃんだから面倒見ているんだろうけど、年齢を重ねていけば、私を注意したり罵倒《ばとう》したりするに決まっている。

案の定《じょう》、二歳あたりから想定通りの展開になった。私が行動を起こすと、八割は注意されてしまう。理由を説明しようとすると、「言い訳するな」とまた怒られる。夜になったら、毎回両親の喧嘩《けんか》が始まる。前世でこういったことには慣れていたので、普通に寝られた。

五歳になったとき、私は病気になった。病名は瘴気病《しょうきびょう》で、不治の病らしい。女神、これが私に対する仕打ちか。

この病気がキッカケとなり、何もかもが信じられなくなった。生きるためには、自分で道を切り開くしかない。

まずやったのは、病気の治療。両親がいないときに、街を散策《さんさく》すると、貴族らしい子供がいたから、『バーターチェンジ』で瘴気病《しょうきびょう》とそいつの『魔力感知』を交換しておいた。病気を交換した途端、私の身体が軽くなった。あのときの私はそれだけで有頂天《うちょうてん》となり、交換した子供のことを完全に失念していた。

病気が治り、大喜びで動き回ったせいか、数日後、風邪を引いてしまった。熱で意識が朦朧《もうろう》としている中、誰かの声が聞こえた。

『いつも注意ばかりして、ごめんね。でも、あなたを愛しているからこそ叱《しか》っているのよ。イザベルが平気だと思っている行動は、子供にとって危険なの。だから、注意するのよ。

早くよくなってね、私の可愛《かわい》い娘』
『ごめんな、イザベル。仕事で忙しくなって、互いにイライラしていた。子供の前で喧嘩《けんか》を見せちゃだめなんだ。もっと立派な親になってみせるから元気になってくれ。奇跡的に瘴気病《しょうきびょう》が治ったんだ。風邪も必ず治るさ。ずっと、どちらかがそばにいるから安心するんだ』
あのときの声を聞いてから、急速に安らかな気持ちになったことを覚えている。でも、風邪が治った後、私はあのときの言葉を幻聴《げんちょう》だと思っていた。

次なる私の目的は、聖女の称号を得ること。祝福が行われる日、必ず教会に出向き、祝福される前の子供たちを全員『鑑定』していった。こうした地道な作業を繰り返していき、ようやく聖女の称号を持つ女の子――シャーロットが現れ、私の計画は成功した。

聖女になった私は、内心盛大に喜んだ。国民が跪《ひざまず》き、私を敬《うやま》っていることへの優越感に溺《おぼ》れた。聖女になったことで、魔力量が大幅に上がったせいもあり、ますます調子に乗っていった。多少の問題は発生したけど、これ以降、私の生活は一変する。食事も豪華《ごうか》になり部屋も広くなった。何より、誰も私に対して注意しなくなった。人生薔薇色《ばらいろ》になった瞬間だった。

でも、たった二年で落ちぶれてしまう。

精霊からヒール系回復魔法を教えてもらったけど、回復にかかる時間が長いから一度も使わず、全ての患者をイムノブーストで治療してしまった。副作用のことは知っていたけど、聖女だから大丈夫と思っていた。

そんなこれまで犯してきたツケが、今、一気に私に押し寄せてきた。王国全土でのイムノブーストの副作用事件、宝物庫からの転移石の強奪、聖女シャーロットの転移、これだけの悪行を重ねれば、死刑は確実だ。

シャーロットに関しては、宇宙に飛ばすとは言ったけど、おそらく魔力が足りないだろうから、『遥《はる》か遠い場所、呼吸できないほどの上空へ』と願い、限界近くまで魔力を使った。場所をきちんとイメージしていれば、私も証言できたけど、これじゃあ嘘をついていると思われる。でも、全てを正直に話すしかない。

……こんな穏《おだ》やかな気持ちになったのは、いつ以来だろう。私の中から、何かが抜け落ちたような気がする。これも、全て私の隣で歩いているマリルさんのおかげだ。

マリルさんは私以上に悲惨《ひさん》な人生を歩んでいる。

でも私と違うのは、マリルさんは逃げずに多くの人たちと向き合ったことだ。

私は、学校で起こったことに対して、完全に諦《あきら》めていた。どうせ何を言ってもだめだと思い、それ以上踏み込もうとしなかった。

前世の両親に対してもそうだ。私は、きちんと向き合おうとしなかった。前世の両親に対しては、恨《うら》みしか残っていないけど、今の両親には、注意されただけで酷いことをされていない。

こうやって落ち着いて考えてみると、今世の私は、犯した罪からずっと逃げていたんだ。マリルさんのおかげで、それがよくわかった。今思ったことをマリルさんに打ち明けたら、私の身体が光り……声が聞こえた。

『その言葉を聞きたかった。今から教会に来なさい。そこで私の世界に案内し、いくつか質問しよう。その答え次第で、「バーターチェンジ」以外のスキルと魔法を解放してあげよう』

突然のことで驚いた。不思議と、この声の主がガーランド様だと認識できた。ガーランド様や精霊様に、きちんと謝罪しよう。そして、ここから新しい一歩を踏み出そう。

マリル編　9話　イザベルの疑問とマリルの絶叫《ぜっきょう》

教会でお祈りした瞬間、周囲の空気が変化した。目を開けると、ヨーロッパ風の二十畳《じょう》ほどの洋室にいた。私は、凄《すご》く柔《やわ》らかなソファーに座っている。壁に取りつけられている五十インチの液晶テレビが取りつけられ、またすぐ近くには色とりどりの花が入った高級そうな花瓶《かびん》があり、不思議と心が静まる。

「君の好みに合わせようと思って、少し改良した」

「え、いきなり人が⁉」

私の正面にあるソファー近くから、長い銀髪のイケメンが突然現れた‼

「驚かせてしまったか。私がガーランドだ」

この人がガーランド様？　いきなりのことで驚いたけど、きちんと挨拶《あいさつ》しておかないと。

あ、私、座ったままだ。さすがに、失礼よね。立たないと。

「は、はじめまして、イザベル・マインと言います」

「心が落ち着いているおかげで、負の感情を制御できているね」

感情の制御？　確かに、これまでにないくらい心が軽い。今なら――

「ガーランド様、どうしても聞いておきたいことがあるんです」

「心の中に抱えている疑問を全部吐き出してみなさい。立っているのも疲れるだろう？座って、落ち着いて話そう」

ガーランド様が座ったことで、私もソファーに座らせてもらった。

「ずっと思っていたことなんです。どうして、私を瘴気病《しょうきびょう》を持った女の子に転生させたんですか？」

「もっともな質問だね。答えは、君が『全言語理解』と『バーターチェンジ』を持っていたからだ」

「え、その二つがあるからですか？」

『バーターチェンジ』はわかるけど、『全言語理解』は瘴気病《しょうきびょう》とどんな関係があるの？

「記憶を持ったまま転生する者の場合、サービスとして『全言語理解』を必ず付与している。『全言語理解』は、人間だけでなく、あらゆる種族の言葉がわかる。そして、地球の女神が作った『バーターチェンジ』に関しては、交換したい魔法やスキルを言葉に出す必要がない。この二つを揃って持っていたからこそ、そんな境遇の女の子に転生してもらったんだ。前世の記憶がある君だからこそ、発病する五歳の時点ですぐに気づくと思っていた」

どういうこと？　すぐに気づく？　何に？

「簡単なことだ。両親にユニークスキルのことを話し、Fランクダンジョンに連れていってもらう。ダンジョンにいるゴブリンと適当に話し、『バーターチェンジ』で瘴気病《しょうきびょう》とゴブリンのスキルを交換するのさ」

あ……ああ‼　『全言語理解』の機能を勘違《かんちが》いしていた。五歳の時点で、機能をきちんと理解していれば、すぐにでも解決できていたんだ。それなのに私は……

「申し訳ありません。０歳から異世界の人間の言語を理解できるスキルだとばかり思っていました」

「瘴気病《しょうきびょう》を持った女の子に転生させたのは、正直すまないと思っている。君以外の者で瘴気病《しょうきびょう》を治せる者は、あと一人いた。だが、既に転生済となっていたため、君となったわけだ」

自分のことばかり考えていたせいで、どうしてこの子に転生させたのか、その意図を深く考えなかった。私は自暴自棄《じぼうじき》になって、貴族の子供が持つ『魔力感知』と瘴気病《しょうきびょう》を交換してしまった。

「そうだ‼ 瘴気病《しょうきびょう》を移した女の子は、どうなりましたか？」

「安心しなさい。とある女性に助けられて、今は元気に過ごしている。なくしてしまった『魔力感知』も、治療後には復活している」

よかった〜。

「今回の事件、元を辿《たど》れば私にも責任がある。私自身が転生前に君に会い、きちんと話しておくべきだった。それをしなかったのは、私のミスだ。本当にすまなかった。だが、イザベルにも責任がある。それはわかるね」

ガーランド様が優しい口調で私に語ってくれている。神様の謝罪が、私の心に染み込んでくる。

「はい、わかります。私が、人や精霊様の忠告を無視したために起こったことです。私のせいで、多くの人たちが亡くなりました。王国の人たちは私を恨《うら》んでいるでしょう。全てを受け入れる覚悟はできています」

もう自分の罪から逃げちゃだめだ。この先は、亡くなった人たちのためにも、国に尽くしたい。

「力強い意思を感じる。君への質問は取りやめだな。それと、君は死なせない。生きて罪を償うんだ。ただし、これから困ったことが発生した場合、必ず信頼できる誰かに相談すること、両親や多くの人と接する際は、冷静に相手を見ることが大事だ。これを守れるかな？」

「はい、守ります‼」

「いい返事だ。イザベル、『バーターチェンジ』以外のものを解放しよう。そして、国王と教皇にある神託を与える。君には――」

ガーランド様が言った神託、それは驚嘆《きょうたん》に値するものだった。

〇〇〇

私――マリルの横にいるイザベルの祈りが終われば、新たな神託が下《くだ》される。別邸には、まだジーク様やエルサ様、ラルフ様も滞在しているから、シャーロット様の生存も伝わるだろう。あとは、国王陛下が王国全土の人々に今回のことを発表すれば、事件も終息《しゅうそく》するはずだわ。

「お祈り、終わりました」

終わった‼　結果はどうなった？

「ガーランド様は、お許しになってくれた？」

「ガーランド様は『心の中に抱えている疑問を全部吐き出してみなさい』と言ってくれました。私は、神様とか関係なく、今まで溜《た》め込んでいたものを全て話しました。……そして、叱《しか》られました。でも、不思議なんです。どこか優しく包み込んでくれるかのような叱《しか》られ方でした。不満や悩みを抱え込んでいたら、行動を起こす前に、誰かに相談することが一番大事だと言われました。注意を受けた場合は、それをきちんと受け止め、どうして注意されたのかを考えて対処すればいいと仰《おっしゃ》ってくれました」

どういう心境の変化なのか、とにかく素直になっているのはいいことだわ。

「話し合いの結果、どうなったの？」

「ユニークスキル『バーターチェンジ』以外の封印を解除してくれました。ただ、『イザベル・マインという人物は処刑しないといけない』と言われました」

ううん？　どういうこと？

「エルディア王国内で亡くなった人たちは、合計百九十八人になるそうです。一人の子供の過《あやま》ちで、これだけの人数が亡くなってしまった。たとえ子供であっても、大罪を犯したイザベル・マインという人物を処刑しないと、国民の反発を抑えられないそうです」

　そりゃあ、当然よね。

「だから『宝物庫にあるオーパーツを使い、イザベル・マインを処刑したという幻を国民たちに見せ、イザベル自身は名前と姿を変化させて、善行を重ねていきなさい。宝物庫には、幻惑魔法「トランスフォーム」が組み込まれたオーパーツのネックレスがあるから、それを常時身につけて生活しなさい』と言われました。神託としては『聖女シャーロット様の生存と今言った内容』を、明日の朝までに国王陛下と教皇様の二人に直接下《くだ》すそうです」

　なるほど、さすがはガーランド様だ。それが一番無難《ぶなん》な方法かな。幻惑魔法には、『幻夢』と『トランスフォーム』の二種類ある。

　幻夢は、周囲に幻を見せたり、自分を違う姿に見せかける魔法だ。

　トランスフォームは、幻夢の上位に相当し、幻ではなく、自分や相手の姿を本当に変えてしまう危険な魔法だ。シャーロット様からは、トランスフォームだけは習得しないようにきつく言われている。

　ただ、アストレカ大陸の人間は、この幻惑魔法を魔物専用と思っており、誰も使用できない。どちらも悪用される危険性が大きいので、私から周囲の人たちに話すつもりはない。

「その方法でいいと思う。ただ、イザベルにとっては、騎士団に連行され牢屋《ろうや》に入ってからが、本当の試練の始まりとなるわ。王城に到着するまでは色々と言われるから、覚悟しておきなさい」

「はい‼」

イザベルは、覚悟を決めたようね。

○○○

ルリビアの騎士団の詰所《つめしょ》に入り、「イザベルを確保しました」と報告したとき、騎士団全員が笑っていた。男の子に変装しているのだから当然よね。私が男の子の右手に嵌《は》めている指輪をゆっくり外し、男の子がイザベルへと姿が変化すると、笑い声が止まり、空気が凍《こお》った。

ここからが大変だった。騎士団の中に、親類を亡くした人がいたらしく、四人がイザベルに殴《なぐ》りかかろうとしたのだ。なんとか他の者全員で止めて事なきを得たが、正直危なかった。

そしてすぐさま、イザベルは犯罪者用の魔封じの牢屋に連行された。牢屋に入れられてからも、騎士団員たちはイザベルに「亡くなった人たちに詫《わ》びろ」と責《せ》め立てた。私は、この行為を止められない。私自身、シャーロット様を目の前で転移させられたのだから。

ずっと見ているのも辛《つら》いので、私はハサン先生がいる診療所に移動した。

ハサン先生は、医師の国家資格を持っている。ヒール系回復魔法が確立されたとはいえ、全員が習得できるわけではないし、消費MPも高い。そのため、魔法以外の方法で身体を治す医師という職業が、とても重要だ。だからハサン先生は、イザベルの捜索には加わらず、このルリビアの街にいる病人の治療にあたっていた。そのハサン先生は別室で診療中であったため、休憩《きゅうけい》室で寛《くつろ》いでおくことにした。

「——マリル帰ってきたんだな。何か進展があったのか？」

あ、早い。まだ十五分くらいしか経過していないのに。

「イザベルを確保しました」

「なにーーーーー⁉　この街に来て、まだ三日も経っていないぞ‼」

「私はイザベルの気配を覚えていると言ったじゃないですか。少し時間がかかりましたが、彼女の説得にも成功しました。今は、大人しく魔封じの牢獄《ろうごく》に入っています」

「説得もできたのか。あ、じゃあ、あれはどうした？」

ハサン先生のいうあれとは、イザベルが盗んだものを指している。一般人たちもいる場所で、詳細な名前を言えないか。

「私のマジックバッグに入っています。確認をお願いします」

「わ、わかった。先に仕事を終わらせるから少し待ってくれ」

ハサン先生は仕事の途中で顔を出しただけだったようだ。その後、私も治療を手伝い、今日の仕事を終わらせてから宿屋へ移動した。そして、今日起きた出来事をハサン先生に伝える。

「毎回マリルには驚かされるな。あのイザベルを改心させるとは」

「私は思ったことを言っただけなんですけど、それが心に響いたみたいです」

「内容を聞いた限り、普通の人ではそんな叱《しか》り方はしないだろう。イザベルのことを真剣に思ったからこそ言える言葉だな。マリルがイザベルを改心させたことで、ガーランド様も特別にシャーロット様の生存を知らせてくれたんだ。よかったじゃないか」

「そうなんです‼　ガーランド様が直接教えてくれたんですよ、感激です‼　どこにいるかまでは教えてくれませんでしたが、元気に生きてこちらに戻ってくる方法を模索しているようです」

ガーランド様の声を初めて聞けた。新たに貰《もら》ったユニークスキル『千里眼』は遠方の場所を鮮明に見られるけど、遠方になればなるほど、魔力消費が激しくなると記載されていた。このスキルは、転移にも役立てる。

「その言い方だと、まるで陸路や海路は使えないから、別の手段で帰る方法を探しているように聞こえるが？」

「そこまではわかりません。早く戻って、ジーク様やエルサ様に自分の口で報告したいです」

「神託で知らされているだろうから、焦《あせ》る必要はない。ただ、マリル自身は王都に戻ってからが大変だぞ。いや、明日の朝から大変かもしれんな」

「は？　なぜですか？」

「いや、わからないならいい。明日の朝になればわかるだろう」

なんか、意味深《いみしん》な言い方ね。

詰所に戻り、ルリビア騎士団との話し合いの結果、今日はこの街で泊まり、明日の朝出発となった。手続きなどがあったので、全員で少し遅い夕食をとることになったけど、問題は食べ終わった後にやってきた。

どうやって、男の子に変装したイザベルを簡単に見つけたのか、質問攻めにされたのだ。

手練《てだ》れともなると、完璧な変装で気配を偽ることもできる。でも、その人の中にある魔力の色や質は変えられない。相手を探るとき、『気配察知』だけに頼るのではなく、魔力系のスキルと併用していけば、偽りの気配や魔力の質で悪人かも見破ることが可能――と、シャーロット様に教えられていた。

おかげで、ステータス欄《らん》の偽装《ぎそう》を見破ることが可能な『看破』と、変装を見破ることが可能な『識別』を習得することに成功していたのだ。どちらも、レベル6だ。

これらのことを話し、実際に基礎スキルのレベルが比較的高いルリビア騎士団の隊長さんに実践《じっせん》してもらったら、四つのスキルレベルが4から6へと跳ね上がった。同時に、レベル3の『看破』と『識別』を習得したことで、隊長さんは狂喜乱舞《きょうきらんぶ》していた。

当然、この後は他の騎士たちにも教えていったので、寝るのが深夜になった。

〇〇〇

「ふあ〜、ハサン先生おはようございます」

「マリル、眠そうだな」

「眠いに決まってます‼　夕食後、騎士たちに、変装した相手を見破る方法を教えていったんです。結局、寝たの深夜ですよ‼」

「わかっていると思うが、それ全部君のせいだから。それにしても、私と知り合ってから怖ろしい速度で、実績を上げていくな。あの件もあるし、王都にいる間はゆっくり休めないと思うぞ」

あの件？　昨日も似たようなことを言っていたわね。

「あの件というのは、なんですか？」

「それは、王都に到着してからわかることだ。私も、実際どうなっているのかわからん」

気になる言い方ね。王都に戻ったら、何か起こるのだろうか？

全ての準備を整え、私とハサン先生はイザベルのいる大きな馬車に乗った。幌《ほろ》の中にいようと思ったけど、なぜか国民に見える位置にいて欲しいと騎士団の隊長に言われたので、私だけ運転席の隣に座った。そして、いざ出発となり大きな道を出ると、大歓声が上がった。

「うおぉぉぉぉぉーーーーーーーーー」

「マリル様〜〜、ありがとうーーー」

「憎《に》っくきイザベルを捕まえてくれてありがとうーーーーー」

「マリル様〜〜、こっち向いてーーー」

「マリル様〜、スキルを教えてくれてありがとうーーーー」

なんじゃこりゃあ〜〜！！！　なんで、みんな私の名前を連呼《れんこ》しているの？　マリル様って、私は普通の平民だよ⁉　イザベルを捕まえただけなのに、なぜ？

「その様子だと、わかっていないな？」

「あの、なぜなんでしょう？」

そういえば、今は馬車の中から話しかけているハサン先生が、今朝《けさ》から騒がれると言っていたわ。

「ルリビア騎士団が変装を解いていたイザベルを見つけた。しかし、不手際《ふてぎわ》が発生したことで見失ってしまう。そんなほぼ絶望的な状況から、君は変装したイザベルを見つけ出した。しかも、君は変装を簡単に見破る方法をルリビア騎士団に無償で教えた。おかげで、レアスキル『看破』と新型スキル『識別』の入手方法もわかった」

新型って、『識別』は古くからあると聞いているんだけど。今は失われている？

「しかも、『看破』と『識別』を入手する際の訓練で、魔力や気配系のスキルレベルを底上げできることもわかった。この成果は、エルディア王国にとっても素晴らしいことなんだ」

全部、シャーロット様から教わった知識でやったことなのに!?

「私の持っている知識は、元々はシャーロット様経由で精霊様が教えてくださったことなんですよ。なんで、みんな知らないんですか？　これまでの聖女様は教えてくれなかったのですか？」

「属性付与の新規使用法の開発、その上位スキルである『武器強化』、初級魔法の応用、『看破』と『識別』、これらを習得した武闘派な聖女がいるわけないだろう」

あ、納得。そんな聖女がいるわけないか。

「あの〜もしかして、王都にいる王城騎士団の人たちにも教えるのでしょうか？」

「当然だな。神託の件もあるから、帰ってから忙しくなるぞ」

嘘～⁉

「私は、普通のメイドなのに⁉」

「一週間でCランクになって、数々の実績を打ち立てているメイドが、普通なわけないだろ‼　そのうち、なんとかのメイドとか、二つ名で呼ばれる日が来るだろうな」

いや～～～‼

絶叫《ぜっきょう》を上げつつ、私たちは王都へと戻っていった。

マリル編　エピローグ　凱旋《がいせん》

ついに、王都が見えてきた。なぜか、私だけ馬車から馬に乗り換えるよう言われた。王都の正門に行き、入場のチェックを受け、王都へと入ると――王城へと続く道沿いに、大勢の人たちがいた。

「うおおぉぉぉぉーーーーマリル様～～～～～～」

「マリル様～～、ありがとうございますーーーー」

ひいいぃぃぃぃぃーーーー‼

「この様子だと、あの事件が滞《とどこお》りなく終息し、大成功したようだな。マリル、訳がわからないだろうが、一応笑顔で手を振っておけ」

えー、どういうこと？ あの事件ってなんのこと？

「わ、わかりました。もう、なるようになれです」

「やっと観念したか。それにしても、凄《すご》い騒ぎようだ。私たちが発表した論文が、冒険者だけでなく、一般人にも広まったのかもしれん」

ハサン先生、私に内緒で何かやったわね。とにかく、私は笑顔で、人々に手を振ろう。

少しずつ進んでいくと、簡易型通信機に反応があった。

『マリル、ガーランド様の神託は、国王陛下から私も聞いた。そちらでの任務内容も聞いている。イザベルを確保し、改心させるとは驚いたよ。よくやった』

この声は、ジーク様だ。

『ジーク様、ありがとうございます。ところで、この騒ぎは一体何なんでしょうか？ イザベルを確保しただけなのに、いささか大袈裟《おおげさ》ではないかと思うのですが？』

『そうか、ハサン先生から何も聞いていないか。なら、教えてあげよう。マリルたちが出発する二日前、王都周辺の森林から、瘴気溜《しょうきだ》まりが一ヶ所観測された』

瘴気溜《だ》まり？ ……確か魔物が大発生する前兆《ぜんちょう》だったはず。

『まさか、魔物が大発生したとか？』

『そうだ。イムノブースト事件が完全に終息していない中、魔物の大群《たいぐん》が今の王都に押し寄せてきたら、混乱が起こり、壊滅する危険性が高い。ハサン先生は、すぐさま王城の会議場に、我々貴族や騎士団の隊長、そして高ランク冒険者たちを呼び寄せて、ある研究発表をした』

研究発表？　その状況下での発表内容となると……

『内容は、身体への属性付与や「武器強化」、初級魔法の応用ですか？』

『そうだ。武器への属性付与は、世に知られているが、発表した【身体への属性付与】【武器強化】【初級魔法の応用】の三つはアストレカ初だ。スキル所持者の強さを大きく引き上げしてくれる画期的なものであったため、みんな、喜んでいたぞ』

ハサン先生が発表した割に、私の名前ばかりが連呼されているのはなぜ？

『魔物大発生はどうなったのでしょうか？』

『三百体ほどの魔物が発生したが……我々の大勝利となった。しかも、死者がゼロだ』

死者ゼロ!?　そんな馬鹿な!!

『昨日の夕方、全てが終息したのだが、イムノブースト事件で、国民全員が憂鬱《ゆううつ》になっている。そこで、少しでも気持ちを盛り上げるため、国王陛下は人々に、魔物大発生が起こり、死者ゼロという奇跡的大勝利となったことを伝えた。さらに、大勝利に導いた最大の功労者がマリルであることを、大々的に発表したんだ』

国王陛下〜〜、あんた、なんてことをしてくれたのよ〜〜。私の平穏《へいおん》が〜〜〜!!

『まだ続きがあるぞ。今日の朝、そんなマリルがイザベルを確保したことを発表したのもあって、こんな騒ぎとなったわけだ』

これじゃあ、完全に英雄扱いだわ。

『事情はわかりました。私の知らないところで、とんでもないことが起きていたのですね』

『マリルたちの凱旋《がいせん》だ。多くの人々からの賞賛を浴びながら、王城に来るといい。俺もエルサも待っているぞ』

『わかりました。知らせていただき、ありがとうございます』

……私の平穏が、完全に崩れたわ。

「ハサン先生、ジーク様から通信がありました。何か隠していると思っていましたが、私に知らせず、あの三つを発表していたんですね」

「発表はしたが、発見者と開発者の名前は、マリルにしてある。君も、これで研究者の仲間入りだ。今日のことで、完全に顔を覚えられたぞ」

「嬉しいようで嬉しくないような……複雑な気分です」

私たちは国民たちに手を振りながら、少しずつ前進していき、王城に辿《たど》り着いた。

〇〇〇

王城に到着すると、すぐにイザベルは牢獄《ろうごく》へと連行された。

私とハサン先生は、今回の報償《ほうしょう》を受け取るため、国王陛下がいる謁見の間《えっけんのま》へ通されることになった。一応、国王陛下に対しての礼儀《れいぎ》作法はさっき聞いたけど……不安だわ。

「マリル、そう緊張するな」

「相手が国王陛下なら、誰だって緊張します。ハサン先生は、なんで平気なんですか？」

ここは王城なんだから、控《ひか》えめな声にしておかないと。

「私は一応侯爵《こうしゃく》だからな。それに国王と教皇と私は、学生時代からの友人だ。公の場以外では、普通にタメ口で話している仲だ。かなりの頻度《ひんど》で会っているから、緊張なんかせんな」

この人、侯爵だったの⁉　しかも、国王陛下や教皇様とは、友人⁉　どうりで、堂々としていると思った。ああ、ついに謁見《えっけん》の間《ま》の扉が開かれた。

扉の向こうには、中央奥の玉座《ぎょくざ》に国王陛下がいる。隣に座っておられるのは王妃様だわ。近くには、ジーク様やエルサ様もいる。他の貴族の方々も含めて、みんな笑顔だ。

教えられた通り、ハサン先生とともに入場していき、国王陛下の前で片膝を立てて、頭を低くした。初めて国王陛下を目の前で見たわ。ハサン先生と同い年のはずだけど、纏《まと》っている雰囲気《ふんいき》が全然違う。

「マリル・クレイトン、スキルと魔法の新たな発見と改良、また冒険者や騎士たちへの技術指南《しなん》、イザベル発見の迅速《じんそく》な確保、此度《こたび》の働き、実に見事である。報酬《ほうしゅう》として、白金貨百枚（約一千万円相当）を授与《じゅよ》する」

は？　白金貨百枚‼　あ、ハサン先生に軽く肘打《ひじう》ちされた。

「あ、ありがとうござい……ます。ありがたくちょうだいいたし……ます」

怖ろしい金額の報酬を貰《もら》ってしまったわ‼

「今回、マリルが発見開発した三つの技術が、プロミス侯爵から冒険者や騎士団に伝わったことで、魔物大発生に死者を出すことなく対処できた。また、ルリビアの騎士団も精鋭揃いではあるが、イザベルの変装を見抜けなかった。しかしマリルは簡単に見破ったと聞く。その技術を王城騎士団にも伝授《でんじゅ》してもらいたい」

それって、『看破』と『識別』を伝授しろってことよね？　私たち人間にとって、『看破』はレアスキル、『識別』は新スキル。どちらも警護する側にとっては、極めて重要なものだわ。

「私が持っている技術でよろしければ、喜んで伝授いたします」

「マリルよ、感謝するぞ」

……なんとか国王陛下との謁見《えっけん》を終わらせたと思って安心したら、私とハサン先生は豪華な広い部屋へ通された。

「ハサン先生、事前に言ってください。いきなり謁見《えっけん》で、怖ろしい額の報酬を貰《もら》ってしまったじゃないですか‼」

「いや～事前に言うと絶対に断るだろ？　あの場で拒否《きょひ》なんかしてみろ、国王陛下のメンツを潰《つぶ》すことになりかねんからな。それなら黙っておいた方がいいと思ったのさ」

うっ、確かに事前に言われていたら、適当な理由をつけて断っていた可能性があるわね。

そういえば、まだイザベルの今後も聞いていない。そして、この部屋は豪華過ぎる。……ということは？

「まさかとは思うんですが、ここに国王陛下が来られるなんてことは――」

そのとき、ドアが開かれた。現れたのは、国王陛下、ジーク様、エルサ様だった。

「マリルよ、わかっているじゃないか」

「国王陛下‼」

「謁見《えっけん》の間《ま》でないのだから、普段通りにしていいぞ。俺も、あの喋《しゃべ》り方は疲れる」

陛下⁉　国のトップが目の前にいるのに、普段通りにできません‼

「ブライアン、無茶を言うな。平民の女性がこんな状況になったら、固まるに決まっているだろう」

ハサン先生が国王陛下を名前で、しかも呼び捨てで呼んでる～。

「ハサン、マリルが口をパクパクしているぞ。俺たちの関係を言ってないだろ？」

「いや、さっき言ったんだが……」

事前に聞いてはいたけど、本当にタメ口で話しているなんて……

「聞いていましたけど、ここには私やジーク様やエルサ様もいますから、普通にタメ口で話すとは思わなかったんです‼」

「別に良いだろ？　ジークとは、結構会っているから問題ない」

先生！　それも事前に言いなさいよ‼　それに、身分的にはジーク様よりも下でしょうが‼　ジーク様も苦笑いだし。

「まあ、緊張もほぐれたからいいだろう。立ち話も疲れるから、全員座って話すとしよう」

この部屋には、細かな紋様《もんよう》がデザインされたテーブルやソファが用意されている。国王陛下、ジーク様、エルサ様が座ると、テーブルを挟んだ対面のソファに私とハサン先生が座った。

「ブライアン、アドルフはやはり来られなかったか？」

「あいつは教皇だ。今は、イザベルに会いに行っている。それに、ガーランド法皇国の法皇猊下《げいか》から招聘《しょうへい》されている。こういった私的な場では、当分会えんだろう」

アドルフ？　それが教皇様の名前なんだ。

「マリル、イザベルを改心させたこと、心から感謝するぞ。我々もイザベルの処分に迷《まよ》っていた。彼女は、通常の人間の限界である魔力量250を超えている。このまま処刑するのは、惜《お》しいと思っていた。そこに、ガーランド様からの神託だ。また、国民には聖女シャーロットの生存を発表したが、専属メイドのマリルの活躍も同時に発表したことで、王都に活気が戻った」

国王陛下に褒《ほ》められる日が来るとは思わなかったわ。

「私は、イザベルに自分の過去を話しただけなんです。彼女も何か思い詰めていたのか、抱え込んでいたものが一気に解消されたこともあって、性格もかなり変化しました」

「ならば、神託通りに変装させても問題あるまい。幻惑魔法トランスフォーム。姿そのものを変化させるため『識別』でも判別不可能と、ガーランド様は仰《おっしゃ》っていた。神託内容に関してだが――」

国王陛下から神託の内容を聞くと、イザベルから聞いたものとほぼ同じで、シャーロット様の生存とイザベルの対処方法についてだった。ただ、イザベルがまだ七歳ということも考慮して、処刑は公開ではなく、王城の一角で慎《つつ》ましく執行《しっこう》されることが決定した。

またイザベルの両親にだけは、事情を全て説明し、王都から出ていってもらう手筈《てはず》となっている。このことを知っているのは、イザベル、私、ジーク様、エルサ様、ハサン先生、国王陛下、王妃様、教皇様の八人のみ。

その後、イザベルの処刑方法や幻の見せ方など詳細に議論された。

処刑に関しては、確実に死んだということをわからせるために、貴族、商人ギルド、冒険者ギルド、一部の平民に代表して各五名ほど来てもらい、この人たちの前で行う形に落ち着いた。

幻に関しては、国宝の一つであるオーパーツ『幻惑灯』を使うことになった。『幻惑灯』は鉱山から発掘《はっくつ》されたらしく、埋め込まれている魔石に見せたい幻惑を強くイメージしながら、魔力を充填《じゅうてん》する。効果範囲を大きくすればするほど、魔力も多く必要とされるそうだ。準備が整った後は、幻惑を見せたい場所に配置するだけとなる。今回は、ここにいるメンバーだけで、魔力を充填《じゅうてん》することになった。

こうして全ての準備が終わり、ジーク様とエルサ様と馬車に乗り、三人だけになったところで、私はエルサ様に抱きしめられ、お礼を言われた。ジーク様にも、あらためて褒《ほ》められた。別邸に戻ってからも、同僚からも褒《ほ》められた。なんか褒《ほ》められてばかりで、物凄《ものすご》く恥ずかしかった。

○○○

……慌《あわ》ただしく日々が過ぎていき、イザベルが処刑される日が訪れた。

処刑時間は、昼の三時。現在は昼の二時、私だけが王城に呼び出され、二階にある一般の客室に通された。私を案内してくれたメイドも、要件を知らされていなかった。おそらく、オーパーツで変装したイザベルが来るのだろう。

処刑後のイザベルは、国宝のオーパーツ『幻惑虚実』を常時身につけておかないといけない。幻惑魔法『トランスフォーム』が内蔵されているため、外見からイザベルだとは絶対にばれない。名前と姿を変えて『聖女代理』という形で、教会に住む予定となっているから、その挨拶《あいさつ》ってところかしら？

ただ、トランスフォーム後の姿は、私も知らない。別れる前、イザベル自身は、どんな姿に変装するのか、既に決めていたようだけど。何かあてでもあったのだろうか？　しばらく寛《くつろ》いでいると、コンコンとドアが鳴った。部屋に入ってきたのは――

「マリルさん……この姿なら問題ないでしょう？」

「え……まさか……イザベル？」

驚きのあまり、ソファから立ち上がった。

「はい」

イザベルと同じ七歳くらいの可愛《かわい》い女の子だわ。髪が茶色で、少し波打っているような感じがする。元の姿は、眉や目も少しきつめの印象だったけど、今は顔全体が温和で素朴だ。

「凄《すご》い……元の姿と似ても似つかない。絶対にばれないと思うわ」

「よかった。マリルさんでわからないのなら、他の人たちでも大丈夫ですね」

「それって、誰をイメージしたの？」

「安心してください。この世界には、存在しない人ですから」

存在しない？　既に亡くなっている人物ということかしら？

「私も姿を見て驚いた。ここまで明確にイメージできるとは、イザベルも魔法の才能があるようだ」

入ってきたのは、ハサン先生だ。

「マリルさん、フレヤ・トワイライトという名前になりました」

それが、イザベルの新しい名前ね。これからは、フレヤとして生きていくのね。

「フレヤ……か、いい名前じゃない。これからよろしくね」

「はい」

「両親とは、お会いしたの？」

その途端、イザ――フレヤは悲しそうな表情に変わった。

「今日の朝、元の姿で会いました。いっぱい、いっぱい謝りました。罪で穢《けが》れた自分を……二人とも……私を愛していると……いっぱいいっぱい抱きしめて……くれました。姿が変わっても……ずっとずっと愛していると言ってくれました。私が……私が……」

フレヤが大粒の涙を流している。私は、そっと彼女を抱きしめてあげた。

「和解《わかい》したのね。よかった」

「マリルさんのおかげです。……ありがとうございます。両親は……私と別れた後、すぐに王都を出ていきました」

娘の処刑を見られないわよね。それに、もうこの街には住めない……

「さあ、私とマリルは、処刑場に行くぞ。フレヤは、どうする？」

「聖女代行として、イザベルとして、自分の最期《さいご》を見届けます」

自分で自分の処刑を見届ける。彼女自身が、かつての自分から脱却しようとしているのね。処刑場には、既に王族や貴族、教会関係者、各代表者たちが集まっていた。

今から行われるのは、全て幻だ。でも現実味を持たせるために、イザベルも処刑する騎士（ハサン先生）も事前に何度も何度も、ここで処刑される場面を演技した。私たちもそれを見て、イメージを強化させていった。実際に幻惑灯を発動させてもいる。

騎士がイザベルを連れてきたとき、物凄《ものすご》い罵声《ばせい》が飛んできた。最小限の人数で行《おこな》っていても、この罵声《ばせい》か。たとえ子供であったとしても、大きな罪を犯した以上、処刑は免《まぬが》れない。

――そして、一人の騎士の手によって、イザベルの首が胴から斬り離された。

自分でイメージしていてなんだけど、これが幻とは思えなかった。私自身、身体が震えている。このオーパーツが、使用禁止になるのがわかる。

フレヤも、教会関係者たちの隣で、この光景を見ている。自分がどれだけの大罪を犯したのか、あらためて実感しているだろう。

イザベルは死に、フレヤとして生まれ変わった。フレヤも、ここから新たな人生を歩むことになる。そして、私も長距離転移の研究に着手できる。

シャーロット様、マリルは必ずあなたを探し出してみせます。待っていてください。

あとがき

この度は文庫版『元構造解析研究者の異世界冒険譚2』を手にとっていただき、誠にありがとうございます。作者の犬社護です。二巻からは、舞台がハーモニック大陸に移ります。地球でも大陸自体が異なると、そこに生息する動物が全く異質なものになるので、どういった種族や動物、魔物を登場させるか悩みました。

しかし、せっかく神様経由で地球との縁《えん》を残しているわけですから、地球繋がりのものを用意しようと考えました。そこで登場させたのが、『ザウルス族』です。物語は、ジストニス王国に住む魔鬼族とザウルス族ネーベリックとの間に、とある関係性を持たせて組み立てていきました。

それは、《ある目的を遂行《すいこう》するために彼を百年間利用してきた一部の魔鬼族》、《その復《ふく》讐心《しゅうしん》から殺戮を繰り返すネーベリック》、《家族を食われ仇《かたき》を討つため奔走《ほんそう》するケルビウム山に住む他種族たち》、《シャーロットがこの三角関係に入り込むことで、どんな現象を引き起こすのか》の四点です。これらの要素を主軸《しゅじく》に物語を進めていき、殺伐《さつばつ》とした展開にならないよう、マスコットキャラクターとして、前半ではザウルス族のレドルカ、後半からはクロイスを登場させました。ほのぼの感やホラー要素をスパイスとして添加《てんか》したのですが、お楽しみいただけましたでしょうか？

また、シャーロットの冒険を読み進めるに従って、エルディア王国にいるイザベルの動向が気になる読者もおられると思い、終盤《しゅうばん》はマリルを主人公にして物語を進めました。ただ、作者としては読者の皆様が、イザベルの末路《まつろ》に納得されているかどうか、少し気掛かりではあります。

前世にて不運な運命を辿った女性が神様と出会い、チートスキルを貰ったにも関わらず、なんの事情も聞かされない状態で、子供の時点から重い病気に侵されてしまったら、性格も歪んでしまうでしょう。こうなった要因に、いい加減な神ガーランドが間接的に絡んでいるため、腹立たしい気持ちを持った方もおられるかもしれませんね。この神様、自分で気づかぬうちに色々とやらかしており、今後それらがシャーロットの冒険に影響を与えてきます。

彼女のハーモニック大陸での冒険譚は、始まったばかりです。天衣無縫《てんいむほう》の強さを手に入れた彼女が、ここからどんな行動を起こすのか？　彼女の仕出かす些細なやらかしが、多くの人々を翻弄《ほんろう》させていくことになります。

それでは、次は第三巻でお会いしましょう。

二〇二二年二月　犬社護

「銀座編」開幕!!
累計630万部(電子含む)突破!
ゲートSEASON1〜2
大好評発売中!
漫画
最新20巻
12月16日刊行!
※地域によって流通が遅れる可能性があります。
SEASON1　陸自編
単行本
●本編1〜5/外伝1〜4/外伝+
●定価:本体1,870円(10%税込)
文庫
●本編1〜5〈各上・下〉/
外伝1〜4〈各上・下〉/外伝+〈上・下〉
●各定価:本体660円(10%税込)
漫画
漫画:竿尾悟
●1〜19(以下、続刊)
●各定価:本体770円(10%税込)
SEASON2　海自編
単行本
●本編1〜5
●定価:本体1,870円(10%税込)
文庫
●本編1〜3〈各上・下〉
●各定価:本体660円(10%税込)

大ヒット
異世界×自衛隊
ファンタジー
ゲート0《ゼロ》
GATE:ZERO
自衛隊
銀座にて、
斬く戦えり
〈前編〉
柳内たくみ
Yanai Takumi
ゲート始まりの物語
「銀座事件」が小説化!
20XX年、8月某日——東京銀座に突如『門（ゲート）』が現れた。中からなだれ込んできたのは、醜悪な怪異と謎の軍勢。彼らは奇声と雄叫びを上げながら、人々を殺戮しはじめる。この事態に、政府も警察もマスコミも、誰もがなすすべもなく混乱するばかりだった。ただ、一人を除いて——これは、たまたま現場に居合わせたオタク自衛官が、たまたま人々を救い出し、たまたま英雄になっちゃうまでを描いた、7日間の壮絶な物語——
銀座崩壊!
630万部!
●ISBN978-4-434-29725-0 ●定価：1,870円（10%税込） ●Illustration：Daisuke Izuka

ネットで人気爆発作品が続々文庫化！

アルファライト文庫 ALPHAPOLIS ライト 大好評発売中!!

劣等貴族、迫害を受ける亜人と共に左遷
領民ゼロの大荒野を……
神話の魔法で
のけ者達の楽園《ユートピア》に！

変わり者と呼ばれた
貴族は、辺境で自由に
生きていきます 1

塩分不足 *enbunbusoku* illustration riritto

落ちこぼれ領主がチート能力で大地を再生!?
『変換魔法』で仲間達と辺境に理想の街を築く！

名門貴族グレーテル家の三男・ウィルは、魔法が使えない落ちこぼれ。それによって幼い頃に父に見限られ、本宅から離れた別荘に追いやられてしまう。そんなウィルも十八歳になり、家の慣わしで自分の領地を貰うことになったのだが……父から与えられたそこは、領民が一人もいない劣悪な荒野だった！　ネットで大人気の超サクサク辺境開拓ファンタジー、待望の文庫化！

文庫判　定価：671円（10％税込）　ISBN：978-4-434-29872-1

アルファライト文庫

この作品に対する皆様のご意見・ご感想をお待ちしております。

おハガキ・お手紙は以下の宛先にお送りください。

【宛先】

〒150-6008 東京都渋谷区恵比寿 4-20-3 恵比寿ｶﾞｰﾃﾞﾝﾌﾟﾚｲｽﾀﾜｰ 8F
（株）アルファポリス　書籍感想係

メールフォームでのご意見・ご感想は右のＱＲコードから、
あるいは以下のワードで検索をかけてください。

アルファポリス　書籍の感想　検索

ご感想はこちらから

本書は、2018 年 1 月当社より単行本として
刊行されたものを文庫化したものです。

元構造解析研究者《もとこうぞうかいせきけんきゅうしゃ》の異世界冒険譚《いせかいぼうけんたん》 2

犬社護（いぬや　まもる）

2022年 2月 28日初版発行

文庫編集－中野大樹／宮田可南子
編集長－太田鉄平
発行者－梶本雄介
発行所－株式会社アルファポリス
〒150-6008東京都渋谷区恵比寿4-20-3恵比寿ガーデンプレイスタワー8F
TEL 03-6277-1601（営業）03-6277-1602（編集）
URL https://www.alphapolis.co.jp/
発売元－株式会社星雲社（共同出版社・流通責任出版社）
〒112-0005東京都文京区水道1-3-30
TEL 03-3868-3275
装丁・本文イラスト－ヨシモト
文庫デザイン―AFTERGLOW
（レーベルフォーマットデザイン－ansyyqdesign）
印刷－中央精版印刷株式会社

価格はカバーに表示されてあります。

落丁乱丁の場合はアルファポリスまでご連絡ください。

送料は小社負担でお取り替えします。


ISBN978-4-434-29972-8 C0193